Marina Di Guardo

NELLA BUONA E NELLA CATTIVA SORTE

Romanzo

MONDADORI

Dello stesso autore
nella collezione Omnibus
Com'è giusto che sia
La memoria dei corpi

Questo libro è un'opera di fantasia. Personaggi e luoghi citati sono invenzioni dell'autore e hanno lo scopo di conferire veridicità alla narrazione. Qualsiasi analogia con fatti, luoghi e persone, vive o scomparse, è assolutamente casuale.

librimondadori.it

Nella buona e nella cattiva sorte
di Marina Di Guardo
Collezione Omnibus

ISBN 978-88-04-73141-2

I edizione novembre 2020

NELLA BUONA E NELLA CATTIVA SORTE

A Sergio Altieri
sempre

«Tu hai vinto» egli disse, «e io cedo. Ma anche tu, fin da questo istante, sei morto... morto al Mondo, al Cielo, alla Speranza. Tu esistevi in me... e ora... ora che sono morto, guarda in questa mia spoglia, che è la tua, guarda come hai definitivamente assassinato te stesso.»

EDGAR ALLAN POE, *William Wilson*

Prologo

All'improvviso, tutto fu silenzio.

Non si avvertì più il frusciare delle foglie, il ritmo sincopato del frinire delle cicale, i molteplici, sconosciuti suoni che avvolgevano il bosco.

Il tempo sembrò essersi fermato in un momento ben preciso. Quello in cui Irene si era ritrovata davanti a quel corpo di bambina riverso per terra: la posa scomposta, i vestiti spiegazzati, sporchi di fango, i capelli che coprivano buona parte del volto.

E quel rivolo.

Scuro, denso.

Un fiume vermiglio che dalla testa si allargava a macchia d'olio racchiudendo il capo in una macabra aureola di sangue.

Rabbrividì, scossa da un tremore profondo che mai aveva sperimentato, nemmeno per la peggiore influenza. Unico segno vitale in un corpo bloccato da una paralisi che la inchiodava al terreno, come se avesse messo radici al pari degli alberi altissimi e immobili che la attorniavano, ombre sinistre in attesa dell'epilogo finale.

Una voce la fece trasalire.

«Irene, dobbiamo scappare o ci prenderanno e sarà troppo tardi.»

Finalmente riuscì a muovere una mano, poi l'altra e in sequenza ogni singola parte del corpo.

Guardò Alice con malcelata ammirazione. Al contrario suo,

non si era fatta travolgere dalla paura e stava già reagendo, ostentando una forza che Irene le aveva sempre invidiato.

«Sì» riuscì a fatica a risponderle, tirandosi indietro i capelli.

Alice le prese la mano, una stretta calda e accogliente, guida sicura in ogni momento di dolore e incertezza. «Te la senti di correre?»

Irene replicò con un cenno del capo e insieme iniziarono una folle corsa sui sentieri del bosco, quelli che portavano verso il paese. I rovi graffiarono le loro gambe, le loro braccia, più volte caddero, si rialzarono, si voltarono indietro.

Non c'era nessuno a inseguirle.

Continuarono a correre, consapevoli di non essere ancora al riparo. Solo quando videro le prime luci del paese rallentarono il passo.

«È meglio separarci. Io vado a dare l'allarme, tu corri dai tuoi genitori, di certo saranno in pensiero» disse Alice.

«Non lasciarmi da sola, ti prego» la supplicò Irene.

«Ci ritroveremo presto, ormai siamo al sicuro. Non perdere tempo, vai subito dai tuoi genitori.»

La vide scomparire dietro una staccionata, il passo più rallentato, deciso. Irene avvertì un altro lungo brivido attraversarle la schiena, ma questa volta lo ignorò e proseguì fino a casa.

Suonò il campanello. Suo padre si affacciò, il viso stravolto dalla preoccupazione. Subito le venne incontro, stringendola e piangendo come se avesse visto qualcuno che aveva già dato per perso.

Anche Irene, accorgendosi della sua disperazione, non riuscì a frenare le lacrime.

«Dove eri finita, tesoro? Mi hai fatto tanto preoccupare. Perché non sei tornata subito da scuola? Dove sei andata?» chiese suo padre, mentre le teneva il viso tra le mani, fissando ogni dettaglio, controllando che non fosse ferita.

Irene respirò a fondo, si asciugò le lacrime con la manica della felpa, si schiarì la voce e cercò di pronunciare con chiarezza quella frase che le si era incagliata in gola.

«È successa una cosa terribile...»

Uno

La strada era diventata, d'un tratto, più tortuosa. Quasi fosse un preludio alle difficoltà che da lì in avanti avrebbe dovuto affrontare. Dopo un percorso in pianura, erano iniziati le prime salite, i tornanti, i prati costellati di fiori. Diede una rapida occhiata allo specchietto retrovisore. Arianna, sua figlia, dieci anni a ottobre, guardava il mondo scorrere dal finestrino con un'espressione che conosceva bene, quella dei giorni cupi. Era facile capire quando era triste, bastava osservare come teneva le sopracciglia: costantemente aggrottate. Unico segnale di scoramento in un'espressione impenetrabile.

Quanto le assomigliava. Arianna cresceva e ogni giorno scopriva in lei un nuovo particolare in cui riconoscersi: i capelli biondi, prima chiari come il grano, stavano sempre più assumendo quella tonalità cenere che le apparteneva sin dall'adolescenza. Gli occhi di un azzurro inconsueto, grandi, spalancati sul mondo. Gli zigomi alti sul viso scarno, le lentiggini sul naso, il corpo esile. Guardare Arianna era come fare un salto indietro nel tempo e ricordare se stessa anni prima.

Erano simili anche nel carattere. Entrambe riservate, un po' schive, perfezioniste. Arianna, come lei, era brava a disegnare. Irene si incantava a seguirne il tratteggio sicuro sul foglio, il muoversi veloce della matita, la capacità innata nel cogliere l'essenza di ogni dettaglio. Considerando quanto sua figlia le somigliasse, sorrise tra sé intenerita, ma subito una riflessione la riportò alla realtà. L'aveva strappata alle sue abitudini ben scandite, alla migliore scuola della città e ai suoi compagni, alla bellissima casa che abitava da quando era nata per trascinarla verso una nuova vita, quella che Arianna non avrebbe mai scelto.

Lo sguardo, puntato sulla strada, ritornò per un momento allo specchietto: l'azzurro, lo stesso di sua figlia, era sporcato di nero. Non era un effetto fumé del maquillage, ma l'alone scuro di un occhio pesto. E, oltre quel livido che le invadeva il viso, non riusciva più a riconoscere la bellezza delicata del suo volto da Madonna preraffaellita. Tirò un lungo sospiro, si concentrò sulla guida, alzò il volume della radio. Stavano trasmettendo una canzone che ascoltava quando era ragazza. Canticchiò mentalmente le parole che la riportarono a un tempo in cui tutto era nuovo, da scoprire. Solo dieci anni prima il mondo sembrava essere lì, a portata di mano. Adesso, a trentacinque anni, stava guidando su una strada che non aveva mai pensato di ripercorrere, l'auto traboccante di valigie, pentole, lenzuola e, nel sedile posteriore, una figlia con l'umore sotto i piedi.

«Manca ancora poco, Arianna. Vedrai, ti piacerà» tentò di consolarla.

«Non credo proprio. Sarà terribile vivere in quel paese.»

«Avanti, non essere prevenuta. Io ci stavo benissimo quando ero piccola.» Irene corrugò la fronte. Non sarebbe stato per niente facile.

«Ma poi a dieci anni sei andata a vivere in città! E io adesso dovrò fare il contrario» replicò Arianna sbuffando.

«Sai che non abbiamo alternative. È una scelta obbligata, ma vedrai, saremo più tranquille, te lo prometto.»

Una ruga profonda le solcò in profondità la fronte. Le premesse di quella fuga non erano rassicuranti: una casa da sistemare, pochi soldi a disposizione, nessun aiuto su cui contare e una figlia riottosa. Ma, come aveva più volte ripetuto a Arianna, non avevano scelta, scappare era stata l'unica opzione possibile.

Il cartello le indicò che mancavano ancora trenta chilometri. Afferrò le cuffie dalla tasca esterna della borsa, le indossò, poi cercò nel telefono l'ultimo numero digitato, quello di Alice. A quell'ora doveva essere in pausa pranzo.

Seppur afflitta, Arianna non perdeva una sola sua mossa.

«Che fai, mamma?» chiese incuriosita.

«Chiamo Alice, così le racconto della nostra partenza.»

Sua figlia annuì in segno di approvazione. Non aveva ancora conosciuto l'amica d'infanzia della mamma, ma più volte Irene aveva pensato di organizzare una vacanza, tutte e tre insieme. Sarebbe stato bello rivedersi, prima o poi avrebbero dovuto farlo.

«Ciao Alice, siamo partite già da un'ora e mezzo, ancora trenta chilometri e ci siamo.»

La voce dell'amica echeggiò nei suoi auricolari. Irene se la immaginò seduta in un ristorante londinese molto trendy per un breve lunch, in uno dei suoi tailleur pantalone da donna in carriera, la zazzera di capelli corti e castani e gli occhi penetranti, dal taglio a mandorla.

Alice sembrò sorpresa della decisione di Irene. «Allora mi hai davvero ascoltato, avevo paura che ci avessi ripensato. Lui ti ha seguita? Ti ha aggredita ancora?»

«Ho aspettato che uscisse per andare a un appuntamento di lavoro, poi ho raccolto più cose possibili e sono partita con Arianna.»

«E tua figlia come l'ha presa? Mi ricordo che gliene avevi già parlato.»

Irene esitò un momento. Non voleva sbottonarsi troppo in presenza di Arianna, ma poi pensò che fosse meglio essere chiara e sincera.

«Per lei è stata una brutta sorpresa, ma ho spiegato che la nostra partenza era necessaria, per il bene di entrambe.»

Alice si lasciò sfuggire un lungo sospiro. Anche lei non rispose subito. Si schiarì la voce, tergiversò qualche secondo e poi disse: «Era l'unica decisione da prendere. Dovevi scappare prima da quel bastardo. L'occhio va un po' meglio? E i dolori al costato?».

«L'occhio è sempre pesto, ma fa meno male. Per fortuna le costole sono solo incrinate, ma i dolori non passano di certo con un viaggio in auto. Dovrei stare a riposo per almeno tre o quattro settimane ed evitare di sollevare pesi, ma oggi ho dovuto trascinare valigie e scatole pesanti. Vorrà dire che stasera prenderò un antidolorifico e nei prossimi giorni cercherò di riguardarmi, anche se dubito di poterlo fare.»

«E invece dovrai, per il tuo bene» rispose secca Alice.

«Quella casa è stata abitata da amici dei miei genitori, dovrebbero averla lasciata in buone condizioni, ma è ormai vuota da tre mesi. Dovrò pulirla da cima a fondo, senza contare i lavori che ci saranno da fare.»

Irene avvertì il cuore batterle più forte, si sentì avvampare. Le stava succedendo sempre più di frequente. Aveva sospeso gli antidepressivi da qualche mese, forse era il caso di riprenderli, considerato il momento difficile che stava attraversando.

«Che succede? Ancora la tachicardia?» domandò Alice con tono preoccupato.

Irene si chiese come l'amica fosse riuscita a intuirlo. Le aveva raccontato dei battiti accelerati del cuore, della sensazione di non riuscire più a respirare, delle vertigini che accusava in quei momenti: sintomi evidenti di una crisi di panico. Spesso si stupiva di fronte alla capacità innata di Alice di comprendere al volo ogni suo malessere, preoccupazione, inquietudine.

«Da cosa l'hai capito?» le disse con un filo di voce.

«Ci conosciamo da quasi trent'anni, ti sembra poco?»

Era davvero così. Sempre insieme da bambine, nella stessa classe persino. Un rapporto inossidabile che si era esteso, anche se a distanza, al periodo dell'adolescenza. Un'amicizia che non si era interrotta nemmeno quando i genitori di entrambe si erano trasferiti in città diverse, assidua fino al momento in cui Alice era andata a vivere a Londra per lavoro. Da allora si erano viste poco, ma, anche se in maniera discontinua, si parlavano al telefono. Solo con lei Irene riusciva ad aprirsi veramente.

«È stato bello risentirti la settimana scorsa, dopo tanto tempo. Grazie per avermi aiutato a prendere finalmente la decisione di andar via da quella casa.»

«Sarà dura, ma alla fine sarai contenta di questa scelta, vedrai.»

Si salutarono. Irene continuò a guidare senza inserire il navigatore, ricordava perfettamente la strada per la villa. Aveva vissuto lì fino al compimento dei dieci anni di età; anche se allora era ancora una bambina, aveva memorizzato ogni piccolo dettaglio del luogo dove aveva trascorso la sua infanzia.

Attraversò il paese. Nuovi negozi, i giardini dove andava ogni domenica con suo padre avevano giochi diversi e il trenino che le piaceva così tanto non esisteva più. Il lago invece era come se lo ricordava: placido, misterioso, le montagne attorno a delimitarlo in uno scrigno azzurro.

«Guarda, Arianna, qui venivo a giocare da piccola. Vedevo il lago e pensavo di essere sempre in vacanza.»

Arianna diede un'occhiata distratta al paesaggio, fece una smorfia che voleva assomigliare, con tutta probabilità, a un sorriso. Non rispose, l'espressione sempre più accigliata.

«Ti troverai bene, vedrai.» continuò Irene. «I primi tempi non saranno facili, ma io e te ce la faremo.» Allungò il braccio verso di lei, cercando la sua mano.

La bambina si sporse in avanti e gliela strinse forte. «Sì, hai ragione, insieme ce la faremo» disse dopo un po'.

Irene, guardando nello specchietto retrovisore, la vide asciugarsi una lacrima con la manica della felpa. Il cuore tornò a batterle in maniera forsennata. Era una buona idea riprendere gli antidepressivi, senza un aiuto farmacologico non ce l'avrebbe mai fatta.

Iniziò a percorrere una strada in salita, anche quella se la ricordava bene. Le case divennero più rare, lasciando spazio a una fitta vegetazione. L'auto si inerpicò fra prati e boschetti. Passarono davanti a un piccolo casale circondato da uno spazio verde pieno di fiori. Irene guardò meglio. Nel giardino le parve di scorgere una figura familiare, forse era la vicina di casa che all'epoca abitava lì, non lontano dalla sua famiglia. Si ripromise di sincerarsene nei giorni seguenti, quando fosse stata meno indaffarata. Cento metri più avanti si ritrovò all'improvviso davanti alla villa dei genitori.

Due

A una prima occhiata, le sembrò meno grande di come la ricordava. Caratterizzata dagli elementi tipici dell'architettura anni Ottanta, la struttura di cemento armato con mattoncini a vista e il tetto spiovente a creare un portico molto ampio nella parte frontale. Il giardino aveva l'erba alta, tanti cespugli in fiore e un noce enorme davanti all'entrata. Parcheggiò l'auto e rimase a osservare ogni particolare della casa, come stregata.

«Mamma, è questa la villa dei nonni?» chiese spazientita Arianna.

«Sì, è questa.» Irene sembrava in trance. Con le mani appoggiate al volante, continuava a fissare la casa senza accennare a muoversi.

«Scusa, ma perché non scendiamo? C'è qualche problema?»

«No, nessun problema. È che rivedere questo luogo dopo tanti anni... tutti i ricordi dei miei genitori, i tuoi nonni. Pensavo che sarebbe bello averli ancora qui con noi, non saremmo così sole.»

Irene si sentì risucchiata dalle memorie del passato. La villa, a parte qualche scrostatura delle grondaie e l'erba incolta, era ancora intatta, come se fosse stata preservata dalle ingiurie del tempo per uno strano sortilegio. Sotto il portico c'era ancora il dondolo che suo padre aveva costruito copiandolo da quelli che aveva visto in tanti film americani: una sorta di divano di legno sospeso da catene agganciate al soffitto. Quante volte si era seduta lì accanto a lui. Sospirò e si costrinse ad aprire la portiera per scaricare le valigie e tutte le scatole che si era portata dietro. Provò un dolore lancinante mentre sollevava un pacco più pesante degli altri e si fermò toccandosi appena sotto il seno.

«Mamma, cos'hai? Stai male?» domandò preoccupata Arianna.

«Solo un indolenzimento, nulla di grave.»

Irene cercò di sminuire l'intensità della fitta che aveva avvertito, ma non riusciva quasi a respirare. Si fermò, aggrappata allo sportello del bagagliaio. Poi, con estrema lentezza, iniziò a prendere altre valigie.

Arianna la aiutò come poteva, un'espressione costernata sul volto.

Accortasi della sua crescente preoccupazione, Irene le sorrise, cercando di nascondere la sofferenza. Aveva cominciato a tremare per il dolore, che avvertiva sempre più lancinante.

Mentre stavano per varcare il portoncino d'ingresso, sentirono una voce alle spalle.

«Sei proprio tu... Vediamo se il mio nome ti dice qualcosa. Sono Lucia.» Una donna alta, ben piazzata, sui sessant'anni si stava avvicinando a loro.

«Lucia, certo! Passando in auto poco fa ti ho intravisto, mi sembravi tu, ma non ne ero sicura. Sono passati così tanti anni...»

Irene guardò la donna con attenzione. A parte qualche filo grigio tra i capelli biondi, Lucia non era cambiata. Come buona parte dei luoghi che ricordava. «Hai stretto un patto col diavolo? Sei sempre uguale» aggiunse.

«Ah, fosse vero. Tu piuttosto hai la stessa espressione che avevi da bambina.» Lucia la guardò con circospezione. «Ma che è successo a quell'occhio?»

«Un incidente domestico. Niente di che.»

La vicina annuì, ma dalla sua espressione sembrava avesse capito tutto senza bisogno di alcuna spiegazione.

«Questa bambina è tua figlia, vero? È identica a te.»

«Si chiama Arianna e ha nove anni e mezzo.»

«Sei contenta di venire a vivere qui? Sono sicura che ti

troverai bene» disse Lucia alla ragazzina, accarezzandole i capelli.

«In realtà non è per niente entusiasta, ma spero che cambi idea col tempo» rispose per lei Irene, mentre Arianna abbassava il capo, evitando di ribattere.

«Lascia che ti aiuti, sarai stanca dopo il viaggio. La casa dovrebbe essere abbastanza a posto, prima di trasferirsi Rita l'ha pulita da cima a fondo. Sai, lei e Luigi ci tenevano a fare bella figura con te.»

Irene sospirò di sollievo. L'accoglienza, le rassicurazioni di Lucia erano una vera benedizione dopo tutti i dubbi e le incertezze che da diversi giorni la tormentavano. Percepì Lucia come un regalo che i genitori le avevano mandato dal cielo. Si ricordò del rapporto di stima e amicizia che li aveva sempre legati alla vicina e che avevano mantenuto nel tempo, nonostante si fossero trasferiti in città molti anni prima.

«Lucia, come facevi a sapere che saremmo ritornate a vivere qui?» chiese incuriosita Irene.

«Me l'ha detto Rita. Ha aggiunto di averti sentito molto angosciata, al telefono» rispose la vicina, dandole un'altra occhiata eloquente, come se da quelle scarne parole avesse capito alla perfezione il motivo del loro trasferimento.

Irene non volle commentare. Si limitò ad abbassare gli occhi per evitare il suo sguardo.

Arianna invece stava accarezzando un gattino grigio che era spuntato da un cespuglio.

«È figlio di una gatta che viene spesso a mangiare a casa mia. Se vuoi, puoi tenerlo» le disse Lucia, facendole l'occhiolino.

Il viso della bambina si illuminò di un inatteso, sperticato sorriso. Guardò la madre con sguardo supplichevole, ma Irene aveva un'espressione incerta.

«Posso, mamma?»

Irene non le aveva mai permesso di avere animali domestici, non se l'era mai sentita di assumersi anche quell'onere. Adesso, pur di blandirla e farle ritornare il buonumore, pensò che sarebbe stato meglio cedere.

«E va bene, ma te ne occuperai tu.»

«D'accordo! Lo chiamerò Minou, come il gatto di Bea e Alessia.»

Fuori di sé dalla gioia, Arianna cominciò a saltare, mentre il gattino miagolava tra le sue braccia.

Irene la guardò, sollevata per il repentino cambiamento d'umore. Poi osservò Lucia di sottecchi. Il viso dai lineamenti regolari e gli occhi grigi, accoglienti. Era ancora piacente, anche se non più giovane. Se la ricordò disponibile e sempre pronta ad aiutare, il tempo non l'aveva cambiata.

«Lavori ancora alla scuola elementare, Lucia?» le chiese. «Hai il piglio giusto con i bambini.»

«I bambini sono sempre stati la mia passione, per questo motivo ho scelto di fare la maestra. Adesso sono in pensione e vivo da sola, i miei genitori sono morti dieci anni fa. Mi è rimasta solo una sorella che non abita qui. Vedrai, ci terremo tanta compagnia.»

Irene, mentre la ascoltava, si accorse di sentirsi già meglio. La tachicardia era scomparsa, l'angoscia stava lasciando spazio a una sensazione di crescente benessere. Lucia l'aiutò a portare le valigie e le scatole più pesanti fin sotto la tettoia all'entrata.

Insieme aprirono la porta.

La casa era pulita, a parte un lieve velo di polvere. I mobili antichi, comprati dal padre in tante incursioni ai mercatini dell'antiquariato, erano gli stessi, lustri e ben curati come li ricordava dall'infanzia. La cucina mostrava diversi segni di usura, ma era ancora in buono stato. Solo le pareti del soggiorno, vicino al camino, erano leggermente annerite. I divani erano recenti, anche se ricoperti da un antiquato rivestimento a fiori. I lampadari, le applique e le piantane di design, altra passione del padre, erano immutati.

«Mi sembra di essere ritornata di botto a venticinque anni fa» disse Irene con un filo di voce.

«Luigi e Rita hanno conservato gli stessi mobili e se ne sono presi cura con attenzione.»

«È incredibile.»

«Qualche sostituzione c'è stata: il frigorifero, gli elettrodomestici, il letto, ma a quanto pare amavano l'arredamento della casa. Hanno lasciato tutto qui: sono andati in affitto in un appartamento più piccolo e ammobiliato vicino alla figlia, che abita a Milano.»

«Meno male» rispose Irene, visibilmente sollevata.

«La casa è in ordine. Però mancano pentole, piatti, bicchieri, lenzuola, coperte. Ti porto qualcosa, se vuoi.»

«No, grazie, ho tutto.»

Irene non credeva ai suoi occhi. Non avrebbe mai immaginato di ritrovare la casa della sua infanzia quasi intatta. Rivederla dopo tanto tempo le comunicava un senso di appartenenza, di calore, ma anche una sottile, insinuante inquietudine. Lo sguardo si posò su un angolo del soggiorno. Proprio davanti a quel camino suo padre Arduino le aveva comunicato la decisione di andare via dalla villa che aveva costruito con tanta fatica e passione. «Ricominceremo da capo, la nostra famiglia è più importante» aveva dichiarato con tono solenne. Mentre parlava gli erano tremate le labbra e sua madre si era chiusa nel consueto, ostinato mutismo.

Eppure, non avevano avuto esitazioni. Dieci giorni dopo erano partiti per la città, lasciando tutto com'era.

Qualcosa di morbido si era insinuato tra le gambe di Irene. Il gattino stava miagolando, come se volesse attirare la sua attenzione. Fece per prenderlo in braccio, ma Arianna la precedette e se lo appoggiò sulla spalla.

«È bello, vero?» Gli occhi le brillavano, come se la tristezza di poche ore prima fosse diventata solo un ricordo.

«È un amore» riconobbe Irene, «ma dimmi: che ne pensi della casa dei nonni?»

«È molto meglio di come me l'ero immaginata» rispose distrattamente Arianna.

Nei loro discorsi irruppe Lucia. «Io vado. Più tardi vi porto una teglia di lasagne per stasera, così non avete bisogno di fare la spesa subito.»

«Lucia, non so come ringraziarti» rispose Irene commossa.

Stava accompagnando la vicina alla porta quando il cellulare, che poco prima aveva appoggiato sul tavolo della cucina, squillò.

Il suono echeggiò nel silenzio.

Irene andò a prenderlo, ma quando vide la foto e il nome comparso sul display arretrò.

GIANLUIGI.

Rimase a fissare il telefono quasi fosse inciampata in un serpente velenoso sbucato all'improvviso da un cespuglio. Con mano tremante lo afferrò e lo spense.

Mentre lo posava sul tavolo, si rese conto che Lucia e Arianna erano rimaste immobili a fissarla.

«È il papà?» chiese Arianna, la voce strozzata.

«Sì.»

Il tremore, dalla mano, si era propagato in tutto il corpo di Irene.

«Vedrai che tutto si aggiusta, in un modo o nell'altro. Ci vediamo più tardi» la incoraggiò Lucia.

Irene annuì senza replicare. Quando chiuse la porta, ancora quella sensazione di inquietudine.

Dalla stanza accanto, flebile contatto con la realtà, le arrivavano le urla entusiaste di Arianna che giocava con il gattino.

Speriamo non abbia le pulci, pensò, astraendosi per qualche istante dalle sensazioni stranianti che l'avevano assalita da quando era entrata nella villa.

Quella casa le parlava della sua infanzia, dei genitori, della vita passata. Era stata una bambina solitaria, spesso rintanata in camera a guardare dalla finestra le fronde del grande noce in giardino, le montagne, i prati in fiore. Ogni tanto andava ad accarezzarlo da vicino, quell'albero, usciva e correva sui prati punteggiati di papaveri che ondeggiavano al vento, annusava l'erba nuova di primavera. Dopo quelle pause, tornava a rifugiarsi nella sua stanza, controllando il microcosmo che attorniava la casa, protetta dal guscio ovattato di quei pochi metri quadrati dalle pareti bianche e rosa. Suo padre l'aveva più volte spronata ad andare a fare i compiti dai compagni di scuola, ma a lei piaceva giocare con le bambole e fantasticare da sola, libera di essere se stessa senza intromissioni esterne.

Fino al momento in cui aveva conosciuto Alice.

Quando era arrivata in classe, Irene l'aveva subito notata e, osservando come camminava, come interagiva con tutti, lo sguardo fiero, la sicurezza innata di chi conosce il proprio valore, ne era stata conquistata. Alice era brava a scuola, più brillante di lei. Tutti la temevano perché non aveva paura di nessuno, nemmeno degli insegnanti. Non erano diventate amiche da subito, ma solo qualche settimana più tardi. Quel giorno, la maestra l'aveva sgridata perché aveva dimenticato, come spesso accadeva, le scarpe da ginnastica. La signorina Anelli era stata particolarmente caustica e Irene non era riuscita a trattenersi e, tra lo scherno dei compagni e l'irritazione ancora maggiore dell'insegnante, aveva pianto. Alice era venuta subito in suo soccorso. Si era parata di fronte alla maestra, le mani sui fianchi, aveva pronunciato solo due parole: «Adesso basta!». Tutti erano rimasti in silenzio, colpiti dal coraggio, dalla temeraria insubordinazione di Alice; persino la temibile signorina Anelli che, superato il primo momento di smarrimento, aveva mandato entrambe a casa con una nota sul registro.

Da quel giorno erano diventate inseparabili.

Ricordando quell'episodio, Irene sorrise tra sé e si ripromise di richiamare l'amica più tardi.

Guardò la scala che conduceva al piano superiore: non aveva ancora visitato le camere da letto.

La stanza dei genitori era diversa da come se la ricordava, e questo la rincuorò: avrebbe provato troppa nostalgia rivedendo il luogo dove più volte si era rifugiata quando aveva paura dei temporali o aveva sentito la necessità di coccole. Il letto era semplice, di legno impiallacciato, e il materasso seminuovo. Il comò, i comodini e l'armadio erano rimasti gli stessi ma avevano una diversa collocazione, e questo dettaglio contribuì a rendere quel locale meno aderente ai suoi ricordi.

Non aveva ancora visto la sua camera.

Aprì la porta, sentì il cuore accelerare. Era rimasto tutto come l'aveva lasciato. Persino i manifesti, alcuni oggetti che non aveva portato in città, i libri delle elementari. Chiuse gli occhi, si appoggiò allo stipite della porta. Si rivide in quella stanza a fare i compiti, giocare, parlare con suo padre.

La finestra era sempre lì, immutata.

Insormontabile barriera tra lei e il mondo.

Chiuse la porta, il cuore a battere forsennatamente.

Avrebbe pensato più tardi a mettere a posto la stanza per Arianna.

Tornò alla camera matrimoniale, preparò il suo letto, si stese. Aveva un disperato bisogno di quiete, di un nido tranquillo, della rassicurante sensazione di sentirsi al sicuro.

Insieme a Arianna ce l'avrebbe fatta.

Doveva farcela.

Fissò il soffitto un attimo prima di chiudere gli occhi e galleggiare in un sonno profondo.

Tre

Nitido, il trillo del campanello. Irene spalancò gli occhi, senza capire dove si trovasse. Quando vide il comò dei genitori, proprio davanti a lei, ricordò di colpo ogni dettaglio. Si mise a sedere sul ciglio del letto, sudata fradicia. Guardò l'orologio, aveva dormito due ore. Chiamò Arianna, maledicendosi per averla lasciata sola in quella casa per lei straniera. Non ebbe alcuna risposta. Si precipitò per le scale, cercandola convulsamente al piano terra, ma non la trovò. Aprì la porta: era Lucia con dei sacchetti e una voluminosa teglia in mano.

«Hai visto Arianna? Mi sono addormentata e adesso non riesco a trovarla!» le chiese, ormai fuori controllo.

Lucia non si scompose. Entrò in casa, appoggiò la teglia sul tavolo del soggiorno e i sacchetti per terra. La guardò divertita.

«Qui non ci sono pericoli, figurati che non chiudo nemmeno la porta di casa. Tua figlia sta giocando con il suo nuovo amico sotto il portico.»

Irene tirò un lungo sospiro di sollievo.

«Non sei stata ancora fuori?» continuò Lucia. «Il giardino è un po' in disordine, avrebbe bisogno di una sistemata. Conosco un signore che con pochi soldi se ne potrebbe prendere cura, un pensionato che fa dei lavoretti per arrotondare.»

Irene la guardò stranita, prendersi cura del verde era l'ultimo dei suoi pensieri.

Uscirono insieme sul retro della casa. La piccola piscina che suo padre aveva costruito tanti anni prima era in stato di abbandono, le piastrelle sbeccate e uno strato di acqua fangosa sul fondo della vasca. La casa sull'albero, l'altro suo rifugio prediletto, teatro di tanti giochi e chiacchierate con Alice, era semidistrutta. Rimanevano solo un pezzo di scala e le pareti in legno. Il glicine che ricopriva il portico centrale invece era ancora rigoglioso. Di lì a poco sarebbe esploso in piena fioritura.

Finalmente trovò Arianna: era seduta sul prato, intenta a giocare con il suo nuovo amico.

«Non mi avevi detto che la casa aveva anche la piscina e una casetta sull'albero» disse la bambina appena la vide.

«Sì, ma a quanto pare sono ormai inutilizzabili. Le aveva costruite il nonno per me.»

Irene ripensò a suo padre, a quell'affetto schivo e silenzioso con cui sapeva avvolgerla. A tutto il tempo che, giorno dopo giorno, le aveva dedicato.

«Facciamole riparare» propose la bambina.

«Magari più avanti» rispose Irene, vaga. Non voleva scoraggiare Arianna confessandole di non avere abbastanza soldi per sistemare, come avrebbe voluto, quella casa.

Si sentì una perdente. Non sarebbe stata in grado di garantire alla figlia il tenore di vita cui era abituata da quando era nata. Respirò forte, come per prendere coraggio. Dentro, il sapore amaro del fallimento mordeva duro.

«Ma perché più avanti?» insistette Arianna. «Mettiamole a posto subito.»

Irene, messa alle strette, fu costretta a confessare. «Non posso permettermelo...» Una ruga profonda le increspò la fronte.

Lucia si era accoccolata vicino alla bambina e stava giocando con il gattino. Subito attenta a stemperare la tensione, ad alleggerire l'atmosfera cupa, cogliendo al volo ogni disarmonia, sfumandola con il suo innato buon senso.

«Come si comporta Minou?» chiese.

«Bene, però non abbiamo cibo da dargli» rispose Arianna in tono concitato.

«Non ti preoccupare, ho portato un po' di latte e delle scatolette. E per voi lasagne fatte in casa.»

Irene le osservò conversare, già grandi amiche. Era una fortuna aver ritrovato Lucia, così attenta, sollecita. Ancora una volta pensò a suo padre, forse davvero la stava proteggendo. Si sedette anche lei su quel prato in cui correva da bambina.

Più tardi, misero a scaldare le lasagne e le mangiarono, sedute al tavolo sotto il glicine.

Irene immaginò il giardino con l'erba rasata di fresco, la brezza delle sere d'estate e la serenità che da troppo tempo non ricordava.

Quattro

Il maltempo imperversava da più di un'ora. Fulmini e pioggia torrenziale, di un'intensità mai sperimentata in città. All'ennesimo rombo di tuono Irene chiuse gli occhi, tremando come quando era piccola. Aveva sempre avuto paura dei temporali, temeva quel vento che si alzava lieve e poi si tramutava in tempesta. Un presagio sottile: l'aria cambiava odore, gli uccelli iniziavano a volare basso, il cielo diventava acciaio e poi si scatenava l'inferno.

Rinchiusa nell'abitacolo dell'auto, percepì la protezione di quelle quattro lamiere che la tenevano all'asciutto ma anche la sensazione di esserne prigioniera. Controllò l'ora, mancava poco al suono della campanella. Guardò davanti a sé. Da dieci giorni era ritornata a vivere in quei luoghi e tutto le sembrava incredibilmente aderente ai ricordi di venticinque anni prima: il cancello che da bambina varcava ogni mattina, il vialetto di pietrisco grigio, la facciata, immutata, della scuola elementare. Quella strada l'aveva imparata già a sei anni e, tranne in caso di pioggia, la percorreva ogni giorno da sola per ritornare a casa. Anche suo padre, quando veniva a prenderla, stazionava con l'automobile esattamente dove si era fermata lei. Dentro, ancora la sensazione rassicurante di calore, la percezione di ripercorrere qualcosa di conosciuto, ma nel contempo la consapevolezza straniante di ritrovarsi al capolinea della sua esistenza. Come se il destino, al pari di un vento beffardo, l'avesse riportata a quei luoghi, a quello che era, a quello che non sarebbe mai diventata.

Allungò la mano per prendere il telefono dalla borsa: aveva proprio bisogno di una chiacchierata con Alice. Il suono della campanella fermò il suo proposito. I bambini cominciarono a uscire dal portone della scuola alla spicciolata. Arianna era tra i primi, l'espressione abbattuta, l'andatura lenta. Quando la vide, sua figlia accelerò il passo. Aveva l'ombrello con sé, ma evitò di aprirlo.

Irene fece per andarle incontro, ma Arianna aveva già raggiunto l'auto, zuppa d'acqua.

«Perché non hai aperto l'ombrello? Guarda come sei ridotta. Ti dovrai cambiare completamente» la sgridò, esasperata.

«Mamma, non cominciare...» Era livida.

Irene l'aveva vista di rado così abbattuta. «Che ti è successo?» domandò, preoccupata.

«Non ho voglia di parlare.»

«Qualche problema a scuola?»

Arianna non rispose. Continuò a guardare davanti a sé come se sua madre non le avesse nemmeno rivolto la parola.

Percorsero il tragitto fino a casa in totale silenzio. Una volta arrivate, Irene scaricò la spesa dal portabagagli, prese lo zaino della figlia e si avviò verso il vialetto che conduceva al portico. Arianna si ostinò a non voler usare l'ombrello: camminò stoica sotto la pioggia, i capelli appiccicati al volto, lo sguardo torvo. Solo quando entrò in casa e vide il gattino che la aspettava appena dietro la porta, il suo viso cambiò espressione. Lo prese in braccio e cominciò a baciarlo e accarezzarlo.

Irene si fermò a guardarli, sollevata. Poi il suo sguardo corse al soggiorno: Minou aveva sfogato l'ansia di essere rimasto solo durante la mattinata rovesciando la ciotola dell'acqua e graffiando il rivestimento dello schienale dei divani.

«Che disastro!» esclamò indispettita.

Si sedette a peso morto su una sedia, i sacchetti in mano e l'impermeabile bagnato ancora addosso. Non riuscì a trattenere le lacrime, lo sguardo fisso, la bocca livida.

Arianna si avvicinò a lei. «Mamma, non fare così. Metterò a posto tutto io, non ti preoccupare» le disse, accarezzandole le guance.

«E i divani? Ormai sono rovinati.»

«Metteremo dei teli per coprirli, erano brutti con quei fiori, l'hai detto anche tu.»

Fuori il temporale continuava a imperversare e la casa era umida e fredda. Irene posò finalmente i sacchetti della spesa che continuava ancora a stringere in mano e si lasciò accarezzare i capelli da Arianna. Quel tocco leggero, delicato riuscì a calmarla e a frenare il suo pianto.

«Perché eri così triste quando sei uscita da scuola?» le chiese fissandola negli occhi.

«Non mi piace la mia classe, non mi piacciono le maestre e i miei compagni sono odiosi. E mi prendono in giro.»

Tutto d'un tratto Arianna smise di accarezzare i capelli della madre e si sedette ai suoi piedi con il gattino in braccio, raggomitolata su se stessa.

«E perché ti prendono in giro?»

«Non lo so. Dicono che sono diversa da loro, che mi do delle arie perché abitavo in città. Ma io non ho fatto niente...»

Irene si asciugò le lacrime e si chinò verso la figlia. «E le maestre? Non ti difendono?»

«Non se ne accorgono nemmeno, anche loro non sono molto gentili, a parte una.»

«Tra i tuoi compagni non c'è nessuno che si comporta bene con te?»

Arianna corrugò la fronte, sollevò lo sguardo verso la madre.

«Una bambina sembra simpatica, ma è presa di mira come me.»

«Ho vissuto anch'io la stessa esperienza. Uno di questi giorni andrò a parlare con le maestre, non voglio che questa situazione continui per troppo tempo.»

«È capitato anche a te?» Arianna era incredula.

«Sì, ero diventata il bersaglio di un gruppo di bambine, di una in particolare, ma col tempo si è tutto risolto. Sarà così anche per te. I tuoi nuovi compagni non ti conoscono, sei molto diversa da loro, hai un carattere riservato e per niente prevaricatore, sei la vittima ideale. Ma vedrai che smetteranno.»

«Speriamo, mamma.»

«Adesso vatti subito a cambiare, sei bagnata dalla testa ai piedi.»

La guardò salire le scale, lo zaino su una spalla e il gattino che zampettava fra i suoi piedi. Era dimagrita da quando era arrivata nella nuova casa, i jeans che prima le andavano bene, adesso le ballavano addosso.

Ancora quel battito precipitoso, amplificato. Ancora quel senso di oppressione che non riusciva a contenere. Irene tornò a sedersi sulla sedia, chiuse gli occhi, cercò di respirare piano. Alice glielo diceva sempre: conserva la calma e concentrati sui tuoi obiettivi.

Sentì la necessità, insopprimibile, di parlarle. Prese il telefono e la chiamò.

«Ciao, Alice...»

«Che succede, tutto bene? Hai una voce strana.»

Il tono chiaro, sicuro dell'amica la calmò all'istante. Il cuore riprese il suo battito regolare, i muscoli del corpo si rilassarono, il respiro smise di arrampicarsi in gola. Avvertì, come un balsamo, l'apprensione di Alice, la sua costante sollecitudine. Si calmò del tutto. Si alzò dalla sedia e andò a sedersi sul divano, pronta a una lunga, catartica chiacchierata.

«Non è facile, per niente» rispose con voce roca.

«Sapevamo che non sarebbe stata una passeggiata, ma era assurdo continuare la vita che facevi. Hai fatto bene a reagire, non avevi alternative.»

Irene stava per replicare quando avvertì un rumore provenire dal giardino. Il cigolio del cancello che si apriva e uno scalpiccio di passi sul selciato. Immaginò fosse Lucia, il giorno prima le aveva detto che sarebbe passata a trovarla, ma le sembrò strano che non avesse suonato, lo aveva sempre fatto, nonostante la serratura del cancello fosse rotta.

«Sta arrivando qualcuno, forse la mia vicina di casa. Ci sentiamo più tardi.»

Quando aprì la porta, ebbe subito la netta sensazione di trovarsi nella cabina di un ascensore in caduta libera.

Cinque

«Finalmente ti ho trovata.»

Gianluigi troneggiava dall'alto del suo metro e novanta, inchiodato nello sfondo livido del cielo in tempesta, lo sguardo minaccioso, l'espressione sprezzante.

Irene indietreggiò. Il marito ne approfittò per entrare in casa e chiudere subito la porta alle sue spalle.

«Dov'è Arianna?» chiese scandendo le parole.

«È di sopra.»

Irene avvertì una chiara percezione di pericolo. Cercò con lo sguardo il telefono che aveva appoggiato sul tavolo, era lontano. Capì di essere in trappola, proprio in quella casa in cui, fin da bambina, si era sentita al sicuro. L'abitazione più vicina, quella di Lucia, era a cento metri, suo marito avrebbe potuto ucciderla e nessuno sarebbe stato in grado di udire la sua voce e accorrere in aiuto.

Gianluigi alzò il tono della voce, con un'enfasi che non ammetteva repliche. I suoi occhi erano braci ardenti di odio e disprezzo.

«Adesso prepari i bagagli e andiamo tutti a casa.»

«No.»

Le sembrò di essere stata decisa come non mai. Pensò ai discorsi di Alice, a quello che le aveva raccomandato: mantenere sempre un tono fermo, determinato, e non lasciarsi intimidire.

La risposta di Gianluigi non tardò ad arrivare, ricordandole quanto lei fosse fragile e debole, al di là di ogni tentativo di ribellione. Un manrovescio violento la colpì in pieno viso, facendola arretrare fino a farle perdere l'equilibrio. Cadde rovinosamente sul pavimento con un tonfo sordo e rimase seduta per terra, il viso in fiamme, le gambe spalancate come una bambola di pezza.

«Che sta succedendo?»

Arianna scese di corsa le scale con il gattino in braccio, l'espressione allarmata, gli occhi sbarrati.

«Prepara le tue cose, si torna a casa» sbraitò Gianluigi senza preamboli rivolto alla figlia.

Lei rimase paralizzata a metà scala, incapace di reagire, di emettere il benché minimo suono. Lo sguardo corse a sua madre, rannicchiata per terra. Stava piangendo sommessamente. Quando la vide in quello stato, non indugiò nemmeno un secondo e corse subito da lei.

L'uomo si parò davanti a loro, le mani sui fianchi, lo sguardo sempre più torvo. «Non mi avete sentito? Andate a preparare i bagagli, non ho tempo da perdere.»

«Non prepariamo un bel niente. Adesso vattene.» Irene era riuscita a raccogliere le forze e, a stento, a pronunciare quelle brevi parole.

«Muovi il culo o te ne pentirai!» urlò lui, in preda all'ira più cieca.

Stava per chinarsi su di lei, e Irene chiuse gli occhi aspettando l'ennesima percossa, quando si avvertì lo scatto secco della maniglia della porta d'ingresso.

«Se ne vada immediatamente o chiamo la polizia.»

Lucia entrò in casa brandendo il cellulare, sfidando Gianluigi con lo sguardo.

«Chi cazzo sei tu?» domandò lui, furioso.

«Non la deve interessare. Pensi solo ad andarsene più in fretta possibile.»

L'uomo non perse tempo. Si avventò su di lei, spintonandola, facendole perdere l'equilibrio e inveendo. Irene, approfittando della sua distrazione, afferrò il telefono dal tavolo dove era appoggiato e chiamò il pronto intervento, fornendo subito il proprio indirizzo. Quando Gianluigi le strappò il cellulare di mano, la segnalazione era stata completata. Irene si augurò che l'appuntato avesse compreso tutti i dati. Per la prima volta si era decisa a chiamare aiuto e si stupì di quella scelta improvvisa.

«Brutta puttana, me la pagherai!» Prima di avviarsi verso la porta, l'uomo le assestò un ennesimo manrovescio.

Minou, che fino ad allora si era nascosto dietro il divano, lo seguì, come a scortarlo verso l'uscita. Gianluigi, vedendolo sbucare all'improvviso, gli assestò un calcio che lo fece volare per qualche metro.

Arianna trasalì e si precipitò in soccorso del gattino mentre suo padre usciva e sbatteva la porta con violenza; poi lui mise in moto l'auto e partì in tutta fretta, facendo slittare gli pneumatici come un bullo di periferia.

Irene portò la mano alle guance. Erano doloranti e tumefatte. Pensò che di sicuro le sarebbero apparsi altri lividi.

Gli ennesimi.

Lucia prese un sacchetto di ghiaccio dal congelatore, lo mise dentro uno strofinaccio e glielo appoggiò con delicatezza sul viso.

«Come hai fatto a sopportare tutto questo?»

Irene pianse, in silenzio. Le lacrime scendevano sulle guance arrossate, quasi a lenire il dolore che diventava sempre più bruciante.

Vedendola così avvilita, Lucia non riuscì più a trattenersi. «Si becca di sicuro una bella denuncia. Hai visto come mi ha spinto? Deve solo ringraziare che non mi sia fatta male!»

Seduta sul pavimento, Arianna stava accarezzando il gattino. Guardò in direzione della madre. «Come stai, mamma? Papà ha fatto male anche a Minou...»

Irene si avvicinò a lei, diede una rapida occhiata all'animale. «Non mi sembra così malconcio. Se peggiora, chiamiamo subito il veterinario» disse, mentre lo esaminava con attenzione.

Arianna la fissò. Aveva gli occhi lucidi, il colorito grigiastro. «Ma tu come stai?» chiese di nuovo.

«Come al solito, tesoro...»

In lontananza avvertirono il suono di una sirena.

La polizia.

Qualche minuto dopo, due agenti bussarono alla porta di casa. Uno era biondo e tarchiato, l'altro era alto, bruno, la corporatura atletica e penetranti occhi neri.

«Avete richiesto un intervento, che cosa è successo?» esordì il poliziotto dai capelli scuri.

«Una litigata in famiglia, ma per fortuna tutto si è già risolto. Stavo per telefonarvi per annullare la chiamata, ma siete stati più veloci delle mie intenzioni.»

«È sicura che vada tutto bene? Signora, non mi sembra dal suo aspetto. E la bambina? Come mai sta piangendo?» insistette il poliziotto, guardando Irene negli occhi.

Intervenne Lucia. Gesticolando vistosamente, raccontò in poche parole l'accaduto con tono concitato.

«Agente, glielo dico io cos'è successo. È arrivato il marito della signora, l'ha picchiata e ha spintonato anche me, per poco non mi spaccavo l'osso sacro.»

Il poliziotto si avvicinò a Irene e la fissò con più intensità. «Conferma quello che dice la signora?»

Lei abbassò il capo, senza avere il coraggio di sostenere il suo sguardo. «Sì.»

«Allora le chiedo di venire con noi in commissariato per sporgere denuncia contro suo marito.»

«Preferisco non farlo, non oso nemmeno immaginare cosa potrebbe succedere.»

«Si rende conto che facendo finta di niente lo incoraggia a comportarsi in questo modo? Che le ha fatto esattamente?»

Irene alzò lo sguardo, gli occhi lucidi, smarriti. L'uomo sospirò a fondo e poi la invitò a sedersi al tavolo insieme a lui.

Lei iniziò a parlare come un fiume in piena.

«Gianluigi è sempre stato violento con me, giorni fa ho deciso di allontanarmi da casa e ritornare a vivere nella vecchia abitazione dei miei genitori. Oggi è piombato qui di punto in bianco, pretendendo di portarci via. Io mi sono rifiutata, lui mi ha mollato due ceffoni e ha fatto cadere la mia amica. Quando ho chiamato la polizia, se n'è andato.»

«Direi che è il caso di denunciarlo, soprattutto se le violenze continuano da tempo.»

«Faccio l'illustratrice di libri per bambini, non guadagno un granché. Ho paura di rimanere senza risorse economiche. Lei non conosce mio marito, reagirebbe malissimo di fronte a una denuncia, si vendicherebbe di sicuro.»

«Non ti preoccupare, ti aiuterò, ho qualcosa da parte. Testimonierò anch'io, insieme lo inchioderemo» la incoraggiò Lucia.

Irene la fissò, le mani giunte, come in preghiera. «Ti prego, non fare niente.»

«È sicura, signora? Non crede che la situazione potrebbe peggiorare?» intervenne il poliziotto.

«Spero che col tempo lui accetti la mia scelta» rispose Irene con poca convinzione. Quasi stesse recitando una preghiera a memoria dedicata a un Dio in cui non nutriva nessuna fede.

«Non vorrei scoraggiarla, ma faccio fatica a credere alla ragionevolezza di individui del genere» osservò il poliziotto. «Di solito, quando vengono lasciati, danno il peggio di sé, senza pensare alle conseguenze. Non vuole che l'accompagniamo in ospedale?»

«No, sto bene, non si preoccupi.»

Intervenne, ancora una volta, Lucia. «Racconta agli agenti cosa ti ha fatto l'ultima volta, prima che ti decidessi ad andar via.»

«Sono arrivata qui con due costole incrinate e un occhio pesto. L'oculista ha temuto un distacco di retina, grazie a Dio non è successo.»

«Si rende conto del pericolo che corre? Adesso lui sa dove abita e potrebbe tornare ancora.»

«Farò riparare la serratura del cancello d'ingresso, così non correrò il rischio di trovarmelo davanti all'improvviso, e prometto di chiamarvi subito in caso di bisogno.»

La voce di Irene, anche se flebile, non ammetteva repliche. Fino a pochi minuti prima era rimasta seduta con le spalle curve e gli occhi umidi. Adesso sembrava essersi ripresa, lo sguardo meno liquido, la postura eretta, la voce più sicura. Ma le sue mani tremavano ancora.

Si alzò, come a stabilire un confine, come a delimitare uno

spazio che non voleva fosse invaso. Lucia fece una smorfia di disappunto. Stava per ribattere, ma si fermò.

Irene accompagnò i due agenti alla porta. Mentre uno dei poliziotti stava già avviando l'auto, l'altro, quello dagli occhi scuri, le porse un biglietto da visita.

«Questo è il mio numero privato, mi chiami in qualsiasi momento, anche solo per un consiglio, sono a sua disposizione. A proposito, mi chiamo Salvatore.»

«Io sono Irene.»

Lei chiuse la porta alle spalle e si accoccolò a fianco di Arianna, ancora intenta ad accarezzare Minou. Il gattino, nel frattempo, sembrava essersi ripreso. Poi guardò Lucia, che era rimasta in disparte.

«Grazie per tutto quello che stai facendo per noi, te ne siamo grate. Anche i miei genitori lo sono, da lassù. Me lo sento.»

«Non ho più nessuno qui, mi piacerebbe prendermi cura di voi. Ma non voglio essere di troppo» rispose Lucia, intenerita.

«Non lo sarai mai.»

Prima di congedarla, Irene la abbracciò. Chiusa la porta, rimase in piedi consapevole che, anche in quella casa, non sarebbe stata più al sicuro.

Sei

Fermò l'auto davanti alla villa. Guardò, con la coda dell'occhio, i cespugli di rose che stavano cominciando a fiorire, gli stessi che suo padre aveva piantato tanti anni prima. Ricordò tutto il suo impegno nel concimarli, potarli e l'orgoglio nel vederli crescere in pieno vigore. In primavera, papà Arduino si presentava spesso a casa con un piccolo mazzo di rose rosse per sua madre. Lei lo guardava con un'espressione enigmatica, impossibile intuirne i pensieri, le emozioni, gli slanci. A volte gli sorrideva distrattamente e Arduino diventava l'uomo più felice del mondo. Lui, da sempre, la chiamava "Mistero Sara", e Irene aveva convenuto che fosse il soprannome più azzeccato per definire sua madre.

Percorrendo il vialetto che conduceva alla porta di casa, notò il cancello aperto e ricordò che avrebbe dovuto sistemarne al più presto la serratura rotta. Si ripromise di chiedere a Lucia il numero di telefono di un fabbro cui far eseguire la riparazione.

Entrò in casa: la villa era immersa nel silenzio. Arianna sarebbe tornata da scuola di lì a poco e il pranzo non era ancora pronto. Si diresse in cucina per organizzare un pasto veloce. Aveva già preparato il sugo prima di uscire, doveva solo cuocere la pasta. Lo sguardo corse alla ciotola del cibo per Minou: era piena di croccantini. Pensò fosse strano, il gattino era vorace e finiva il suo pasto in pochi minuti. Lo chiamò, aggirandosi per tutta la casa, ma di Minou non c'era traccia. Andò in giardino, di solito al suo arrivo le veniva incontro uscendo da una porticina basculante. Inspiegabilmente, stavolta non l'aveva fatto.

Speriamo non si sia perso, pensò, maledicendo ancora una volta la serratura rotta del cancello. Ripensandoci, quando era arrivata aveva notato subito il battente di ferro aperto. Strano, lei aveva l'abitudine di lasciarlo perfettamente accostato, per dare l'impressione che fosse chiuso.

Si aggirò nel giardino chiamando Minou e cercando tra i cespugli e le siepi. A volte il gattino si nascondeva nella vegetazione incolta. Sul retro della casa, dopo aver frugato in ogni angolo e in ogni possibile nascondiglio, il suo sguardo corse alla piscina e a una chiazza scura che si intravedeva sotto l'acqua putrida e paludosa della vasca. Si avvicinò, il cuore in tumulto, il fiato in gola. Cercò di mettere a fuoco quello che aveva scorto: il dorso di un animale dalla pelliccia grigia. Cercando di farsi coraggio e vincere il disgusto di doversi calare in quella pozza di acqua torbida, scese con cautela la scaletta. Giunta sul fondo della vasca, l'acqua le arrivava alle ginocchia. Avanzando a brevi passi, si avvicinò alla sagoma grigia che dondolava ritmicamente sotto la coltre stagnante. Afferrò un ramo secco che galleggiava lì vicino e la toccò con circospezione, augurandosi che fosse un topo o un animale selvatico e non quello che, con grande raccapriccio, temeva di rinvenire.

A dispetto di ogni sua speranza, era proprio Minou.

Si chinò su quel corpicino inerme, sollevandolo dall'acqua e prendendolo tra le braccia. Il cadavere non era proprio a pelo d'acqua perché qualcuno aveva stretto al collo del gattino una corda con una grossa pietra legata all'estremità opposta. Minou non era morto per una tragica fatalità, chi aveva compiuto quell'orrenda nefandezza voleva fosse ben chiaro. Sentì cedere le gambe. Senza accorgersene, si ritrovò seduta, metà del tronco immerso in quel liquido maleodorante, il cuore perso in battiti forsennati e le pareti della piscina a inghiottirla in un vortice malefico.

Un grido alle sue spalle la risvegliò dallo stato confusionale in cui era precipitata.

«Mamma, cosa ci fai lì? Noooooo...»

Irene non aveva mai visto un'espressione simile sul volto di sua figlia, nemmeno quando Gianluigi l'aveva picchiata più duramente del solito.

Arianna si diresse in maniera convulsa verso la scaletta della piscina, singhiozzava e tremava come se avesse la febbre alta. La vista di quell'incespicare spasmodico, il timore che potesse farsi male, diede a Irene la spinta per alzarsi e correre verso di lei.

«Aspetta, Arianna, non scendere, è troppo pericoloso, potresti scivolare. Vengo io» le disse, cercando di non gridare e di mantenere la calma.

A quelle parole, Arianna si fermò e si afflosciò sul prato a bordo piscina, affondando la testa tra le gambe, nella disperazione più annientante che la sua breve vita di bambina avesse mai conosciuto. Irene, non seppe come, riuscì a salire la scaletta tenendo in un braccio il gattino e aggrappandosi con la mano libera ai pioli. Si sedette al fianco della figlia, che le strappò di mano Minou stringendolo al suo petto.

Aveva ancora la corda con la pietra appesa al collo.

Dopo qualche minuto di pianto inconsolabile, Arianna sollevò la testa e guardò la madre, il volto devastato dal dolore e dalla disperazione. «Mamma, cos'è questa corda?»

«Amore, non so dirtelo. Sono tornata neanche mezz'ora fa e Minou non era in casa. L'ho cercato dappertutto e l'ho visto in piscina. Non è caduto accidentalmente, qualcuno l'ha affogato di proposito.»

Irene le accarezzò i capelli e le asciugò le lacrime, sforzandosi di non piangere. Vedere sua figlia in quello stato le procurò una nuova accelerazione del battito cardiaco che poco prima aveva ritrovato, chissà in che modo, la sua regolarità.

«Ma chi è stato così cattivo da fare una cosa simile?»

Irene non rispose. Chinò il capo, impotente. Non voleva replicare alla domanda di Arianna, ma la risposta era ben chiara nella sua mente.

«Andiamo in casa. Dobbiamo chiamare subito la polizia.»

Si alzarono e, come in un dolente corteo funebre, si avviarono in silenzio verso la villa.

«Mamma, posso togliere la corda?» chiese Arianna tra le lacrime.

Irene avrebbe tanto voluto rispondere di sì, ma non poteva. «Aspettiamo che arrivi la polizia, è meglio che mostriamo esattamente quello che abbiamo trovato» disse con un nuovo groppo in gola.

Non appena entrò in casa, fu tentata di chiamare il numero privato di Salvatore, ma pensò fosse meglio telefonare al commissariato. Si tolse velocemente i vestiti madidi di quell'acqua fetida, le sembrava di puzzare di marcio. Anzi, avvertiva su di sé l'odore nauseabondo della morte.

Quando, poco dopo, vide il poliziotto suonare al citofono insieme a un collega, tirò un sospiro di sollievo. Aveva pensato di avvertirlo con un messaggio, ma non ce n'era stato bisogno.

«Irene, cos'è successo?» chiese Salvatore con aria allarmata. Anche l'altro agente, un ragazzo sui vent'anni, diverso da quello che era accorso nell'intervento precedente, aveva un'espressione accigliata.

«Abbiano trovato il nostro gattino affogato con una pietra al collo nella piscina dietro casa.»

Irene mostrò il corpo di Minou, steso sul tappeto, vegliato da Arianna che non smetteva di singhiozzare.

Salvatore si chinò a osservare da vicino il cadavere dell'animale, mentre l'altro agente iniziò a scattare numerose foto col cellulare.

«Non posso crederci. Ha un'idea di chi possa essere stato?» chiese.

«Un'idea l'avrei. Posso offrirvi un caffè?» disse Irene, facendo cenno a entrambi di spostarsi in cucina. Non voleva parlare dei suoi sospetti davanti a Arianna.

I due agenti capirono al volo la situazione e la seguirono senza obiettare. Irene li fece sedere al tavolo di noce e accostò la porta prima di preparare la caffettiera.

«Immagino sappiate già su chi siano indirizzati i miei sospetti.»

«Suo marito?» azzardò Salvatore.

«Esatto.»

Era diventata livida, il respiro affannoso. L'uomo le si avvicinò per assicurarsi che stesse bene, Irene gli fece un cenno col capo per tranquillizzarlo.

«Ha delle prove contro di lui? Qualcuno l'ha visto entrare in casa sua?»

«No, credo di no. La persona che abita più vicino è Lucia, la signora che era da me l'altra volta. Posso provare a chiamarla e chiedere se stamattina ha visto passare Gianluigi.»

«È una buona idea.»

Irene telefonò a Lucia, che rispose subito. Le raccontò della macabra scoperta che aveva fatto poco prima e le domandò se avesse visto qualcuno dirigersi verso la sua abitazione, ma la vicina rispose di essere stata in città tutta la mattina.

«Non era in casa» riferì al poliziotto.

«Be', in assenza di prove certe è meglio sporgere una denuncia contro ignoti.»

«D'accordo» replicò laconicamente Irene.

«Anch'io credo che sia stato suo marito a uccidere il gattino. E, se fosse davvero così, non voglio pensare quale potrebbe essere la sua prossima mossa.»

Irene, alle parole del poliziotto, sentì un brivido gelido percorrerle la schiena.

«Vuole seguirci in commissariato per la denuncia?»

«Certo, chiamo la mia vicina e le chiedo di venire a dare un occhio a mia figlia. Non mi fido a lasciarla da sola.»

Lucia arrivò pochi minuti dopo.

Irene uscì di casa, salì in auto e si accodò alla volante dei poliziotti, seguendoli fino al commissariato. Dopo che ebbe rilasciato la sua deposizione, si diresse di nuovo verso casa.

Mentre percorreva i pochi chilometri che mancavano alla villa dei suoi genitori, ebbe voglia di chiamare Alice, approfittando dell'assenza di Arianna. Parlare un'ennesima volta del macabro ritrovamento di qualche ora prima non avrebbe fatto altro che inasprire la disperazione di sua figlia. Indossò gli auricolari e chiamò l'amica.

Alice le rispose subito.

«Ciao...»

«Come mai questa voce? È successo qualcosa?»

Irene le raccontò del gattino affogato con una pietra al collo nell'acqua stagnante della piscina.

«Ho sporto denuncia contro ignoti, purtroppo non ho nessuna prova contro Gianluigi» disse tutto d'un fiato.

«Hai fatto bene a non accusarlo senza prove, comunque la denuncia servirà per inchiodarlo, prima o poi. Adesso mantieni la calma e vai avanti, costi quel che costi.»

Alice parlava come se stesse pianificando una strategia di guerra. Irene si sentì meglio. Più calma, più determinata. Da sempre, l'incoraggiamento incondizionato dell'amica le faceva quell'effetto. Respirò a fondo, appoggiò la testa al sedile e accostò l'auto. Voleva godersi la ritrovata padronanza di sé, senza distrazioni.

«Ci proverò, ma quanto è difficile... Non puoi immaginare come stia male Arianna» rispose.

«Orwell diceva che la via più rapida per porre fine a una guerra è quella di perderla. Ma tu non vuoi perdere, giusto? Quindi devi prepararti a un combattimento lungo e articolato. Io credo in te, sono sicura che ce la farai.»

Irene chiuse gli occhi e, come sempre, provò una profonda ammirazione nei confronti dell'amica. Colta, grintosa, focalizzata su ogni obiettivo. Quanto avrebbe voluto essere come lei.

«Grazie, Alice. È così bello averti vicino, prometti che lo sarai finché morte non ci separi, come dicevamo sempre da piccole. Senza di te, non ce la farò mai.»

«Ci puoi contare, non ti abbandonerò.»

«Ti chiamo stasera, così chiacchieriamo ancora un po'.»

«A dopo.»

Irene se la immaginò di corsa, tra un appuntamento di lavoro e l'altro, ma sempre disponibile a raccogliere le sue confidenze, le sue richieste di aiuto e di consigli.

Mise in moto e partì, l'auto si inerpicò sulla salita verso casa.

Quando entrò, davanti ai suoi occhi il volto di sua figlia devastato dal pianto.

No, non sarebbe stato per niente facile...

Sette

Stava ultimando una serie di illustrazioni per una raccolta di favole di Mario Lodi, quando il suo sguardo si soffermò sulle pareti ingrigite del soggiorno, con degli sbaffi provocati dal fuoco del caminetto. Avrebbe voluto togliere quella patina scura, colorare tutti i muri, come cantava Cocciante in *Margherita*, la canzone che sua madre ascoltava di continuo da un vecchio 33 giri scricchiolante, ormai segnato dall'uso. Se la ricordò seduta sul divano a dondolo del portico, gli occhi chiusi, la musica ad alto volume dal giradischi del soggiorno. Si chiedeva sempre cosa pensasse quando ascoltava quel brano, ma lei era Mistero Sara. Nessuno poteva entrare in quel suo mondo privato, esclusivo. Neanche suo padre c'era mai riuscito, e Irene aveva sempre pensato che ci si innamora delle persone che ci tengono a distanza, che non si svelano per intero perché ci permettono di proiettare su di loro i nostri sogni più segreti.

Provò a immaginare quella stanza in una veste inedita: sarebbe stata più accogliente illuminata da un colore nuovo, magari un crema dai toni lievemente rosati, proprio come quello che stava utilizzando in un'illustrazione per *Cipì*, una delle favole più belle e conosciute dell'autore cremonese. Diede un'occhiata a Arianna. Stava guardando distrattamente dei cartoni animati alla televisione, lo sguardo assente, l'incarnato pallido. La tragica scomparsa di Minou l'aveva incupita ancor più del recente trasloco alla casa dei nonni.

Controllò l'orologio. Tra poco sarebbe passato lo scuolabus, sua figlia aveva già preparato lo zaino e la giacca, diligente come sempre. Irene lasciò le matite sul tavolo e andò a prepararsi in bagno. Aveva deciso di accompagnarla personalmente, ne avrebbe approfittato per fare la spesa e andare a curiosare nel colorificio ben fornito del paese.

«Tesoro, ti porto io a scuola, che dici?»

«Non c'è bisogno. Prendo lo scuolabus, arriva tra poco» rispose svogliatamente Arianna, senza neanche guardarla.

Irene si avvicinò a lei, le carezzò la testa. «No, voglio accompagnarti io, così ti compro la focaccia che ti piace, quella della panetteria in piazza.»

Un minuscolo, infinitesimo lampo di luce si accese negli occhi apatici di Arianna. Guardò la madre e, senza obiettare, si alzò, indossò la giacca e mise lo zaino sulle spalle.

Uscirono nell'odore di bosco e di rugiada del mattino. Il sole faceva brillare le fronde degli alberi. Le rose, quelle di suo padre, erano ancora chiuse ma promettevano profumo e velluto di petali appena sbocciati.

Si ritrovarono a respirare a fondo la fragranza lieve di muschio ed erba nuova, come se quegli aromi, così diversi dall'aria inquinata di città, fossero un balsamo che leniva le loro angosce. Irene conosceva bene quelle atmosfere, quella pace. Le erano mancate quando si era trasferita a Milano.

Nella panetteria del paese, non comprò la focaccia solo per la figlia, ma anche per sé. La gestione era cambiata, non c'erano più i vecchi proprietari che vagamente ricordava, ma la focaccia era sempre la migliore che avesse mai assaggiato.

Accompagnò Arianna a scuola, si sedette su una panchina e mangiò con gusto, assaporando ogni boccone. Poi, si diresse verso il colorificio, indecisa sul da farsi. Non se la sentiva ancora di cimentarsi in un'impresa non facile, quella di tinteggiare da sola le pareti di casa. Pensò comunque di chiedere informazioni e prezzi, per avere un'idea approssimativa della spesa e dell'impegno che sarebbe stato necessario.

Nel negozio le venne incontro un quarantenne sorridente e disponibile. Alto, corporatura atletica, occhi verdi e un'espressione accogliente.

«Posso aiutarla?»

Irene ricambiò il sorriso e pensò che aveva fatto bene a indossare la camicia di jeans azzurro che metteva in risalto il colore dei suoi occhi. Si stupì di quella riflessione frivola dopo anni trascorsi sotto assedio.

«In realtà avrei bisogno di alcune informazioni, giusto per capire la fattibilità di quello che ho in mente.»

«Sono a sua disposizione» rispose l'uomo con una gentilezza per niente affettata.

Irene gli spiegò quello che aveva immaginato di fare, insistendo sul fatto che sarebbe stata la prima volta a cimentarsi in un lavoro del genere. L'uomo la rassicurò e le consigliò alcuni prodotti di facile utilizzo, non trascurando di segnalare gli attrezzi più funzionali e facili da usare.

«Quante stanze deve tinteggiare?»

«Vorrei iniziare con un paio e decidere in un secondo tempo anche per le altre. Lei crede che potrei essere in grado di fare un lavoro del genere da sola?»

Irene pensò fosse meglio essere prudente, ma in cuor suo quell'uomo dall'aria così disponibile e amichevole l'aveva già convinta.

«Diamoci del tu, lo faccio con tutti i miei clienti. Sono Piero.» L'uomo le tese la mano, sollecito ma per niente invadente.

Irene raccolse l'invito e ricambiò la stretta, presentandosi. Gli raccontò che si era trasferita da poco con la figlia e che avrebbe dovuto contare solo sulle sue forze, non conoscendo nessuno che potesse aiutarla.

«Immagino che tu sia spaventata all'idea di un lavoro che non hai mai fatto» continuò lui, «ma vedrai, è più facile di quello che pensi. In più adesso c'è una promozione incredibile su una pittura lavabile che potrebbe fare al caso tuo.»

Guardarono insieme la cartella dei colori disponibili: c'era anche quel crema dalle sfumature rosate cui Irene aveva pensato. Lo considerò un segno. D'impulso, decise di acquistare il necessario per tinteggiare almeno il soggiorno, la stanza dove lei e Arianna passavano più tempo. Piero, con il suo fare gentile e disponibile, le aveva trasmesso entusiasmo e sicurezza.

«Se vuoi, posso portarti tutto il materiale oggi pomeriggio, devo già uscire per altre consegne» le propose.

Mentre la guardava, gli occhi gli brillavano. Da tempo Irene non coglieva quel lampo nello sguardo di un uomo. Era consapevole della propria bellezza, ma da anni l'aveva mortificata, quasi nascosta: la gelosia ossessiva di Gianluigi l'aveva trascinata in un tunnel di diffidenza e ritrosia. Evitava ogni contatto con il mondo maschile ed era arrivata al punto di chiedere alla responsabile della sua casa editrice di chiamarla personalmente, evitando di lasciare quel compito al collega. Era successo una volta sola e suo marito aveva fatto scoppiare il finimondo. Ora, nessuno avrebbe avuto da ridire su ogni situazione, persino la più innocente.

Sono libera adesso. Incasinata, ma libera, pensò con incredula, soddisfatta consapevolezza.

«Va bene, ti lascio il mio indirizzo. A che ora passeresti?»

«Verso le sei ti andrebbe bene?»

Irene annuì mentre scriveva su un pezzo di carta il suo recapito. Gli lasciò anche il numero di telefono, questa volta non doveva temere che Gianluigi potesse intercettare la telefonata.

Salutò Piero e si avviò verso l'auto.

Camminò più spedita, leggera.

Era tornata alla vita.

Otto

Seduta sul divano del soggiorno, aveva chiuso gli occhi e si era concessa un momento di relax dopo aver lavorato alle illustrazioni iniziate al mattino. Guardò l'orologio, mancava un'ora all'arrivo di Piero. Ripensò alla sensazione di leggerezza che aveva sperimentato quando si era accorta di piacergli, considerò quanto fossero stati gratificanti l'interesse e la sollecitudine che lui le aveva dimostrato. Prese in mano il cellulare, aveva voglia di raccontare di quell'incontro a Alice. Finalmente, avrebbero parlato di un episodio piacevole e non del comportamento annientante che Gianluigi le riservava da troppo tempo.

L'amica le rispose subito, con quel tono di voce squillante e deciso che la rendeva inconfondibile.

«Ti ho disturbato? Sei ancora al lavoro?» chiese Irene.

«Non ti preoccupare, mi prendo una pausa. Oggi è stata una giornata infernale, ma per te il tempo lo trovo sempre.»

Irene abbozzò un sorriso, come al solito Alice non perdeva occasione di dimostrarle il suo affetto e la costante attenzione nei suoi confronti. Le raccontò della decisione di tinteggiare alcune stanze della casa e dell'incontro con Piero.

«È stato così gentile... È bello provare ancora certe sensazioni, non mi accadeva da anni.»

«Ci credo, eri la schiava di Gianluigi. Non potevi fare niente, ogni tuo gesto era spiato, scandagliato, ogni tua azione repressa. Sei tornata alla vita, baby!»

«Tra poco Piero mi porterà la pittura e i pennelli che ho acquistato, sai che mi sento emozionata?»

Irene si stese sul divano, allungò le gambe sullo schienale. Le sembrò di essere un'adolescente alle prese con i primi turbamenti amorosi.

«Tesoro, vacci piano. Non lo conosci, non sai chi è veramente» le fece notare l'amica. «In più, Gianluigi non smette di assediarti. Ti ha chiamata anche oggi?»

Una piega amara increspò le labbra di Irene. Alice l'aveva bruscamente riportata alla realtà.

«Mi ha tempestato di messaggi e telefonate, ma io continuo a non rispondere. Nel frattempo ho fatto riparare la serratura del cancello d'ingresso, almeno non potrà entrare in giardino indisturbato.»

«Un cancello chiuso non lo fermerà, ma è già qualcosa. E per favore, non prendere decisioni avventate.» Il tono di Alice non ammetteva repliche, severo e intransigente come il comportamento che le raccomandava.

Irene non riuscì a trattenere un sospiro. Deglutì solo saliva, ma le parve fossero macigni impossibili da mandare giù.

«Non ci sarai rimasta male, vero?» continuò Alice. «Lo dico solo per il tuo bene, non voglio che tu soffra ancora per un uomo.»

L'amica sembrava spazientita. Irene pensò che a volte sapeva essere davvero dura.

«No, non ci sono rimasta male. Solo che è bello sognare, ogni tanto» rispose con un filo di voce.

«Sognare non ti porterà a niente. Certo, è confortante ingannarsi, vivere su una nuvoletta, galleggiare alto. Salvo poi precipitare di colpo a terra.»

Irene non volle più replicare. Cominciò a tossire, sentì la gola chiusa da uno spasmo. Si mise a sedere. Se Alice voleva farla ripiombare nella triste realtà in cui era invischiata, c'era riuscita in pieno.

L'amica continuò, implacabile. «Ti ricordi cosa ti dicevo quando mi parlavi di Gianluigi? Non mi hai mai voluto ascoltare, e guarda che inferno stai vivendo.»

«Ti ho solo raccontato di un incontro casuale, non voglio

certo fidanzarmi con quell'uomo» riuscì a malapena a rispondere Irene, tra un colpo di tosse e un altro.

«Adesso devo andare. Ci sentiamo quando vuoi.» Alice chiuse bruscamente la comunicazione.

Irene rimase col cellulare in mano e la gola strozzata dalla tosse più stizzosa che avesse mai sperimentato. Andò in cucina per bere un bicchiere d'acqua. La tosse finalmente si acquietò e lei cominciò a respirare.

Tornò a sedersi sul divano e appoggiò la testa allo schienale, lo sguardo fisso al soffitto.

Alice era sempre stata tosta e determinata, con una visione della vita e delle persone che sconfinava nel cinismo più spietato. Lei la ammirava, ma a volte ne aveva paura. L'avrebbe voluta più comprensiva, più vulnerabile.

Lei è forte e indipendente e di sicuro ha ragione.

Ha SEMPRE avuto ragione.

Chiuse gli occhi, ripensò a tutti gli sbagli che aveva fatto nella sua vita, a tutti i consigli che la sua amica le aveva dato, a tutte le volte che li aveva disattesi e si era trovata nella disperazione più nera.

La voce di Arianna la distolse da quei pensieri bui. Poco prima era in camera sua a fare i compiti e adesso stava scendendo le scale con un quaderno in mano.

«Mamma, secondo te cosa devo rispondere a questa domanda del questionario di storia?»

Irene la guardò dirigersi verso di lei, aveva cerchi scuri sotto gli occhi e lo sguardo spento. Indubbiamente anche sua figlia stava vivendo un periodo cupo e la tragica fine di Minou non aveva fatto altro che acuire le sue difficoltà.

Si alzò dal divano e si diresse verso il tavolo di noce della cucina, lo stesso dove anche lei faceva i compiti da bambina.

«Fammi vedere, tesoro.»

Si sedettero entrambe e consultarono insieme il testo di storia, rispondendo ai numerosi quesiti che l'insegnante aveva assegnato di compito.

Prima che Arianna si alzasse per ritornare a studiare in camera sua, Irene le passò una mano tra i capelli e le chiese: «Va un po' meglio a scuola?».

La bambina abbassò gli occhi, piegò le labbra in una smorfia amara. «Insomma, mica tanto...»

«Che succede ancora?»

«I miei compagni continuano a essere antipatici, mi prendono in giro, le maestre non mi piacciono. Solo una è gentile con me. Le altre sono odiose.»

«Sono convinta che sia una questione di tempo, ti abituerai presto al nuovo ambiente.»

«Non credo proprio» rispose laconicamente Arianna, prendendo il suo quaderno e dirigendosi verso le scale.

Irene stava per rispondere quando qualcuno suonò alla porta. Scostò la tenda, era Piero. Rivederlo, a dispetto degli avvertimenti di Alice, le strappò un sorriso. Gli aprì il cancello e lo aspettò sulla soglia della porta.

Mentre lui entrava con le latte di pittura e l'attrezzatura che aveva comprato al mattino, lo guardò di sottecchi. Indossava una camicia diversa da quella che aveva poche ore prima in negozio e le sembrò ancora più attraente.

«Sai che mio padre conosceva bene i tuoi genitori? Erano suoi clienti. Quando ho controllato con più attenzione il tuo indirizzo, ho capito subito chi fossero.»

«Immagino di sì, abitavamo qui tanti anni fa. Tuo padre non lavora più in negozio? Non l'ho visto stamattina.»

«Mio padre è morto due anni fa, sto continuando io la sua attività. Dove ti porto il materiale?»

Irene fece una smorfia di disappunto e si maledisse per avergli posto quella domanda. Biascicò un «Mi spiace» a bassa voce e poi rispose: «Magari sul retro, sotto il portico? Se sei di fretta, lascia pure tutto all'entrata, ci penso io dopo».

«Nessuna fretta, sei l'ultima consegna del giorno, *dulcis in fundo*» disse lui, dedicandole un ampio sorriso.

Irene considerò che, oltre a essere un bell'uomo, Piero era anche simpatico. Gli fece strada e lo condusse sul retro della casa. Arianna, nel frattempo, era ritornata sui suoi passi e li stava seguendo in silenzio, curiosa.

Dopo aver posato le latte e i sacchi con il resto del materiale sul pavimento del portico, Piero scrutò la bambina con attenzione.

«Questa signorina è tua figlia, giusto?» chiese con un sorriso cordiale.

«Esatto, Arianna. Una signorina di nove anni e mezzo» rispose Irene avvicinandosi a lei e arruffandole i capelli.

«Io sono Piero.»

Lui le tese la mano, Arianna la strinse timidamente. Mentre si presentava a sua figlia, Irene realizzò che quell'uomo aveva il dono di assumere l'atteggiamento perfetto al momento giusto, creando un'immediata empatia con i suoi interlocutori.

«La mamma mi raccontava che siete appena arrivate, spero ti piaccia qui.»

«Stavamo proprio parlando di questo» intervenne Irene. «Arianna è un po' spaesata, non si trova molto bene a scuola, ma sono sicura che si abituerà presto.»

La bambina fece una smorfia triste, abbassò gli occhi e non rispose. Piero distolse lo sguardo da lei e fissò la casetta sull'albero semidistrutta.

«Siete sistemate bene, ma ci sono un bel po' di lavoretti da fare. Quel rifugio sull'albero di noce sta andando a pezzi, Arianna, che ne dici di ripararlo? Da bambino ne avevo uno anch'io e ti assicuro che era il mio luogo preferito.»

«Non abbiamo abbastanza soldi per metterlo a posto» replicò Arianna con una smorfia.

Irene la guardò con un'espressione di rimprovero. Sua figlia non aveva filtri. Raccontava, come fanno molti bambini, la realtà per quello che era. Rabbrividì pensando a quello che avrebbe potuto riferire a scuola, in quell'ambiente pettegolo di paese. Una sua amica di Milano, maestra in una classe elementare, le diceva sempre di conoscere per filo e per segno la situazione famigliare di ogni suo alunno.

Piero invece le dedicò uno sguardo colmo di tenerezza, si avvicinò alla capanna e la esaminò con attenzione.

«In realtà non è una riparazione costosa» disse. «Servono dei listelli di legno robusto e un po' di lavoro. Se ti fa piacere, te la riparo gratis, sono lavori che mi divertono e mi fanno ritornare con la mente a quando ero bambino.»

Arianna si illuminò di un grande, sperticato sorriso.

«Non posso acconsentire, chissà quanto tempo e materiale ci vorranno» rispose Irene, facendo cenno di no col capo.

«Insisto, per me sarà un divertimento. In cambio del lavoro, accetto volentieri un invito a pranzo.»

Arianna, già entusiasta della proposta, aveva cambiato radicalmente espressione. «La mamma è bravissima a preparare la pasta al forno.»

«Vada per la pasta al forno.»

«Avete deciso tutto voi, io non conto niente.»

Irene fece spallucce, sorridendo. Quell'uomo ci sapeva proprio fare, aveva capito subito come entrare nelle simpatie di Arianna e, conseguentemente, anche nelle sue.

«Allora affare fatto. Se per voi va bene, verrei domenica mattina, conto di finire il lavoro in giornata.»

«Sì!» esclamò Arianna, felice.

Vedendola così euforica, Irene non ebbe il coraggio di replicare ulteriormente.

«Adesso vado, devo chiudere il negozio. Ci vediamo domenica, va bene alle nove o è troppo presto?»

Irene accettò, ringraziandolo. Pensò che, nello stesso giorno, ne avrebbe approfittato per tinteggiare il soggiorno, in caso di difficoltà avrebbe potuto chiedergli qualche consiglio.

Lo vide uscire dal cancello, le spalle larghe, il passo dinoccolato. Lui entrò in auto, le sorrise, gli occhi verdi ammiccanti.

Mentre partiva, Irene pensò che forse Alice si era sbagliata, una volta tanto.

Nove

Quando al citofono il postino le comunicò di doverle consegnare una raccomandata, capì subito che un macigno l'avrebbe investita di lì a poco. Non aveva ancora trovato il tempo di cambiare residenza e quella missiva non poteva essere una multa o una comunicazione burocratica, ma qualcosa di molto più molesto. Quando, dopo aver firmato la ricevuta, rivolse lo sguardo all'intestazione della busta, le mani cominciarono a tremarle: proveniva da uno degli avvocati di suo marito, il più spietato. Gianluigi, imprenditore edile già plurindagato per turbativa d'asta e corruzione in processi riguardanti diversi appalti pubblici, era stato salvato innumerevoli volte dalla galera per merito della sua nutrita squadra di avvocati.

Tornò in casa, si sedette su una sedia in cucina e aprì la busta. Lo sguardo corse subito al contenuto principale della raccomandata, decisamente intimidatorio:

La presente in nome e per conto del signor Gianluigi Guarro, per intimarLe, unitamente alla figlia minore Arianna, il ritorno alla casa coniugale sita in Milano, via del Giardino 2, domicilio dal quale si è allontanata senza giustificato motivo di lavoro o altro né preavviso alcuno, trasferendosi in una località remota, rendendo così gravoso l'esercizio dei diritti-doveri genitoriali del signor Guarro.

Per ovviare alla palese difficoltà del mio assistito riguardo l'assistenza e la frequentazione della figlia, La invitiamo, in

alternativa, a trasferirsi anche presso altro domicilio nella città di residenza della casa coniugale, appunto per favorire l'esercizio dei diritti del mio assistito.
Pertanto, in attesa di gradito e cortese riscontro, e comunque entro cinque giorni dal ricevimento della presente, la intimiamo all'adempimento di quanto richiesto. Trascorso detto termine, provvederemo ad adire l'autorità giudiziaria per veder soddisfatta la pretesa del mio cliente.

Alla lettura dello scarno comunicato contenuto nella lettera, Irene rimase impietrita. Le sue mani tremavano così tanto che il foglio le cadde di mano. Si alzò e cercò convulsamente il cellulare per telefonare al suo avvocato, un ex compagno di liceo che la seguiva a titolo gratuito in nome della vecchia amicizia.

«Mattia, ho appena ricevuto la raccomandata di uno dei legali di mio marito, ora ti dico cosa c'è scritto.»

Con voce spezzata gli lesse il testo. Appena ebbe finito, aspettò col fiato sospeso, quasi fosse un verdetto, il parere dell'amico.

«Gianluigi sta preparando l'artiglieria pesante, questo è innegabile, ma se fossi in te non mi preoccuperei più di tanto. Risponderò facendo presente che hai avuto necessità di allontanarti dal domicilio coniugale per il vostro benessere emotivo, considerati i numerosi litigi intercorsi negli anni tra te e tuo marito. Preciserò inoltre che la scelta di trasferirti nella casa dei tuoi genitori è avvenuta per opportuni motivi economici, dal momento che disponi di un reddito personale piuttosto esiguo. Certo, se ti decidessi a denunciarlo per tutte le volte che ti ha mandato al Pronto Soccorso, la strada sarebbe in discesa» ribatté Mattia con tono lievemente polemico.

«Non me la sento, ho paura di lui. Ancora non ti ho detto cosa è successo qualche giorno fa.»

Irene gli raccontò dell'incursione improvvisa di Gianluigi e delle sue reiterate minacce e percosse. Gli riferì anche del gattino annegato nella piscina e dei suoi sospetti.

Mattia ne fu impressionato.

«La faccenda sta diventando molto più seria» disse. «Come ben sappiamo, tuo marito è un violento, ma non si era mai spinto ad azioni di questa gravità. Non abbiamo prove certe e tu hai fatto bene a sporgere una denuncia contro ignoti, ma c'è una grande probabilità che possa essere stato davvero lui a uccidere il gatto di tua figlia. Sono preoccupato per te, Irene.»

Lei restò muta, incapace di reagire. Il cuore aveva cominciato a batterle all'impazzata. Non appena riuscì a riprendersi, congedò Mattia con la promessa di riflettere sui suoi consigli. Era rimasta in piedi, la raccomandata ancora in mano, i battiti che non accennavano a rallentare. Andò in cucina e versò in un bicchiere venti gocce di ansiolitico. Tornata in soggiorno, si stese sul divano e aspettò che le benzodiazepine facessero effetto.

Venti minuti dopo si sentiva già meglio, l'ansia era meno pressante, il battito cardiaco più rallentato. Guardò l'orologio: Arianna sarebbe tornata nel pomeriggio, aveva davanti a sé diverse ore di solitudine. Un senso di smarrimento la assalì ancora, a dispetto del calmante che aveva assunto. Prese il cellulare dal tavolo, doveva parlare con Alice.

L'amica rispose subito. Anche nel bel mezzo di una mattina di sicuro densa di impegni importanti. Un'ondata calda la sommerse quando sentì la sua voce, immediatamente si percepì padrona di se stessa, capace di reagire di fronte a qualsiasi accadimento. Una sensazione che nemmeno il più potente psicofarmaco avrebbe potuto infonderle. Le raccontò della raccomandata e dell'opinione del suo amico avvocato.

«Sono d'accordo con lui, sta solo cercando di intimidirti. Tu non reagire in nessun modo, lascia che sia Mattia a rispondergli e attendi i prossimi eventi. Vorrei tanto sbagliarmi, ma non credo che la reazione di tuo marito sarà limitata solo a lettere del genere. Aspettati di tutto» disse Alice con il consueto tono battagliero.

Irene chiuse gli occhi, sospirò a fondo.

«Immagino che sia così. Spero di farcela, questa situazione mi sta distruggendo psicologicamente» rispose.

«Era meglio rimanere prigioniera nella gabbia dorata

a Milano, ostaggio dei maltrattamenti e dei malumori di Gianluigi?»

«No di certo, ma è dura, davvero dura.»

«Come ti dicevo, questa è una guerra e devi aspettarti ogni genere di nefandezza. Ma tu ce la farai e alla fine starai bene.»

Irene inghiottì un rigurgito acido che le si era affacciato in gola. Aspettò qualche secondo a rispondere. Poi, di getto disse: «Sì, hai sempre avuto ragione, ma io sono diversa da te. Sono sempre stata debole, arrendevole, incapace di capire a fondo le persone e le situazioni. Ho paura di non reggere, vedo Arianna così triste, sta soffrendo molto anche lei».

«È inevitabile che soffra, ma quando questo momento sarà passato tua figlia inizierà a star bene davvero. E tu con lei.»

Irene annuì, come se l'amica potesse vedere quel gesto di approvazione. Non le raccontò di Piero, dell'appuntamento che aveva preso per domenica. Ricordava ancora l'invito alla prudenza che Alice le aveva fatto mentre le raccontava di quell'incontro.

Salutò l'amica, appoggiò il capo allo schienale del divano e si addormentò sfinita.

Dieci

Domenica mattina alle nove Piero suonò puntuale alla porta di casa. Era in compagnia di un ragazzo che Irene aveva intravisto al colorificio, un commesso che lavorava in negozio con lui. Arianna era appena uscita con Lucia. Insieme sarebbero andate a trovare i figli di una sua amica, più o meno dell'età della bambina.

Piero e l'aiutante, arrivati con un furgone stipato di materiale, cominciarono a scaricare e a depositare sul prato doghe di legno e altro materiale necessario per riparare la casetta sull'albero.

Quando Irene lo vide camminare verso di lei, il sorriso aperto, il passo dinoccolato, in un lampo si sentì meglio. Aveva indossato un abito di qualche anno prima, un tubino appena sopra il ginocchio che all'epoca aveva provocato le ire di Gianluigi ed era stato subito scartato dalla rosa dei vestiti che il marito riteneva consoni. Era rimasto appeso nell'armadio, inutilizzato per tanto tempo. Quella mattina Irene aveva avuto voglia di provarlo, e nel momento in cui si era vista allo specchio si era piaciuta. Dopo molti anni si era percepita seducente. Era da tanto che non provava uno stato d'animo simile.

Piero le diede conferma dell'impressione che aveva avuto di se stessa, esprimendo apertamente la propria ammirazione: «Ogni volta sei sempre più bella, si vede che l'aria del lago ti fa bene».

Un complimento semplice, senza fronzoli, genuino e diretto.

Lei gli sorrise senza rispondere. Non voleva dargli corda, ma quella corte discreta e senza eccessi le trasmetteva un piacevole senso di leggerezza, di gioco.

«Se sei d'accordo ci mettiamo subito all'opera, abbiamo tanto da fare» disse Piero.

«Neanche il tempo di un caffè?»

«Magari più tardi.»

Irene andò in cucina, la stanza che dava sul retro della casa. Da lì avrebbe sbirciato lo svolgimento dei lavori e ultimato le illustrazioni che, la settimana successiva, doveva inviare alla sua casa editrice. Aveva rinunciato a rinfrescare le pareti del soggiorno: era ancora troppo stanca e provata dagli ultimi accadimenti e dal trasloco, avrebbe avuto davanti tutta la primavera per realizzare quel lavoro che aveva programmato. Con un pizzico di malizia pensò che la tinteggiatura del soggiorno sarebbe stata un'altra occasione per chiedere l'aiuto di Piero. Ancora una volta si stupì di un atteggiamento che non le apparteneva più da anni. Di come la vita, la voglia di rinascere, di reinventarsi facesse emergere un lato di lei che da molto tempo aveva rintuzzato sotto le ceneri di una femminilità negata, considerata ormai estinta.

Anche Alice, pur in maniera totalmente diversa da Gianluigi, avrebbe disapprovato quel pensiero, anche lei l'avrebbe ritenuta stupida e superficiale.

Non ha mai parlato di fidanzati, possibile che non ne abbia mai avuto uno? Evidentemente, le interessano solo la carriera e le soddisfazioni professionali.

Focalizzò quello che l'amica le raccontava della sua vita: meeting, viaggi di lavoro, promozioni, nessun accenno a esperienze sentimentali. Non aveva mai pensato a possibili figli, a un'esistenza meno pressata da impegni lavorativi, da traguardi sempre più lontani e ardui da raggiungere.

E soprattutto, non le aveva mai raccontato di un uomo che le potesse piacere. Aveva sempre dichiarato che la gratificazione ingannevole di un affetto esclusivo non la interessava, né aveva mai avvertito il bisogno di un essere umano nella mente e nel cuore.

Irene ammirava la sua indipendenza emotiva: di sicuro la rendeva forte e scevra da ogni coinvolgimento che la potesse rallentare nell'affermazione di sé.

Alla fine, l'amore è un'illusione che dura un battito di ciglia.

Diede un'occhiata all'immagine che la superficie a specchio del frigorifero le rimandava: i capelli biondi raccolti in una coda alta, il trucco leggero ma accurato, il vestito corto. Era così inconsueto per lei trovarsi in quella situazione. Da anni sentiva di essere invisibile, tanto da controllarsi allo specchio solo per pochi istanti, esclusivamente quando si lavava il viso. Gianluigi da tempo aveva perso interesse per lei, non la cercava, non la desiderava più, ancor prima che la situazione precipitasse tra di loro. Ricordò quando si gettava sul suo corpo con foga quasi animalesca. Ansimava, soffiava parole oscene, chiuso in un universo personale dove lei era oggetto silente e inanimato del suo desiderio. Irene non vedeva l'ora che quel momento finisse presto per non sentire addosso quel fiato scomposto, quel movimento che accelerava fino a morire, quell'ansia di arrivare a una meta che le era del tutto sconosciuta. Quando suo marito aveva cominciato a evitarla, aveva provato nostalgia per l'indolenzimento sordo che le restava dentro, prova tangibile dell'appartenenza a quell'uomo. E ancor di più le era mancata, come l'aria, l'unica certezza che aveva potuto sperimentare: l'oscuro potere che il suo corpo aveva esercitato su di lui.

Tutto poi era cambiato, a parte la folle, esagerata gelosia di Gianluigi. Quella era rimasta intatta, a vegliare un possesso che comunque non gli interessava più.

Una voce la distrasse da quei pensieri.

«Irene? Avresti una bottiglia d'acqua? Sta cominciando a fare molto caldo.» Piero le sorrideva dallo spiraglio della porta sul retro del giardino.

Lei corse ad aprire il frigorifero e gli offrì acqua minerale e altre bibite che aveva messo in fresco poco prima.

«Vuoi anche un caffè?»

«Mi sa che accetto. Posso sedermi?» chiese lui, indicando una sedia.

Irene disse di sì e, dopo aver portato il caffè al tavolo, si sedette a sua volta.

Piero la guardava di sottecchi, cercando di non soffermarsi troppo su di lei. Non era timido, ma emozionato di sicuro. Infatti disse: «Si vede che non sei di queste parti, che vieni dalla città. Devo confessare che mi sento un po' in soggezione».

«Come mai?» rispose Irene, sorpresa da quell'affermazione inattesa.

«Sei così raffinata. Mi sembra impossibile che tu non abbia un uomo accanto.» Piero abbassò gli occhi, strinse più forte la tazzina, poi la pose sul tavolo.

Lei sorrise, lusingata dai suoi complimenti. «Mi sono separata da poco e ho deciso di venire a vivere nella villetta dei miei genitori.»

«Una bella casa, con qualche lavoretto ben fatto diventerà ancora più accogliente.»

«Spero di essere in grado di occuparmene. Oggi avevo intenzione di iniziare a tinteggiare, ma ero troppo stanca e ho pensato di rimandare.»

Piero le diede un'occhiata rassicurante. Mosse la mano verso di lei, ma si fermò. Lei seguì quel movimento con lo sguardo, ne apprezzò la delicatezza e la prudenza. Lo fissò con attenzione, come per incoraggiare una sua risposta che arrivò, puntuale.

«Non ti devi preoccupare, ti aiuterò io.»

Si guardarono negli occhi. Irene rivide in quelli di lui lo stesso lampo che aveva intravisto giorni prima.

La seduzione.

Qualcosa che non conosceva più da tempo.

«Grazie» rispose semplicemente.

Si alzò e si diresse verso la credenza. Prese una scatola di latta che usava per conservare i biscotti. Ne offrì qualcuno a Piero.

«Sai, li ho sfornati ieri sera.»

«Hanno tutta l'aria di essere buonissimi. Una volta ho

provato a preparare un dolce, era una scommessa con un mio amico durante una cena. Eravamo a casa sua, la torta è uscita dal forno completamente bruciata e lui ha trovato farina in ogni angolo della cucina a distanza di settimane.»

Irene rise ascoltando quel racconto, e pose le mani davanti agli occhi come faceva da bambina quando sghignazzava senza controllo. Se lo immaginò imbragato in un grembiule da aspirante chef, a lavorare la pasta frolla con quelle mani grandi e callose che si ritrovava.

All'improvviso, udirono lo scatto secco della porta d'ingresso e dei passi verso di loro. Davanti a loro si parò la stazza monumentale di Gianluigi. Era fermo, in piedi sulla soglia della cucina. Li guardava in silenzio, stringendo i pugni, serrando la mascella. Irene balzò sulla sedia e cominciò a tremare. Piero, visibilmente contratto dalla sorpresa e dal disappunto, alzò lo sguardo sull'uomo.

«Come immaginavo, ti stai già consolando. Ecco perché sei andata via, avevi già in caldo un sostituto. Sei proprio una lurida puttana.»

«Non è come pensi tu. Questo signore è venuto a fare dei lavori in casa, stavamo solo prendendo un caffè» disse Irene, balbettando come una bambina.

Piero la guardò, forse più stupito dalle sue parole che dagli insulti di Gianluigi. Non si mosse, non disse niente. Ma quando l'uomo si diresse verso Irene con la chiara intenzione di alzare le mani su di lei, si alzò dalla sedia e gli si avvicinò.

«Che problema hai, amico? Come ti permetti di trattare così la signora?» sibilò, piantandosi davanti a lui con aria di sfida.

Irene era rimasta seduta, bianca come un cencio, paralizzata da quella improvvisa irruzione.

«Senti, coglione, questo è un problema tra me e mia moglie. Vattene fuori dalle palle, se non vuoi fare una brutta fine anche tu» sbraitò Gianluigi, ormai senza controllo.

«Sei tu che te ne devi andare, non sei gradito qui.»

Piero avvicinò la mano a pugno vicino alla mascella dell'altro, un'espressione truce sul viso. Irene lo guardò, impressionata dal suo repentino cambiamento e da come stava reagendo all'aggressione di suo marito. Anche il commesso di Piero, fino ad allora rimasto in giardino, attirato dalle urla si avvicinò alla portafinestra. Aveva in mano un grosso martello e lei ebbe la netta sensazione che il ragazzo non avrebbe esitato un secondo a usarlo per aiutare il suo datore di lavoro.

Irene prese in mano il telefono dalla tasca dell'abito e digitò il numero del pronto intervento, mostrandosi decisa a inviare la chiamata.

«Vattene subito o faccio intervenire la polizia» minacciò.

Dopo la sorpresa di essersi ritrovata di fronte al suo personale incubo, aveva riacquistato un minimo di lucidità.

Suo marito, vistosi accerchiato, indietreggiò di poco. Stava calcolando rischi e benefici, come faceva con i suoi collaboratori quando decideva la strategia da seguire nelle innumerevoli operazioni losche che conduceva. Diede un calcio allo stipite, appena prima di voltarsi.

«Non finirà qui, brutta troia. Non penserai di farla franca, pagherai tutto con gli interessi» urlò andandosene e sbattendo la porta d'ingresso.

Quando Irene udì il rombo della Mercedes che si allontanava, abbassò il capo e cominciò a piangere. Era riuscita a trattenersi fino a quel momento, ma adesso che la tensione era calata crollò di colpo.

Piero, che era rimasto in piedi, come fosse ancora in stato di allerta, si mosse verso di lei e le si sedette accanto.

«Sei stata sposata con un uomo del genere?» le domandò, scuotendo il capo. Poi, facendo un cenno al commesso: «Livio, ti spiace lasciarci soli?».

Irene gli fu grata. Non aveva voglia di parlare in presenza di altre persone del fallimento più grande della sua vita: suo marito.

Le lacrime le rigavano il volto, i singhiozzi, incontrollabili, quasi non la facevano respirare.

Piero contrasse la mascella. Esitando, le posò una mano sulla spalla. «Sono convinto che, se non fossi stato presente, ti avrebbe ammazzato di botte. Ti picchia, vero?»

Irene annuì. Lui deglutì rumorosamente, come se gli mancasse l'aria.

«Mi spiace di aver lasciato la porta e il cancello aperti, l'ho fatto per non doverti citofonare ogni volta che dobbiamo portare il materiale in casa. Qui non ci sono pericoli, è un luogo tranquillo. Tuo marito ne ha approfittato per farci questa bella sorpresa.»

Lei gli fece un cenno con la mano, come per dirgli che non importava, ma non riusciva a smettere di piangere.

Piero si avvicinò un po' di più. Con prudenza e delicatezza la strinse piano tra le sue braccia, mantenendo una certa distanza, probabilmente per non dare la sensazione che stesse approfittando di quel momento per avere una sorta di intimità con lei. Irene si abbarbicò a lui, come fosse l'ultimo sperone di roccia prima del grande salto di una cascata. Aspirò l'aroma della sua pelle, forte e muschiato, avvertì il suo calore. Sentirlo vicino le faceva bene, la tranquillizzava. Alzò gli occhi verso il suo viso. Tentò un sorriso che non risultò altro che una smorfia amara.

«Grazie per avermi difeso.»

«Tuo marito è un uomo pericoloso. Devi stare lontana da lui, prima o poi potrebbe ucciderti.»

Irene si irrigidì. Si staccò da lui, improvvisamente timorosa di quell'intimità troppo ravvicinata. Un languore l'aveva sommersa, un'onda calda e avvolgente che l'aveva turbata nel profondo. Lo guardò negli occhi: ancora quella luce, quella dolcezza nello sguardo che le dimostravano quanto quell'uomo fosse già preso da lei. Ripensò alla sua reazione subitanea, alla protezione che le aveva offerto, incurante della tracotanza e della incontenibile aggressività di Gianluigi. Non aveva esitato un attimo a fronteggiare suo marito, l'aveva difesa senza mostrare alcuna incertezza.

Piero le sfiorò la mano, come a cercare un ultimo contatto prima di allontanarsi da lei. Poi si alzò dalla sedia e portò le tazzine di caffè al lavabo della cucina.

«Ti preparo una camomilla? Magari potrebbe rasserenarti un po'.»

Irene alzò il capo e si sistemò i capelli. «Non ce n'è bisogno, mi sto già calmando.» Si alzò, dirigendosi verso la credenza, aprì un cassetto, prese una chiave e gliela porse. «Forse è meglio tenere il cancello chiuso per evitare altre brutte sorprese, che dici? Tieni questa chiave, così potrai andare e venire senza dover citofonare ogni volta.»

A fine giornata, quando Arianna fece ritorno a casa con Lucia, la casetta sull'albero era ultimata. Piero e Livio, sudati e visibilmente stanchi, la mostrarono a Irene e a sua figlia con una punta d'orgoglio.

«Che ve ne pare?»

Sorrideva, sembrava un bambino soddisfatto del gioco che aveva appena finito di montare. Arianna volle subito salire sulla scaletta, non riuscendo a trattenere l'entusiasmo.

La seguì subito anche Irene.

«È ancora più bella di quella che aveva costruito mio padre» disse.

A Piero brillarono gli occhi.

Irene lo seguì con lo sguardo mentre riportava sul furgone il materiale non utilizzato nella costruzione. Camminava con il suo passo sicuro, dai movimenti sciolti e un po' slegati, come se non fosse completamente a suo agio in quel corpo alto e magro.

Prima di uscire lui si voltò e le mandò un bacio con la mano.

Un gesto che aveva fatto tante volte suo padre nel salutarla.

Lo vide salire sul furgone, rivolgerle un ultimo sguardo.

Aveva voglia di chiamare Alice per raccontarle tutto quello che era successo in quella giornata interminabile.

O forse no.

Probabilmente lei non avrebbe capito.

Undici

Quella notte, ancor più delle precedenti, non riuscì a chiudere occhio. Ogni rumore che avvertiva, ogni cigolio, ogni vibrazione le provocavano continui trasalimenti e un'inquietudine insopprimibile. Aveva controllato tre volte la chiusura del cancello, spinto una poltrona davanti al portone d'ingresso, chiuso imposte e finestre, sbarrato con il tavolo della cucina la porta sul retro. Arianna le aveva chiesto il motivo di quella casa sotto assedio e lei, per non farla impensierire, le aveva taciuto l'ennesima incursione del padre e aveva giustificato quelle misure antintrusione con un generico accenno alla necessità di tutelarsi, considerando il luogo isolato dove vivevano.

Seduta sul letto, aveva tentato di concentrarsi nella lettura, invano. Pensieri molesti si succedevano nella sua mente come insetti accalcati su una carcassa abbandonata.

Non potrò vivere per sempre nella paura...

Un fruscio provenne dal giardino. Si alzò di scatto, si avvicinò alla finestra, vide uno dei gatti di Lucia sbucare da un cespuglio e attraversare il prato. Tirò un lungo sospiro, andò a sedersi ancora sul letto. Guardò l'orologio: le tre del mattino.

Pensò di chiamare Alice, ma soprassedette. Era troppo tardi e, più di ogni cosa, non aveva voglia di raccontarle nulla a proposito di Piero. La sua amica l'avrebbe disapprovata e, una volta di più, richiamata alla ragionevolezza.

Non riuscirò mai a essere come lei.

La frustrazione le mordeva dentro. Chiuse gli occhi mentre si distendeva sul letto, avvilita dalla debolezza, dalla vulnerabilità che quella riflessione metteva in luce. Fissò un punto del soffitto, ricordando lo sguardo carezzevole, colmo di promesse e seduzione, che Piero le aveva riservato.

Anche Gianluigi all'inizio mi guardava in quel modo.

Rammentò il fremito che aveva avvertito quando Piero l'aveva stretta, il languore che l'aveva invasa. Tanto intenso da sentire, immediata, l'esigenza di fuggire dalle sue braccia, dal suo corpo. Con la mano abbassò prima incerta poi frettolosa gli slip e cominciò ad accarezzarsi, pensando a lui. Dall'adolescenza non aveva più compiuto quel gesto, non aveva più cercato il piacere, quello che con suo marito non aveva mai conosciuto. Venne dopo qualche minuto, come se il suo corpo, congelato da anni di maltrattamenti e indifferenza, non aspettasse altro. Un orgasmo intenso e totale che la travolse e la fece vibrare dalla radice dei capelli alla punta dei piedi. Restò, come inebetita, distesa sul letto, le mutandine abbassate, lo sguardo fisso, il corpo immobile.

Era da tempo che non provava desiderio, che non avvertiva quelle sensazioni. A volte, riflettendo su quella sorta di frigidità prolungata, si era sentita più forte: la affrancava dalla debolezza dei sensi, dalla necessità di avere accanto un corpo da desiderare, dalla dipendenza che quel corpo avrebbe innescato.

Tirò su di sé la trapunta. Poco prima, un rassicurante tepore l'aveva riempita, adesso avvertiva il gelo. Sola in un letto troppo grande. Persa in una casa che non la proteggeva più. Ritornata a forza in un mondo che non le apparteneva da tempo. Chiusa in un limbo senza prospettive.

Piero mi starà accanto, mi aiuterà, mi darà ciò che mi è mancato in questi anni.

Nella mente, implacabili, risuonarono le parole di Alice: "Mai affidare la nostra vita a qualcun altro, soprattutto a un uomo. Dobbiamo fidarci solo di noi stesse".

Deglutì a fatica, come se un liquido vischioso le stesse ostruendo la trachea. Nonostante il rilassamento indotto dall'orgasmo, i battiti nel petto cominciarono a diventare sempre più accelerati. Il cuore iniziò a pompare a un ritmo indiavolato, sembrò esplodere e uscire dal suo corpo. Dopo una sensazione di freddo le parve di essere immersa nel caldo più soffocante che avesse mai provato. Cominciò a sudare e si ritrovò bagnata come dopo una doccia.

Ancora una crisi di panico, una delle tante. La paura, come un cancro, infiltrata in ogni cellula del suo corpo.

Aveva rimandato l'assunzione dell'antidepressivo e aveva fatto male: non poteva più ignorare quei segnali. Non ce l'avrebbe mai fatta da sola, aveva un estremo bisogno di aiuto, quantomeno farmacologico. Rimase ferma e inerte, aspettando che passasse la percezione, netta e distinta, di morire in quel momento. Il mondo girò in un'infernale movimento rotatorio, le pareti si espansero, il pavimento sembrò collassare. Una progressione malefica, senza fine. Attimi interminabili che le parvero assumere i contorni dell'eternità. Immobile, strinse i pugni e, rannicchiata in posizione fetale, aspettò che tutto ritornasse come prima.

Non appena avvertì la vertigine e lo sgomento meno pressanti, aprì gli occhi.

Rivide la stanza dei suoi genitori per quello che era sempre stata: rassicurante, accogliente. Ritornò a respirare normalmente, i battiti del cuore rallentati, la sensazione di costrizione alla gola meno stringente.

Si sedette sul letto, e non appena si sentì più ferma e sicura si alzò per cercare un pigiama pulito e della biancheria.

Si cambiò e, ancora scossa, rimase davanti alla finestra a guardare il giardino, come faceva da bambina. La prospettiva, da quella camera, era diversa, ma la sensazione di barriera che continuava a percepire era esattamente la stessa.

Abbassò la testa, sospirò a fondo.

Forse ritornare in quella casa non era stata una buona idea.

Dopo aver vagato come un fantasma per tutta la casa, con scarsa lungimiranza, dato il suo stato psicologico già perturbato, iniziò a leggere un racconto di Edgar Allan Poe, *William Wilson*, e quando giunse alla fine rimase profondamente turbata. L'uccisione, da parte del protagonista, del suo alter ego l'aveva scossa. La conclusione di quel racconto misterioso, quasi onirico, l'aveva angosciata oltremisura.

Gli ultimi passi le risuonarono dentro come un diapason impazzito:

> «Tu hai vinto» egli disse, «e io cedo. Ma anche tu, fin da questo istante, sei morto... morto al Mondo, al Cielo, alla Speranza. Tu esistevi in me... e ora... ora che sono morto, guarda in questa mia spoglia, che è la tua, guarda come hai definitivamente assassinato te stesso.»

Riuscì a addormentarsi solo alle prime ore dell'alba. Il sonno, agognato e finalmente conquistato dopo diverse ore di veglia, fu costellato da incubi e visioni dai contorni quasi apocalittici.

Dodici

Uscì di casa in tarda mattinata, con indosso un paio di occhiali da sole per nascondere le occhiaie, incavi bluastri a spiccare sulla pelle candida. Si sentiva stremata come se avesse scalato una montagna portando un peso di enormi proporzioni: le braccia e le gambe indolenzite, le spalle doloranti, la schiena a pezzi. Prese l'automobile e andò in paese, doveva fare la spesa e altre piccole commissioni e poi riprendere sua figlia a scuola.

Quando la vide scendere la grande scala della scuola elementare, sorrise inorgoglita. Le assomigliava sempre più. Lo stesso sguardo smarrito, gli occhi puliti, trasparenti, i capelli biondo cenere, il passo leggero, un po' esitante. Ricordò se stessa alle elementari. Era solitaria come Arianna, timida come lei. Anche sua figlia non parlava con gli altri bambini, non apparteneva alla folla chiassosa che si riversava in strada. Ritornò con la mente a tanti anni prima, all'incontro con Alice, a quanto fosse cambiata la sua vita. Da quel momento si era sentita meglio, in grado di affrontare i compagni aggressivi e le insegnanti che non la capivano. Meno vulnerabile agli attacchi degli altri, ai loro giudizi, al senso di inadeguatezza che costantemente le trasmettevano. Anche Arianna avrebbe dovuto trovare un'amica così. In cuor suo sperò che potesse incontrarla presto.

«Ciao, mamma.»

La bambina era arrivata davanti a lei e la scrutava con quei suoi grandi occhi color del cielo.

«Com'è andata oggi?» le chiese, pur intuendo già la risposta. L'espressione accigliata di sua figlia era eloquente.

«Lasciamo perdere...» Arianna abbassò il capo e si diresse verso l'auto. Entrò nell'abitacolo in silenzio, si sedette sul sedile posteriore giocherellando con la cinghia dello zaino.

«Col tempo andrà meglio, tesoro.» Irene non seppe dire altro, con sua figlia parlava ormai per frasi fatte.

La frustrazione la accompagnò per tutto il tragitto che la separava da casa. Arianna guardava distrattamente fuori dal finestrino, immersa nei suoi pensieri.

Irene ritornò con la mente alla conversazione avuta la sera prima con Alice e sperò che avesse ragione. L'amica le aveva ricordato lo stato di terrore e disperazione in cui avevano vissuto nella casa di Milano a causa di Gianluigi e delle sue violenze. Certo, aveva detto, il trasferimento non era stato una passeggiata, le minacce del marito continuavano a incombere, le difficoltà che Arianna stava incontrando a scuola non erano semplici da risolvere, ma, una volta superati tutti quegli ostacoli, la loro vita sarebbe stata di sicuro più serena e soddisfacente. Irene le aveva timidamente accennato di Piero. Alice aveva sospirato a fondo. Non aveva voluto commentare a riguardo e lei si era decisa a cambiare subito argomento.

Quando arrivarono davanti al cancello, notò che era accostato. Cercò di ricordare se l'avesse lasciato aperto nella fretta di uscire, ma le sembrò un'ipotesi poco probabile. L'incubo di veder comparire Gianluigi la terrorizzava a tal punto che non trascurava di controllare porte e finestre in maniera maniacale.

Avvertì un brivido lungo la schiena. L'istinto le diceva di non entrare in casa e di chiamare Salvatore, ma decise di ignorare l'inquietudine che quel cancello aperto le trasmetteva. I suoi ricordi potevano essere fallaci: era uscita di corsa, niente di più facile che avesse lasciato il battente accostato per distrazione. Meglio evitare di chiedere aiuto, magari a vuoto.

Arianna aveva compreso la sua preoccupazione e la stava osservando. «Mamma, che c'è?»

«Niente, tesoro» rispose lei cercando di farsi forza.

Aprì il portone d'ingresso, varcò la soglia. Tutto sembrava immerso nel silenzio più totale. Si guardò attorno. Il soggiorno, la cucina, la sala da pranzo, il bagno di servizio. Ogni oggetto, ogni mobile erano al loro posto, esattamente come li aveva lasciati. Imboccò la scala che portava al piano di sopra, due scalini per volta, mentre l'ansia continuava a divorarla. Anche in quella parte della casa tutto sembrava intatto, ma controllò comunque ogni camera, per essere più sicura. Tirò un sospiro di sollievo nel constatare che nessuno era entrato in quei locali.

Mentre scendeva le scale, rincuorata per non aver trovato nulla fuori posto, avvertì un urlo acuto, disperato. Subito dopo un pianto rotto da singhiozzi incontrollati.

Si precipitò verso il luogo da cui proveniva quel pianto inconsulto, da animale ferito. Arianna era in giardino, rannicchiata sull'erba. La scorse dalla portafinestra aperta della cucina. Non appena uscì sul retro fu subito chiaro il motivo della disperazione di sua figlia.

La casetta di legno, costruita da Piero qualche giorno prima, era completamente devastata. Doghe squarciate erano sparse su tutto il prato, insieme a pezzi del tetto, della porta d'entrata e a brandelli di bambole e libri che Arianna, giorni prima, aveva portato nel rifugio sull'albero.

Davanti a quella visione da fine del mondo Irene si bloccò, inebetita. La furia distruttrice aveva colpito persino la scaletta d'accesso e diversi rami dell'albero su cui era poggiata la capanna. Una fitta lancinante al petto le fece mancare il fiato. Cominciò ad avvertire la consueta vertigine che, nelle situazioni di crisi, le faceva perdere la cognizione del tempo e dei luoghi. Il cuore batté all'impazzata, l'angoscia si insidiò in ogni anfratto del suo corpo. Barcollò. Per non rischiare di cadere, si mise a sedere accanto a Arianna. La bambina era immersa in un pianto disperato. La abbracciò forte, cercando di calmarla, nella speranza di trovare nel calore della stretta il coraggio per superare insieme l'ennesimo shock.

Sua figlia alzò lo sguardo su di lei. Nei suoi occhi, una desolazione senza confini.

«Chi sarà stato, mamma? Perché l'ha fatto?» chiese con la voce strozzata dai singhiozzi.

Irene la strinse ancora più forte. Aveva voglia di dire a Arianna quello che pensava, ma si trattenne. Non volendo spaventarla ancora di più, conservò per sé i suoi sospetti.

«La mia casa sull'albero, mi piaceva così tanto... Voglio andarmene via di qui, mamma. Ho paura.»

Irene le asciugò le lacrime col palmo della mano, le accarezzò i capelli.

«Amore, dove potremmo andare? Qui abbiamo una casa, iniziato una nuova vita. Tutto quello che è successo è soltanto colpa di qualcuno che ci vuole costringere ad andare via, ma noi non vogliamo dargliela vinta, vero?»

Arianna la guardò, gli occhi arrossati dal pianto, l'espressione sempre più costernata.

«Tu credi che sia stato papà?» chiese spalancando ancora di più gli occhi. La sua bocca tremava.

«Non ne ho idea. Certo, il sospetto è forte» ammise Irene, senza più trattenersi. Si morse il labbro, come pentita di quello che aveva appena detto.

«Io odio papà. Non lo voglio più vedere. Perché è stato così cattivo?»

Arianna scoppiò di nuovo in un pianto disperato. Si staccò da sua madre e si buttò sull'erba, contorcendosi come fosse in preda a una crisi epilettica.

«È stato lui a uccidere Minou! Lo odio, lo odio, lo odio!» urlò, mentre sferrava calci e pugni, rotolando in maniera scomposta da una parte e dall'altra.

All'improvviso si bloccò, distesa per terra, pancia all'aria, gli occhi sbarrati verso il cielo. Cominciò a tremare in maniera convulsa.

Irene non l'aveva mai vista in quella condizione e si preoccupò immediatamente.

«Arianna, che succede? Rispondimi!»

La bambina sembrava sprofondata in uno stato catatonico. Irene si distese su di lei per cercare di farla ritornare in se stessa. Non servì a nulla, Arianna era attraversata da brividi incontenibili, lo sguardo fisso, assente, come svenuta.

«Mio Dio, mio Dio» urlò Irene, in preda al panico. Cercò in tasca il cellulare, digitò il numero di Lucia, le spiegò brevemente quello che era successo.

La vicina arrivò qualche minuto dopo, correndo allarmata.

«Oh santi numi!» esclamò, non appena vide la casetta distrutta e la bambina riversa per terra.

Si precipitò su di lei, controllò il respiro, le appoggiò due dita sul collo per verificare il battito cardiaco, la chiamò più volte toccandole il volto per sollecitare una sua risposta. Irene rimase a guardare la scena senza reagire, spettatrice inerme e atterrita.

Dopo pochi minuti Arianna aprì gli occhi, stupita di trovare su di sé gli sguardi preoccupati di sua madre e di Lucia.

«Che è successo?» chiese, mettendosi a sedere.

Lucia la abbracciò, nascondendo col suo corpo lo scenario catastrofico che le circondava. Non voleva che la bambina, appena ripresa, avesse un altro shock.

«Amore, sei svenuta perché hai avuto un grosso spavento. Adesso apri piano gli occhi, non farti prendere dallo sconforto, rimetteremo tutto a posto, vedrai» le sussurrò all'orecchio.

Arianna si guardò intorno, sembrò meno sorpresa dello sfacelo davanti a lei.

«Adesso mi ricordo tutto» disse tornando a piangere, stavolta in maniera più sommessa, silenziosa.

Irene le prese la mano e la strinse forte. «Ti prometto che ricostruiremo la casetta, costi quel che costi. Sarà ancora più bella di prima.»

Quando la bambina sembrò stare meglio, la accompagnarono in casa e la fecero stendere sul divano. Si addormentò subito, duramente provata dall'esperienza appena vissuta.

«Grazie, Lucia, non so come avrei fatto senza di te. Sono andata totalmente in tilt» disse Irene. Aveva ripreso colore, il battito cardiaco si era regolarizzato, l'angoscia era diventata meno pressante.

«Non ti preoccupare, quando insegnavo mi sono trovata

di fronte a tante emergenze e so come ci si deve comportare in questi casi. Arianna è svenuta per lo shock, ma per fortuna si è ripresa quasi subito. Adesso spiegami cosa è successo esattamente.»

«Tornando a casa, ho trovato il cancello accostato e mi sono preoccupata subito. In casa sembrava tutto a posto, stavo tirando un sospiro di sollievo quando ho sentito mia figlia che urlava.»

«Immagino chi sia stato, è fin troppo scontato.»

«Tu hai visto passare Gianluigi?» domandò Irene, andando subito al sodo.

«Non ero a casa stamattina. Ricordi? Ti avevo detto che sarei andata in città per delle commissioni.»

Irene sospirò delusa. «Anche questa volta non abbiamo prove contro di lui.»

Con una mano si tirò indietro una ciocca di capelli che le cadeva, scomposta, sulla fronte. Abbassò il capo: aveva la netta sensazione di essere in un tunnel senza via d'uscita.

«Meglio chiamare la polizia» le suggerì Lucia. «Dovrai sporgere un'altra denuncia contro ignoti, ma rimarrà comunque una traccia di quello che è successo.»

Irene non se lo fece ripetere e chiamò il commissariato.

Rispose Salvatore, che accorse subito con un collega.

Quando arrivarono, i due poliziotti non credettero ai loro occhi.

«Immagino che anche questa volta nessuno ha visto niente» disse Salvatore.

Irene annuì, voltando la testa in un'altra direzione. Non voleva rivedere lo sfacelo compiuto nel suo giardino.

«Sono sempre più preoccupato per te. Non hai un altro posto dove andare? Scusa se ti do del tu...»

«Purtroppo no. I miei genitori sono morti, non ho parenti e ho solo un'amica: abita a Londra, ha una casa molto piccola e non può ospitarmi.»

«Sarebbe il caso di installare delle telecamere, le puoi trovare a prezzi contenuti.»

«Ho pochi soldi, faccio già fatica a sbarcare il lunario.»

«Posso prendertele io? Lo faccio con piacere.»

La guardò negli occhi. Irene notò che i suoi erano pieni di dolcezza, di sollecitudine.

Fu intenerita da quell'offerta, ma rispose con fermezza: «Ti ringrazio, voglio cavarmela da sola. Spero che prima o poi Gianluigi accetti la separazione e la smetta di distruggere la mia vita».

«Forse non hai compreso bene la gravità della situazione. Tuo marito, partendo dal presupposto che sia stato proprio lui a compiere questo disastro, è un uomo violento e decisamente disturbato. Ho una certa esperienza di casi simili, quindi non credo proprio che smetterà. Anzi, a mio parere diventerà ancora più aggressivo e violento.»

Irene abbassò il capo. Lo sapeva benissimo, ma sentirselo dire da Salvatore le fece ancora più paura.

Tredici

Il giorno dopo, vincendo ogni titubanza, decise di recarsi al colorificio di Piero. Non aveva avuto il coraggio di chiamarlo per raccontargli che la casetta di legno era stata distrutta. Aveva pensato fosse meglio andare a dirglielo di persona. Piero non l'avrebbe presa bene, era stato così orgoglioso di quel rifugio ricostruito con tanto impegno e fatica. Non voleva ammetterlo a se stessa, ma c'era un'altra ragione che l'aveva portata in quel negozio: un'incontenibile voglia di rivederlo, di mitigare l'angoscia in cui stava sprofondando guardandolo negli occhi. Cercando quel lampo, intravisto qualche giorno prima, che l'aveva fatta sentire ancora viva.

Appena entrata, lo scorse al bancone mentre dialogava con una signora bionda, abbigliata in modo appariscente. Anche lei, era evidente, pendeva dalle sue labbra.

A quanto pare non sono l'unica a subire il suo fascino...

Quando la vide, Piero la salutò, concluse in maniera frettolosa la conversazione con la donna che stava acquistando degli smacchiatori e si diresse verso di lei con un sorriso smagliante.

«Forse siamo telepatici, volevo chiamarti per un saluto» le disse prendendola in disparte.

Irene tentò di ricambiare il sorriso, ma non riuscì a contraccambiare il suo calore. La notizia che doveva dargli non l'avrebbe di certo entusiasmato.

L'uomo captò al volo il suo stato d'animo. Aggrottò le sopracciglia, assumendo un'espressione preoccupata.

«Qualcosa non va?»

«Qualcuno ha distrutto la casetta che avevi appena riparato, sospetto sia stato mio marito» disse tutto d'un fiato, come per togliersi un grosso peso.

Mentre parlava, vide la donna ferma al bancone scrutarli con attenzione e poi uscire dal negozio. Irene, di sottecchi, la seguì con lo sguardo, avvertendo il morso amaro dell'inquietudine, dell'insicurezza, della gelosia.

Piero non si accorse nemmeno dell'uscita della cliente dal negozio, ma reagì in maniera plateale alla notizia che Irene gli aveva appena comunicato: spalancò la bocca come un bambino stupito da qualcosa più grande di lui.

«Ma come cazzo è possibile?» gli sfuggì di getto.

«L'ha distrutta completamente, approfittando di un momento in cui non ero a casa. Ho già sporto denuncia contro ignoti. Purtroppo nessuno ha visto niente.»

«Non ci posso credere...» Piero scuoteva il capo, disorientato. La fissò, toccandole appena il braccio. «E tu come stai? Non l'hai incontrato, vero?»

«Per fortuna no. È stato comunque uno shock per me e Arianna. Soprattutto per Arianna. Era così orgogliosa del suo rifugio sull'albero.»

«Non ti preoccupare, lo ricostruiremo ancora più bello. Piuttosto, sono in ansia per te. Ho paura che ti possa fare del male. Tuo marito sta diventando ogni giorno più pericoloso.»

A quelle parole, Irene non riuscì ad arginare il pianto.

Piero la abbracciò, lei lo lasciò fare. Respirò il suo odore avvolgente, che sapeva di buono. Affondò la testa tra le sue braccia, abbandonandosi senza remore a quella stretta, a quel calore. Sentì le mani di Piero muoversi leggere sulle sue spalle, salire sul suo capo, scorrere tra i capelli. Avvertì lo stesso languore di qualche giorno prima, sperimentò ancora la voglia di lasciarsi andare, di non pensare e assecondare la sensualità e i desideri che lui sapeva suscitarle. Con fatica, si ritrasse e si costrinse alla ragionevolezza. Evitò il suo sguardo e parlò fissando un punto indefinito di fronte a sé.

«Mi spiace moltissimo per quello che è successo, per il tuo lavoro andato in fumo. Non sai quanto.»

Piero le sfiorò il volto, sollevandole il mento, costringendola a guardarlo negli occhi.

«Non mi arrenderò di certo a causa del tuo ex. Arianna riavrà la sua casetta sull'albero e tu non sarai più sola. Te lo prometto.»

Le posò un lieve bacio sulla guancia.

Irene, a quelle parole, provò un benessere inaspettato. Si sentì a casa. Lo contemplò, gli occhi lucidi, le labbra tremanti, il respiro accelerato.

Piero le cinse le spalle e si avviò con lei verso l'uscita.

Quando furono davanti all'utilitaria, Irene fece un sobbalzo.

«Hai visto anche tu quell'auto?» disse, indicando una vettura nera che sfrecciava in lontananza.

«Dove?»

«La Mercedes che è passata due secondi fa. Non ci potrei giurare, ma mi è parso fosse quella di Gianluigi.»

«Ne sei sicura?»

«No, non ho visto il conducente, era troppo lontana. Ma era il suo stesso modello di auto.»

«Irene, potrebbe essere chiunque.»

Lei abbassò il capo, disorientata. Forse Piero aveva ragione, lo stress psicologico cui era sottoposta la stava rendendo paranoica.

«Senti, che ne diresti se venerdì andassimo fuori a cena?» propose lui. «Ti vorrei portare in un ristorante sul lago, si mangia bene ed è in una posizione panoramica. Ti rilasserai, ne hai davvero bisogno.»

Immediata, dentro di lei, la voglia di accettare quell'invito senza alcuna riserva. Ma subito il pensiero andò a Arianna. Non poteva lasciarla da sola di sera.

Potrei chiedere a Lucia di darle un occhio.

Nonostante la voglia irrefrenabile di rivederlo, Irene non accettò subito la sua proposta. Volle prendersi la possibilità di riflettere e di dargli un'eventuale conferma il giorno dopo.

Tornando in auto verso casa, dopo essersi congedata da Piero, si sentì assediata da tante sensazioni contrastanti: eccitazione, paura, incertezza, esaltazione. Era emozionata all'idea della seduzione, delle promesse che la proposta dell'uomo racchiudeva, ma nel contempo avvertiva un lancinante senso di colpa.

Che dirò a Lucia? E cosa penserà Arianna? Non è il momento di lasciarsi andare.

Alice non l'avrebbe di certo approvata. Decise di delegare a lei la decisione. L'avrebbe chiamata la sera stessa.

Dopo aver cenato e messo sua figlia a letto, si sedette sul divano e telefonò all'amica. Alice rispose subito, disponibile come al solito. «Come va? Un po' meglio?»

«Sono andata al negozio di Piero per raccontargli della casetta» le disse, senza preamboli.

Non aspettò un suo commento, continuò a parlare, come per prendere coraggio.

«Mi ha invitato a cena. Che devo fare?» Mentre pronunciava quelle parole, sentì il cuore batterle forte. Ancora.

Alice sembrò infastidita, quasi delusa.

«Esci, se ti piace così tanto.»

«Lo so, non è un buon momento, però credo che mi farebbe bene.»

«Ma chi è questo Piero? Lo conosci? Non voglio che tu soffra ancora a causa di un uomo. E poi non devi perdere di vista il tuo obiettivo: ritrovare uno straccio di stabilità.»

«Hai ragione, però ho voglia di sentirmi ancora viva.»

«Tu credi che ti sentirai viva grazie a un uomo, quando sei ridotta in questo stato per colpa di un altro uomo?»

«Piero mi sembra molto diverso da Gianluigi. Mi circonda di mille attenzioni, ha detto che non sarò più sola, che mi starà accanto.»

Alice esplose in una risata incontrollata. A Irene sembrò più un sogghigno stridulo, sprezzante.

«Siete arrivati già a questo punto! Non ci posso credere.»

«Non pensare male, non c'è stata nessuna intimità tra noi, sai perfettamente che non ti nascondo niente» balbettò, intimidita.

«Non ho detto questo. Mi sembra pazzesco che un tipo che hai visto sì e no tre volte si sbottoni in questo modo. Cosa sai di lui? Conosci qualcuno cui potresti chiedere informazioni sul suo conto?»

«Potrei domandare a Lucia, ma dubito che lo conosca bene. Quando è venuto a casa mia per riparare la casa sull'albero si sono salutati e basta. Da quello che so, non è mai stato sposato e, sì, questo l'ho notato: deve piacere parecchio alle donne.»

«Mi hai detto che è un bell'uomo» la incalzò Alice.

«È decisamente un bell'uomo. Stamattina c'era una tipa in negozio da lui. Pendeva dalle sue labbra.»

Irene sospirò. Non riusciva a dimenticare quella scena: le era rimasta inchiodata nel cervello.

«E lui faceva il cretino?»

«No, non mi è sembrato. Stava vendendole qualcosa. Ma lei era tutta zucchero e miele, e quando è andata via ci ha lanciato un'occhiata...»

«Già si scoprono le prime crepe» commentò Alice, acida.

«Non essere precipitosa. È attraente, inevitabile che possa piacere.»

Irene deglutì un fiotto acido che le si era affacciato in gola. In quel momento provò una sorta di repulsione per Alice. La sentì nemica.

«Certo, sarà come dici tu» continuò l'altra. «In ogni modo, ti consiglierei di chiedere informazioni a Lucia. Da quello che mi hai raccontato è una persona leale e corretta, amica da tempo dei tuoi genitori. Poi, a te la decisione. Stai solo attenta a non farti beccare con lui da Gianluigi. La sua reazione potrebbe essere esplosiva. Da una parte, anche auspicabile. Se perderà il controllo completamente, diventerà più debole.»

«Ho paura di lui.»

Irene aveva la gola in fiamme, quasi non riusciva a parlare.

«Non farti mai fottere dalla paura. Ce la farai, se vuoi. E tieni sempre gli occhi ben aperti.»

L'amica chiuse la comunicazione bruscamente, non la salutò nemmeno.

Irene rimase come inebetita, il cellulare in mano e lo sguardo fisso al soffitto.

Alice, quando voleva, sapeva essere molto dura.

Quattordici

Ancora un'altra notte insonne. Aveva letto qualche pagina dei racconti di Edgar Allan Poe, abbandonandoli per guardare una serie televisiva che aveva seguito per diverse stagioni. Dopo mezz'ora aveva spento il televisore. Non voleva pensare, ma la sua mente non smetteva di essere tormentata da riflessioni sempre più cupe. Aveva provato a richiamare Alice. L'amica non aveva risposto e lei aveva interpretato quell'assenza come il segno tangibile della riprovazione nei suoi confronti. In compenso il telefono era squillato senza sosta. Gianluigi non aveva mai smesso di tormentarla e lei, a un certo punto, era stata tentata di rispondere per rovesciargli addosso tutta la frustrazione e la rabbia che aveva in corpo. Aveva evitato di farlo. Le rare volte che aveva provato ad affrontarlo con la stessa veemenza era stata sopraffatta dalla sua incontenibile aggressività. Era troppo debole, psicologicamente e fisicamente. Non sarebbe mai riuscita a contrastare Gianluigi sullo stesso piano. Ne sarebbe uscita sempre perdente.

Insistente, il pensiero di Piero. Le sue mani che scorrevano piano sulle spalle, sul collo, tra i capelli. I suoi occhi, carichi di promesse allusive. La sua sollecitudine, la sua avvolgente disponibilità.

Era un sogno? Un'illusione?

Di sicuro lui aveva risvegliato i suoi sensi, sopiti da anni di violenze, indifferenza, disinteresse. Sospirò e immaginò come sarebbe stato vivere la vita con leggerezza, senza complicazioni, fidandosi e affidandosi.

Alice ha sempre avuto ragione...

Quel pensiero improvviso squarciò le sensazioni piacevoli che il ricordo di Piero le aveva suscitato.

Si distese sul letto, tirò le coperte per coprirsi fin sotto il mento. Aveva freddo, all'improvviso. Un gelo che non riuscì a mitigare neanche con un'altra coperta. Continuando a rabbrividire, alle tre del mattino si addormentò. Un sonno insolitamente neutro, privo di incubi e sogni.

Quando si alzò, spossata e senza forze, si sedette sul letto e guardò il cellulare. Piero le aveva inviato un messaggio con una foto. Il lago al tramonto e poche parole: "Mi farai questo regalo?".

Irene aveva sorriso, colpita da quell'insistenza, da quella garbata suggestione. Decise in un lampo, come aveva sempre fatto nei momenti cruciali della sua vita.

Rispose semplicemente di sì. A dispetto delle insinuazioni di Alice, della prudenza che il momento richiedeva, delle paure che non la lasciavano mai.

Scese dal letto e, più sicura e in pace con se stessa, preparò la colazione a Arianna. Quando sua figlia uscì per andare a prendere lo scuolabus, chiamò Lucia per chiederle se venerdì fosse disponibile.

Non parlò di Piero, non disse con chi doveva uscire davvero. Le raccontò genericamente di una cena con amiche di vecchia data con cui voleva ritrovarsi, e la vicina si dichiarò subito disponibile a occuparsi di Arianna durante la serata.

Aprì l'armadio. Aveva giusto un paio di vestiti adatti a quell'occasione. Ne scelse uno nero da abbinare alle uniche scarpe a tacco alto che aveva portato con sé.

Provò a indossarlo.

Era senza trucco e scarmigliata, ma l'effetto che le diede vedersi in un abito diverso dai soliti jeans e maglietta che indossava sempre, fu convincente. Era dimagrita, il vestito le andava un po' largo, ma le donava comunque. Davanti allo specchio, puntò i capelli in un improvvisato chignon, indossò le décolleté a tacco alto e mimò una posa seducente.

Si trovò ancora bella e desiderabile, nonostante le occhiaie e la luce dolente negli occhi, dettagli che da anni non smettevano di contraddistinguerla.

Due giorni dopo, appena prima di uscire, lo sguardo corse a sua figlia che parlava con Lucia mentre cenavano insieme sul tavolo di noce della cucina. Affiatate e ciarliere, ridevano e scherzavano senza sosta. La vicina aveva preparato le lasagne, suo cavallo di battaglia, e finalmente Arianna mangiava di gusto. Nell'osservarle unite e complici, Irene provò gioia e un piccolo moto di gelosia. Non vedeva la figlia così allegra da giorni, con lei era trattenuta, musona, incapace di aprirsi.

Di sicuro risente del mio costante malumore, devo cercare di coinvolgerla meno nei miei problemi.

Controllò un'ultima volta il make-up, che aveva deciso dovesse essere leggero, ma curato. Fu soddisfatta del risultato. Guardandosi allo specchio, le sembrò di essere ritornata quella di un tempo. Solo il pensiero la caricò di buonumore.

Salutò con calore Arianna e Lucia, salì in auto e si diresse verso il luogo dove si era data appuntamento con Piero. Aveva preferito che lui non venisse a prenderla, doveva sostenere la tesi dell'uscita con le amiche ed evitare un giudizio di qualsiasi tipo da parte della figlia e della vicina. Quando si era informata dove fosse esattamente ubicato il ristorante prescelto per la cena, aveva appreso con sollievo che era distante una trentina di chilometri. Considerò la scelta di Piero decisamente azzeccata, meglio non attirare l'attenzione di tutte le persone che, in paese, li conoscevano. Da quando Arianna aveva cominciato a frequentare la scuola elementare, molti avevano notato il suo ritorno nei luoghi che la famiglia aveva lasciato tanti anni prima.

Arrivata al parcheggio in una zona periferica del paese, vide subito Piero che l'aspettava in auto. Mentre scendeva dalla sua utilitaria percepì il loro appuntamento come qualcosa di clandestino, l'incontro di due amanti che dovevano nascondersi al resto del mondo. Avvertì un brivido di eccitazione. Non aveva mai provato una sensazione simile.

Quando entrò nell'auto di Piero, lui la salutò con un casto bacio sulla guancia. Indossava una camicia azzurra che faceva risaltare il colore dei suoi occhi.

«Sai che fino a due secondi fa avevo paura che non venissi?» le confidò lui ridendo.

«Perché l'hai pensato?»

«È sempre così quando tieni tanto a qualcuno. Hai paura che all'improvviso possa svanire.»

Irene, a quelle parole così disarmanti, dirette, dimenticò le incertezze, finalmente a suo agio.

Percorsero la strada che costeggiava il lago. Il sole, come nell'immagine che Piero le aveva inviato qualche giorno prima, stava tramontando. Riflessi rossastri, indaco, viola invadevano il cielo e l'acqua immobile, confondendosi in un unico fotogramma. Un orizzonte liquido e fermo, deflagrazione di bellezza, di armonia prima del silenzio, del vuoto, dell'assenza di luce. Irene fissò quel momento perfetto come per trattenerlo per sempre con sé.

Guardò di sottecchi il viso di Piero incastonato nei colori di un tramonto da manuale: le sembrò di vivere la scena di un film. Quella che per tutta la sua vita non era mai riuscita a interpretare.

Quando arrivarono al ristorante e si sedettero al tavolo, il tramonto cominciò a scemare. Si ritrovarono nella posizione più panoramica del locale, a lume di candela, musica in sottofondo e un cameriere sussiegoso a seguirli a breve distanza.

Piero sembrava a suo agio in quel locale. Salutò con calore il proprietario e le consigliò alcuni piatti che doveva conoscere molto bene.

«Sei di casa qui. Quante altre donne hai portato?» Irene non era riuscita a trattenersi. Aveva pronunciato quella frase con il sorriso sulle labbra, ma la gelosia mordeva forte dentro di lei.

«Non molte, in realtà. Sono amico del proprietario, è un mio cliente» rispose Piero, imperturbabile. Le prese la mano come a sottolineare, a dispetto del sarcasmo di Irene, quanto fosse importante quel momento per lui.

«Tu devi piacere molto alle donne, l'altro giorno in negozio la bionda che servivi non ti scollava gli occhi di dosso.» Nel dirlo, Irene si morse il labbro. Era stato più forte di lei, quella scena le si era conficcata nella memoria.

«Ah, ti riferisci alla signora Viale? È una cliente come tante, figurati» ribatté Piero con un lampo divertito negli occhi.

«Raccontami un po' di te, non so proprio niente della tua vita» lo incalzò Irene.

«Non ho molto da dirti. Ho quarant'anni, mi sono diplomato all'Accademia di Belle Arti di Brera, volevo dipingere, essere un artista, ho vissuto per qualche anno a Parigi, ma la dura realtà mi ha richiamato all'ordine. Mio padre si era ammalato e sono dovuto tornare per occuparmi del negozio insieme a lui. La fregatura di essere figlio unico.» Una smorfia amara increspò il suo perenne sorriso.

«Immagino ti sia costato molto.»

«Dover tornare è stata dura. Come vedi, io e te abbiamo diversi punti in comune.»

«È vero, io sono un'illustratrice, tu dipingi. Tu vivevi a Parigi, io a Milano. Entrambi, come per uno strano sortilegio, siamo ritornati al punto di partenza.»

«Be', in questo momento non stiamo tanto male. Anzi, direi che stiamo benissimo.» Lui cercò ancora la sua mano e gliela strinse forte.

Irene non si fece distrarre da quel gesto di tenerezza e continuò imperterrita il suo personale interrogatorio.

«Come mai non ti sei mai sposato?»

«Non ci sono ragioni precise. Forse non ho mai incontrato la persona giusta, o forse non credo nel matrimonio.»

«E a cosa credi?»

«Penso che se due persone stanno bene insieme non hanno bisogno di vincoli o legami sanciti dalla legge o dalla Chiesa. Stanno insieme, punto.»

«Fino a quando si stufano» continuò Irene.

«È brutto da dire, ma è così. L'amore non si può imbrigliare, codificare. Deve essere spontaneo, vero, sentito giorno per giorno.»

«Se tutti avessero la tua stessa opinione, nessuno penserebbe a crearsi una famiglia, a fare dei bambini. Vivrebbero tutti seguendo l'onda del momento.»

Irene non aveva lontanamente immaginato che Piero potesse avere una simile prospettiva. Non era un inizio incoraggiante per un appuntamento romantico.

«Con questo non sto affermando che non possano esistere rapporti sentimentali che durino una vita. Dico solo che è molto raro e che è inutile illudersi che nella norma sia così, soprattutto di questi tempi.»

Irene aggrottò la fronte, gli occhi assunsero un'espressione delusa. All'improvviso, tutto l'incanto sembrò offuscarsi come il paesaggio circostante, ormai preda delle tenebre.

«Allora, secondo la tua opinione, noi qui stiamo vivendo solo un momento. Tutto potrebbe finire in un battito di ciglia.»

«Perché la prendi così? Perché mettere limiti a quello che potrebbe nascere tra di noi?»

Piero la guardava smarrito. Probabilmente si era immaginato altri scenari per la serata, di sicuro non aveva previsto di dover affrontare discorsi così impegnativi.

«È bello stare con te in questo luogo da sogno. Però ti avverto: non voglio più illusioni» continuò lei, implacabile. «Non mi interessa vivere un sogno a scadenza programmata. Piuttosto, preferisco rimanere da sola.»

Irene aveva espresso quel pensiero d'un fiato, come se dovesse togliersi un sassolino fastidioso da una scarpa. Dopo averlo manifestato si sentì meglio, più padrona di se stessa, sicura delle convinzioni che da tempo aveva maturato.

Piero la fissò, impressionato. «Sai, pensavo fossi diversa, più vulnerabile, bisognosa di protezione. Invece sei tosta, ragazza mia.»

«Sei deluso?»

«No, per niente. Anzi, ti ammiro. Mi sono sempre piaciute le donne volitive, che sanno bene dove vogliono andare.»

«La vita mi ha cambiato, come credo faccia con tutti.»

«Posso immaginarlo. Non deve essere facile subire un'esperienza come quella che stai avendo con il tuo ex marito. Voglio chiarire meglio il mio atteggiamento nei tuoi confronti. Tu mi piaci molto, e non solo perché sei maledettamente affascinante. Non diamoci limiti o paletti, in un senso o nell'altro. Potremmo essere amici o molto di più e, se vuoi proprio saperlo, questo è il mio pensiero: mi piacerebbe starti accanto, al di là di quello che saremo io e te. Senza chiederti niente.»

Mentre parlava, Piero la fissava negli occhi. Era sincero e leale, di questo Irene era sicura. Non millantava sentimenti che ancora non poteva provare, dichiarazioni di improbabile amore eterno come, al contrario, aveva fatto Gianluigi già nei primi tempi della loro frequentazione. Era se stesso, senza filtri né inganni.

Irene apprezzò la sua coerenza, la sua onestà. Anche Alice le avrebbe approvate, ne era sicura. Pensò a lei, alle parole che aveva pronunciato nei riguardi di Piero. A tutto quello che, negli anni, la sua amica aveva sempre ripetuto e che era diventato ormai parte di lei.

Se sono più forte e determinata è anche merito suo.

Lo osservò nella luce fioca e calda delle candele. I suoi occhi, la sua bocca. Tutto era seducente in lui. Anche le sue mani, ruvide e grandi, che non smettevano di cercare le sue.

Si rilassò, come se la sincerità di Piero avesse abbattuto barricate di diffidenza, pregiudizio, paura.

Alla fine della cena, dirigendosi in auto verso il paese, Piero si voltò verso di lei.

«Vuoi venire a bere qualcosa a casa mia? Sarebbe un bel modo per concludere una serata indimenticabile. Solo un drink, non pensare male.» Le sorrise, lo sguardo aperto, scevro da sottintesi, il fare arrendevole.

Irene guardò l'orologio: le undici. Non era così tardi, ma esitò nella risposta.

Piero, intuendo la sua perplessità, la prevenne. «Te lo assicuro, puoi fidarti di me.»

«Ma certo, mi fido di te.»

Arrivati davanti a una villetta bassa, nella parte alta del paese, parcheggiarono proprio davanti al cancello d'entrata. Mentre uscivano dall'abitacolo, avvertirono il rombo del motore di un'auto che passava in lontananza. Irene si voltò e trasalì.

«Hai visto anche tu? Un'auto nera, sembrava proprio una Mercedes.»

Piero si voltò e scrutò l'orizzonte, ma l'auto era già lontana.

«Pensi che fosse tuo marito? Non ho avuto l'impressione di essere seguito» le disse, cercando di rassicurarla.

«Non sarebbe la prima volta che controlla i miei movimenti.»

«Non pensarci, prima o poi si rassegnerà e accetterà la vostra separazione.»

Irene fece un lungo sospiro, strinse gli occhi. «Non credo si rassegnerà mai. Odia perdere, in qualsiasi campo.»

Piero non volle commentare oltre. Aprì il cancello di casa e la condusse per mano lungo un vialetto lastricato di ardesia. Lo spazio verde che circondava la villetta era curatissimo, pieno di fiori, erba rasata a tappeto e alberi rigogliosi.

«Che meraviglia» esclamò Irene a quella vista, sinceramente colpita.

«Il giardino è un'eredità di mia madre. Lei adorava coltivare fiori e se ne occupava in maniera maniacale. Prima che morisse le ho promesso che avrei curato personalmente il suo adorato angolo verde.»

«Anche mio padre aveva la passione del giardinaggio. Anzi, a dire il vero, si occupava di quasi tutto, a casa. Soprattutto quando mia madre attraversava uno dei suoi numerosi periodi no.»

«Cosa aveva?»

«Era schizofrenica. Subito dopo avermi partorito si è ammalata e non è più guarita.»

«Non dev'essere stato facile per te e tuo padre.»

«Per niente, in pratica sono cresciuta senza madre. Lei era fisicamente presente, ma non sembrava essere mai veramente con noi.» Una ruga profonda le solcò la fronte.

«Mi spiace molto.»

Irene fece un cenno come a voler allontanare quel ricordo che ancora le mordeva dentro.

Entrarono in casa. Un soggiorno ordinato, pulitissimo, con mobili anni Ottanta mantenuti in ottimo stato e qualche pezzo più moderno. La cucina, lustra in ogni dettaglio, era di legno massiccio, col piano piastrellato e tante pentole e utensili di rame appesi al muro. Un delicato aroma di fiori aleggiava nell'aria.

«Non dirmi che ti occupi anche della casa. È tutto così perfetto, immacolato. La mia in confronto sembra un polveroso deposito di mobili.»

«Sì, lo so, sembra la casa di un maniaco dell'ordine e della pulizia, ma non ci posso fare niente: anche questa è un'eredità di mia madre. È già tanto che abbia deciso di non usare le pattine, come faceva lei.»

Irene se lo immaginò, così imponente, atletico, alle prese con aspirapolvere e prodotti per pulire i pavimenti. Le scappò un sorriso.

Si sedette sul divano beige con cautela, come se avesse timore di sprimacciare i cuscini appoggiati allo schienale con studiata cura, quasi dovessero essere fotografati per una rivista di arredamento.

«Cosa ti offro?»

«Hai una Coca-Cola?»

«Arriva subito.»

Lo vide andare in cucina e ritornare con un vassoio, due bicchieri colmi di ghiaccio, un piattino con spicchi di limone e due lattine.

«A quanto vedo, anche il servizio è ineccepibile» non mancò di notare Irene.

«Dài, smettila di prendermi in giro.»

Piero si sedette vicino a lei, osservandola di sottecchi. Irene fece finta di non accorgersene. Bevve un sorso di Coca-Cola e restò in silenzio. Così vicina a lui, sentiva il suo calore e persino l'odore della sua pelle, un aroma che aveva voglia di respirare a fondo.

«Sei bellissima, lo sai?» le sussurrò lui, fissandola negli occhi.

Irene gli sorrise, immobile. Si aspettò una carezza, un'avance di qualsiasi tipo, ma Piero rimase fermo, a pochi centimetri da lei, fremente di desiderio ma rispettoso della promessa che poco prima le aveva fatto. Sarebbe bastato un solo cenno, un tocco leggero e lui l'avrebbe abbracciata, ne era sicura. Mosse istintivamente la mano verso di lui, ma si fermò. Nonostante il languore, quasi insopportabile, la portasse a toccarlo. A dispetto della voglia irrefrenabile di sentire su di sé quelle mani grandi, ruvide, quell'odore forte, quello sguardo perso dietro di lei.

Si alzò di scatto, intimorita da quella perdita di lucidità, da quella malia sottile che stava, in maniera sempre più insinuante, governando il suo corpo.

«Adesso devo proprio andare.»

Piero non tentò di fermarla, di farle cambiare idea. In silenzio, la seguì fino alla porta e prima di aprirla la strinse a sé per darle un bacio sulla guancia. Lei si ritrasse di poco e cercò la sua bocca. In quel momento, sicura di essere in procinto di partire, non riuscì a lasciare quella casa senza avere un contatto più ravvicinato con lui.

Fu il bacio più sensuale, più passionale che Irene avesse mai sperimentato.

Piero non approfittò di quel contatto inaspettato per accarezzarla, per cercare un approccio più intimo. Quando Irene si staccò a fatica, aprì la porta e la condusse sul vialetto di ardesia per accompagnarla al luogo dove si erano incontrati.

Mentre salivano in auto, passò un'utilitaria vicino a loro. Il conducente fece un breve cenno di saluto: era il ragazzo che aveva aiutato Piero nel restauro della casetta sull'albero.

Appena furono soli, Irene, indispettita, sbottò: «Adesso tutto il paese saprà che ci siamo visti».

«Puoi stare tranquilla, Livio non ne farà parola con nessuno. Lo conosco bene, non è quel genere di persona.»

Irene non rispose. Restò in silenzio, contrariata per quell'incontro inaspettato.

Arrivati al parcheggio dove aveva lasciato la sua utilitaria, si voltò verso di lui e lo baciò ancora. Poi corse svelta verso l'auto, mise in moto e si avviò verso casa. Guardò l'ora sul cruscotto: mezzanotte. Non si era neanche accorta che fosse così tardi.

Entrando in casa, vide Lucia appisolata sul divano. Irene la ringraziò e l'accompagnò alla porta, scusandosi per essere tornata a quell'ora.

«Non dirlo neanche per scherzo. È stato bello passare la serata con Arianna, spero ti sia divertita anche tu con le tue amiche. Ne avevi bisogno, dopo tutto quello che hai passato. E ricorda, io sono sempre a tua disposizione.»

Irene le sorrise, grata per quella disponibilità, per quell'affetto che Lucia non mancava mai di dimostrarle.

Prima di andare a letto provò, nonostante fosse molto tardi, a chiamare Alice, desiderando con tutta se stessa che lei rispondesse.

Quando sentì la voce roca dell'amica si sentì meglio.

«Allora, com'è andata con lo sciupafemmine?» chiese l'amica senza preamboli.

Irene le raccontò della serata, delle sensazioni contrastanti che aveva provato, dell'irresistibile attrazione che avvertiva nei confronti di Piero, a dispetto delle sue teorie riguardo i legami sentimentali in genere.

«Non ci sarai andata a letto, spero.»

«No, solo un bacio. Ma è stato come fare l'amore.»

«Sei senza speranza, sappilo.»

Irene tentò di replicare, ma l'amica aveva già riagganciato.

Si mise a letto cercando di dormire. Ma le ultime parole di Alice le risuonarono dentro.

Implacabili, moleste.

Quindici

Si era svegliata al solito orario con un gran mal di testa, spossata come se avesse spaccato legna per ore. Si era diretta a fatica verso il bagno, si era guardata allo specchio e aveva abbassato la testa. Non si era struccata. Gli occhi, pesti per le poche ore di sonno e per il mascara sbavato, sembravano quelli di un clown triste.

Sotto il getto tiepido della doccia si sentì meglio, come se avesse ritrovato un minimo di lucidità, la cognizione della sua presenza nel mondo.

Arianna si era già alzata e stava mettendo quaderni e libri nello zaino. Irene si affrettò a vestirsi e scese a prepararle la colazione.

«Com'è andata ieri sera? Ti sei divertita?» Sua figlia, di sottecchi, la studiava con attenzione mentre sbocconcellava di malavoglia un biscotto.

«È stata una bella serata, abbiamo riso, scherzato e mangiato molto bene.»

Arianna la fissò. «Hai fatto tardi? Alle dieci non eri ancora tornata.»

Non c'era dubbio, sua figlia non la perdeva d'occhio un istante.

«Sono tornata più o meno a mezzanotte. Dopo cena siamo andate a bere qualcosa in un locale vicino al ristorante. Ci voleva, dopo anni di clausura.»

«Chi sono queste tue amiche? Le ho mai viste?»

«No, non le hai mai viste, ma te le presenterò presto. Sono conoscenze di quando vivevo qui con i nonni.»

Mentre pronunciava quelle parole, Irene si voltò per sfuggire allo sguardo inquisitorio di sua figlia. Arianna la stava sottoponendo a un vero e proprio interrogatorio di terzo grado.

«Devi farmi conoscere anche Alice. È da tanto tempo che me lo prometti» continuò Arianna, polemica.

«Alice abita a Londra, è un'importante executive manager ed è sempre molto impegnata col suo lavoro, ma mi ha assicurato che presto verrà a trovarci.»

«Non vedo l'ora di vederla, dev'essere simpatica.»

Irene annuì mentre riponeva le tazze nella lavastoviglie. In cuor suo si augurò che l'amica facesse fede alle sue promesse, erano anni che non si incontravano.

Quando sua figlia uscì di casa per andare a prendere lo scuolabus, Irene andò in camera da letto per recuperare il cellulare che aveva lasciato sul comodino. Il telefono non squillava perché era in modalità silenziosa, ma aveva il display illuminato per una chiamata in corso. Sperò fosse Piero, ma il faccione sorridente di Gianluigi campeggiò dallo schermo del cellulare.

«Devo togliere quella maledetta fotografia dal telefono» sbuffò stizzita.

Appena la chiamata si interruppe, cancellò le foto di Gianluigi, compresa quella abbinata al suo numero di telefono. Controllò se qualcun altro l'avesse cercata o le avesse mandato un messaggio. Non trovò nulla al di fuori delle consuete, ripetute telefonate di suo marito. Le sembrò strano che Piero non le avesse mandato almeno un messaggio. Fu tentata di scrivergli, ma soprassedette. Non voleva essere invadente e pensò che fosse meglio aspettare un cenno da lui. In mattinata sarebbe dovuta andare in Comune per richiedere alcuni certificati che le servivano. Il colorificio era proprio accanto al Municipio, ne avrebbe approfittato per passare a salutarlo.

Due ore dopo, una volta ottenuti i documenti che le servivano, entrò nel negozio. Al bancone c'era solo il commesso che aveva intravisto la sera prima. Ricordò il suo nome: Livio. Lui le sorrise gioviale e Irene sperò in cuor suo che non avesse già raccontato a mezzo mondo di averla incontrata la sera prima insieme al suo datore di lavoro.

«Stai cercando Piero? Non c'è, stamattina non è venuto in negozio, di solito è il primo ad arrivare. Ho provato a chiamarlo, ma non mi risponde. È davvero strano, sono piuttosto preoccupato.» Un'ombra oscurò il suo sorriso aperto.

Irene, prima di rispondere, diede un'occhiata in giro, non c'era nessun altro oltre a loro. Per un breve istante le mancò il respiro.

«Ieri, dopo che ci hai salutato, Piero mi ha accompagnato e da quel momento non l'ho più sentito. Credi gli possa essere successo qualcosa?»

Un battito di troppo si dilatò nel suo petto.

«Spero di no, ma questo comportamento non è da lui. Tra poco, quando arriverà l'altro commesso, stavo pensando di andare a vedere a casa sua. Piero tiene un altro mazzo di chiavi qui in negozio e qualche volta l'ho usato per portargli del materiale di cui aveva bisogno. Vuoi accompagnarmi?»

Irene annuì, preoccupata. Prese il cellulare dalla borsa e provò a digitare il suo numero.

Piero non rispose.

Neanche a lei.

Dieci minuti dopo, al sopraggiungere dell'altro commesso, andarono insieme alla villetta.

Di giorno, il giardino le sembrò ancora più bello e rigoglioso. Irene ripensò alla sera precedente, alla sorprendente scoperta di ritrovarsi in un luogo dominato da un ordine ossessivo, da una cura minuziosa di ogni dettaglio. Senza rendersene conto, Piero era devoto a sua madre come se lei fosse ancora lì, in quelle stanze, sovrana silenziosa di un regno che non le apparteneva da tempo.

Il suo SUV era parcheggiato davanti alla cancellata. Irene e Livio si guardarono negli occhi, entrambi sorpresi di constatarne la presenza. Piero, abitando lontano dal centro cittadino, si spostava sempre in auto. Con tutta probabilità, l'avrebbero trovato a casa. Perché non aveva risposto alle loro telefonate? Irene deglutì a vuoto, fissando inebetita la vettura. Il cuore iniziò a batterle a un ritmo sempre più affannoso.

Il cancello era accostato. Lo oltrepassarono, percorrendo il vialetto di ardesia. Quando furono davanti alla porta d'ingresso, provarono a suonare il campanello ripetutamente. Nessuna risposta. Tentarono ancora, poi Livio inserì la chiave nella serratura per entrare. Non ce ne fu bisogno, la porta era aperta.

Entrarono.

Quello che videro li lasciò ammutoliti, senza respiro.

Sedici

In soggiorno, fu subito chiaro il motivo del silenzio prolungato di Piero: era seduto sul divano non più immacolato, accasciato in avanti. Dal suo cranio erano scesi rivoli di sangue lordando i cuscini ormai scomposti, il pavimento, i suoi vestiti, la sua faccia. Un vaso, presumibilmente l'oggetto che era stato usato per fracassargli la testa, giaceva in pezzi sul pavimento.

«Noooooo...» urlò Irene inginocchiandosi accanto a lui. Gli sollevò il capo, stringendo il suo viso tra le mani.

«Irene, è morto. Non c'è più niente da fare» mormorò Livio, pallido come un lenzuolo, mentre gli tastava il polso.

«Ma che è successo? Chi l'ha ammazzato?» urlò Irene in lacrime.

Ripensò alla sera prima, a quell'ultimo, frettoloso bacio in auto prima di ritornare a casa.

«Non ne ho idea. Non aveva nemici, era un'anima bella» rispose Livio. Si portò le mani agli occhi per nascondere le lacrime, ma non riuscì a trattenere il pianto.

Subito, Irene ricordò la sagoma nera che aveva intravisto la sera prima, il senso di stordimento, di angoscia che l'aveva colta quando aveva visto l'auto allontanarsi.

Il suo pensiero andò a Gianluigi, alle sue telefonate insistenti, alla scenata che le aveva fatto quando era entrato di soppiatto in casa sua e l'aveva vista parlare con Piero in cucina.

No, non può essere arrivato a tanto...

Un brivido la scosse dalla radice dei capelli alla punta dei piedi. Era ancora in ginocchio. Si alzò e appoggiò il capo fracassato di Piero allo schienale, le mani sporche di sangue e materia cerebrale. Avvertì un capogiro fortissimo, dovette sedersi a terra e fare dei lunghi, profondi respiri. Il cuore batteva forsennato quasi stesse per uscire dal petto ed espandersi fuori dal suo corpo.

Livio, vedendola così pallida e sconvolta, si avvicinò a lei, le allungò un fazzoletto per pulirsi le mani e l'aiutò ad alzarsi, facendola sedere su una sedia.

«Irene, dobbiamo chiamare subito la polizia. Meglio non toccare più niente qui dentro, potrebbero esserci segni e impronte dell'assassino.»

«Ho paura, Livio. Ho paura di aver capito chi può averlo ucciso» mormorò Irene a denti stretti.

«A chi pensi?» L'uomo la fissò, lo sguardo interrogativo, la bocca aperta in un'espressione di attesa.

«Ieri sera, prima di andare a casa di Piero, ho visto un'auto nera in lontananza. Non ho potuto scorgerla bene, ma mi sembrava fosse la Mercedes di mio marito.»

Livio, senza accorgersene, indietreggiò di un passo, spalancò gli occhi. Le mani gli tremavano.

«Tu pensi possa essere stato lui?»

«Ti ricordi quando siete venuti a riparare il rifugio sull'albero? L'ho trovato distrutto qualche giorno dopo, te l'ha raccontato Piero?»

«Sì, me l'ha detto. Aveva il sospetto che fosse stato tuo marito, dopo la scenata che aveva fatto a casa tua. Avevo sentito anch'io le urla mentre lavoravo in giardino.»

«Prima la casetta e adesso Piero.»

Irene portò le mani al viso ed esplose in un pianto convulso.

Livio le posò una mano sulla spalla e disse: «Chiamo subito la polizia, abbiamo aspettato fin troppo».

La volante arrivò qualche minuto dopo. Livio non attese che suonassero il campanello, si precipitò subito ad aprire la porta.

«Ma porca puttana!» urlò Salvatore, in compagnia di un

altro poliziotto, appena vide il cadavere appoggiato allo schienale del divano. Una volta entrato, pur avendo appreso dell'omicidio di Piero al telefono, si fermò di scatto, impietrito. Dopo aver constatato con una rapida occhiata che Irene e Livio non avevano riportato conseguenze, si avvicinò al divano e guardò con attenzione, insieme al collega, la posizione del corpo della vittima e ogni particolare attorno. Poi fissò Irene e Livio come per sollecitare una spiegazione.

«Qualcuno mi può dire quando è stato ritrovato il cadavere? E tu, Irene, come mai ti trovavi qui?»

Lei, livida, iniziò a raccontare quello che era successo.

«Piero mi aveva invitata a cena, ieri sera siamo andati insieme in un ristorante a una trentina di chilometri da qui. Poi abbiamo fatto due chiacchiere a casa sua, giusto mezz'ora, e poi mi ha riaccompagnata all'auto. Livio è passato mentre uscivamo, che ora sarà stata?» domandò agitata, rivolgendosi all'uomo.

«Qualche minuto prima di mezzanotte, stavo tornando a casa dopo essere stato fuori con amici» rispose subito Livio.

Irene proseguì nel suo resoconto.

«Stamattina sono passata al colorificio per un saluto, Livio mi ha detto che Piero non si era presentato in negozio e non rispondeva al telefono. Mi ha proposto di andare con lui per controllare se fosse a casa e avesse bisogno di qualcosa. Entrando, l'abbiamo visto subito.»

Salvatore, dopo aver ascoltato, abbassò gli occhi per non incontrare il suo sguardo. Un'ombra di delusione aleggiò sul suo viso, la bocca gli si contrasse in una smorfia amara.

Irene si accorse della sua reazione, della distanza che all'improvviso aveva preso da lei.

«Vi frequentavate da molto?» le chiese, fissando un punto indefinito davanti a sé.

Con tutte le domande che poteva formulare, quella era la prima che le aveva rivolto. Irene asciugò con la manica le lacrime e non esitò a rispondere: «No, era stato molto gentile con me, aveva riparato la casetta sull'albero che poi ho trovato completamente distrutta qualche giorno fa. Ricordi? Sono venuta al commissariato per sporgere denuncia contro ignoti. Piero mi aveva invitato a cena, siamo usciti ieri sera per la prima volta».

«Presto da Milano arriverà la Scientifica per i rilievi del caso. Avete toccato qualcosa?» chiese Salvatore in tono neutro, smaccatamente distaccato.

«Purtroppo sì. Quando siamo arrivati, Piero era accasciato su se stesso. Irene l'ha sollevato e appoggiato allo schienale del divano e io gli ho tastato il polso, anche se era evidente che fosse già morto» rispose Livio, quasi balbettando.

«Sarebbe stato meglio chiamarci subito senza inquinare la scena del delitto, ma mi rendo conto quanto sia difficile mantenere la calma in una circostanza come questa.»

«Hai ragione Salvatore, scusaci» mormorò Irene esausta.

Lui annuì come per minimizzare la cosa. Era scuro in volto e Irene si chiese se fosse per l'omicidio di Piero o per aver scoperto che era uscita a cena con lui la sera prima.

Dopo che la Scientifica ebbe espletato tutti i rilievi necessari, Salvatore scortò Irene e Livio al commissariato per le deposizioni.

La donna non smetteva di tremare. Salvatore, intenerito dalla sua manifesta sofferenza, si avvicinò a lei e la invitò a sedersi, offrendole un caffè.

«No, grazie, sono già troppo agitata.»

«Irene, adesso cerca di calmarti e sforzati di ricordare ogni dettaglio che possa essere utile per le indagini, per favore.» Aveva ancora un tono distaccato, ma lo sguardo era ritornato a essere quello che le aveva sempre riservato: attento, sollecito.

Lei ripeté quello che gli aveva già riferito nella villetta di Piero. Aggiunse solo qualche nuovo particolare.

«Dopo aver incontrato Livio sulla porta di casa, Piero mi ha accompagnato al parcheggio, poi sono andata a casa con la mia auto.»

Salvatore la fissò, le sopracciglia aggrottate. «Come mai non ti è venuto a prendere a casa?»

Irene abbassò gli occhi, rossa in viso. Poi li alzò su di lui e con voce esitante rispose: «Non me la sono sentita di dire a Lucia e Arianna che uscivo con un uomo, non so se avrebbero capito. Non volevo che avessero una cattiva opinione di me».

«E con chi hai detto che saresti uscita?» Salvatore non mollò la presa.

«Con delle amiche d'infanzia» sospirò lei, sfinita.

«Quindi hai lasciato Arianna con Lucia? Da te o da lei?»

«Da me. Quando sono arrivata, Lucia mi ha salutato ed è tornata subito a casa sua.»

«Chiameremo anche lei per raccogliere la sua testimonianza, ti consiglio di raccontarle la verità.»

«Va bene.»

Irene voltò il capo e rivolse lo sguardo al di là della finestra. Si sentì debolissima, come sul punto di svenire.

«Quel caffè che mi hai offerto, posso averlo adesso? Ho bisogno di qualcosa di forte.»

Salvatore chiamò subito il bar vicino per ordinarlo. Poi le sorrise, di nuovo più disponibile.

«Ti risparmio quello della macchinetta che abbiamo qui in commissariato, il caffè del bar in piazza è decisamente più buono.»

Dopo che ebbe bevuto il caffè, Irene si sentì meglio, più presente a se stessa.

«Ti devo dire una cosa, Salvatore.»

Lui strinse gli occhi, la guardò con attenzione.

«Ho visto un'auto nera qualche giorno fa in paese, era uguale a quella di Gianluigi, non potrei giurarlo ma mi sembrava fosse proprio lui.»

«Quando l'hai vista?»

«Ero andata al colorificio per raccontare a Piero della casetta distrutta. Mi ha accompagnato al parcheggio e mentre mi stava salutando ho visto passare la Mercedes.»

«Tuo marito conosceva Piero?»

«No, ma aveva avuto uno scontro con lui a casa mia, quando stava ristrutturando il rifugio sull'albero. Mi sembra di avertene parlato.»

Salvatore le piantò addosso i suoi occhi neri e penetranti. «No, non mi hai detto niente.»

«Ero convinta di avertelo raccontato. Il giorno in cui Piero ha lavorato alla casetta insieme a Livio, Gianluigi ha approfittato del cancello aperto per entrare e ha fatto una delle sue consuete scenate.»

«Perché non me l'hai riferito?»

«Pensavo di avertelo raccontato quando ho sporto denuncia contro ignoti per il rifugio distrutto.»

«Me lo sarei ricordato. Da ora in poi, considerata la gravità della situazione, non tralasciare più di dirmi niente.»

Irene si stupì di se stessa. Si rese conto che inconsciamente aveva evitato di raccontare quell'episodio perché, già sedotta dalle attenzioni di Piero, non voleva convogliare l'attenzione del poliziotto sulla loro nascente amicizia. Era evidente, l'interesse di Salvatore non era solo professionale. Quando aveva appreso che lei e Piero si erano frequentati, non l'aveva presa bene. Al di là di quelle considerazioni, ritornò a focalizzare il discorso sui sospetti da cui era tormentata.

«C'è ancora qualcosa che ti devo dire.»

Salvatore con un cenno della mano la incoraggiò a proseguire.

«Ieri sera, prima di entrare a casa di Piero, ho visto di nuovo un'auto nera, ma più in lontananza. L'ho detto a Piero, lui non l'aveva notata. A me sembrava proprio quella di Gianluigi, ma non ho nessuna certezza.»

«Avete avuto l'impressione di essere stati seguiti?»

«Io non ci ho fatto caso, e a Piero non è parso.»

«Quando siete usciti da casa avete incontrato Livio, giusto?»

«Sì, poi siamo andati al parcheggio e da lì sono tornata a casa e ho congedato Lucia, che si è occupata di mia figlia tutta la sera.»

«Non hai più sentito Piero da allora?»

Irene scosse la testa in segno di diniego.

«E tuo marito?»

«Mi ha chiamato innumerevoli volte, anche stamattina, ma io non ho mai risposto.»

«Controlleremo se ha un alibi. Non possiamo accusarlo senza prove, ma ci accerteremo comunque di dove sia stato stanotte.» Salvatore si fermò, colpito da un pensiero. «Però è strano che Piero sia stato ucciso mentre si trovava sul divano. Come se conoscesse il suo assassino e si fidasse di lui. Non credo sia il caso di tuo marito.»

«Io e Livio in realtà abbiamo trovato la porta aperta» ribatté Irene. «Tu pensi che Piero possa essersi dimenticato di chiuderla e sia stato sorpreso nel sonno?»

«Può essere, chi può saperlo? Da queste parti sono in molti a commettere quest'imprudenza. Viviamo in un luogo tranquillo, ma da qui a lasciare la porta aperta di notte...»

«Posso andare adesso?» Irene lo guardò spossata. Nonostante il caffè bevuto poco prima, si sentiva di nuovo sull'orlo di uno svenimento.

«Se non hai nient'altro da riferirmi, sì. Tu hai il mio numero privato, non esitare a chiamarmi a qualsiasi ora. Ah, un'altra cosa: io penserei seriamente di andare a stare in un altro luogo. Non puoi trasferirti da qualche amica o parente?»

«Non saprei.»

«Anche in un albergo, basta non rimanere in quella casa. È isolata e tuo marito ci metterebbe due secondi a entrare.»

«Non posso permettermi un albergo, purtroppo.»

Lei gli rivolse uno sguardo desolato. Salvatore fece un lungo sospiro.

«Non preoccuparti per quello, ci penso io.»

«No, ti ringrazio, me la caverò.»

«Piuttosto vai da Lucia, non andresti lontano e io mi sentirei più tranquillo.»

«Davvero, preferisco rimanere a casa mia. Ti prometto che ti chiamerò subito se dovessi notare qualcosa di strano.»

Salvatore fece un cenno di assenso col capo. La accompagnò alla porta.

Irene uscì dal commissariato a passi lenti, stentati, sempre più provata.

Arrivata a casa, chiamò subito la vicina, doveva metterla al corrente di quello che era successo.

Al telefono, Lucia si sentì quasi svenire alla notizia dell'omicidio di Piero. Quando finalmente riuscì a dire qualcosa, chiese di conoscere più dettagli per poi precipitarsi, subito dopo, da lei.

Irene le offrì una tazza di tè e, ascoltando il suggerimento di Salvatore, le raccontò la verità riguardo la sera precedente.

«Lucia, c'è qualcosa che ti devo dire. Ieri sera non sono uscita con delle amiche, ma con Piero. Preferivo non si sapesse, non volevo dare un'impressione negativa a te e a Arianna» ammise, chinando il capo.

«Ma non c'era nulla di male, figurati. In ogni modo sono fatti tuoi. Avevate una relazione?»

«Assolutamente no. Uscivamo insieme per la prima volta. Eravamo solo amici.»

«Pensi anche tu quello che penso io?» Lucia la fissò livida. Le sue mani, bianche e segnate dai lavori in giardino, cominciarono impercettibilmente a tremare.

«Credi sia stato mio marito?» mormorò.

«E chi altro? Piero non aveva nemici, qui in paese non è mai successo niente. Forse ieri sera ti ha visto uscire con lui.»

«In effetti giorni fa ho intravisto una Mercedes, mi sembrava fosse proprio lui. Anche ieri sera, ma era troppo lontana.»

Le mani di Lucia cominciarono a tremare in maniera più marcata. «Questo vuol dire che tu e Arianna siete in pericolo, dovete andare via di qui.»

«Anche il poliziotto, Salvatore, me l'ha consigliato. Io non voglio andare via, non voglio cambiare la mia vita per causa sua.»

«Potreste venire da me, per qualche tempo. Ho tanto spazio in casa.»

«Grazie, Lucia, ma non rinuncerò alla mia indipendenza.» Irene sospirò impaziente. «Non gli permetterò più di incidere nella mia vita. Mi difenderò da sola.»

«Non c'è riuscito Piero, grande e grosso com'era, figurati tu che sei una donna, e gracilina per di più. Cerca di pensare al bene tuo e di tua figlia.»

«Ci rifletterò. Ah, mi hanno detto che ti chiameranno per una deposizione. Magari puoi riferire che eri a conoscenza della mia uscita con Piero? Non voglio pensino che abbia qualcosa da nascondere.»

«Non ti preoccupare, dirò tutto quello che vuoi. Che faranno contro tuo marito? Adotteranno già qualche misura?»

«Per prima cosa, credo che controlleranno dove si trovava stanotte. Poi, saranno importanti anche i rilievi della Scientifica. Speriamo bene...»

Il loro dialogo fu interrotto dall'arrivo di Arianna. Irene le raccontò, sforzandosi di essere più delicata possibile, che cosa era successo a Piero.

La bambina cominciò a piangere sommessamente.

«Mi era così simpatico... Da quando siamo arrivate in questo maledetto paese ne stanno succedendo di tutti i colori. Voglio andarmene via da qui. Sai che Matteo oggi mi ha spinto e ho quasi sbattuto la testa? E la maestra dice che dobbiamo risolvere le cose tra di noi. Non ne posso più, mamma.»

Arianna salì le scale di corsa e sbatté rumorosamente la porta della sua camera.

Lucia guardò Irene desolata.

«Posso capirla, povera bambina. Non ha avuto un momento di serenità da quando è arrivata qui. Anche ieri mi raccontava di come la prendono in giro a scuola, forse dovresti andare a parlare con le maestre.»

«Sono diversi giorni che vorrei andarci, ma con tutto quello che è successo non ne ho ancora avuto il tempo.»

«Ti consiglio di farlo presto. Arianna è davvero stressata e ho paura che prima o poi possa crollare definitivamente.»

«Nel frattempo, io sono già alla deriva. E chissà che altro mi aspetta.»

«Tutto ruota attorno a tuo marito. La mia idea è che non finirà qui, non accetterà di perdervi finché avrà vita.»

Le parole di Lucia risuonarono nella mente di Irene come se qualcuno le stesse scolpendo su una roccia. Le sentì vere, inesorabili.

Una condanna da cui era impossibile sottrarsi.

Diciassette

Aveva passato più di un'ora al telefono con Alice. Le aveva raccontato di Piero e di quanto avesse paura di Gianluigi e delle sue possibili ritorsioni. L'amica era stata d'accordo sulla decisione di continuare a non cambiare nulla della sua vita. Secondo lei era giusto non trasferirsi e non doversi nascondere, e Irene aveva pensato che forse Alice la stava sopravvalutando. In realtà si sentiva debole e vulnerabile, incapace di reagire: per nulla all'altezza di affrontare l'uragano che le stava flagellando l'esistenza.

«Quando verrai a trovarmi?» domandò. «Me l'hai promesso da tempo, anche Arianna me l'ha chiesto.»

«Hai ragione, ma in questo momento faccio fatica a spostarmi. Stiamo facendo delle acquisizioni importanti, non posso mollare tutto dall'oggi al domani.»

«Basterebbe solo un weekend, mi farebbe bene riabbracciarti» la supplicò Irene.

«Vedrò di fare il possibile. Tu, nel frattempo, ricordati che sei in guerra e che la vittoria finale è il risultato di tante battaglie. Tienilo sempre a mente.»

Il trillo squillante del citofono interruppe il loro dialogo.

«C'è qualcuno alla porta, ti devo lasciare. Ti chiamo domani.»

Dopo aver congedato l'amica, Irene controllò, non senza una certa apprensione, chi avesse suonato.

Era Salvatore.

Tirò un sospiro di sollievo. Dopo gli ultimi accadimenti aveva il timore, sempre più ricorrente, di un'irruzione improvvisa di Gianluigi.

Il poliziotto entrò in casa, salutandola in maniera formale e asettica, mantenendo l'aria distaccata che già aveva esibito quando Irene gli aveva raccontato della sua frequentazione con Piero. Tuttavia, il fatto che fosse passato da casa sua per comunicarle qualcosa che di sicuro poteva riferirle al telefono, le fece capire quanto tenesse a lei e come approfittasse di ogni scusa per poterla rivedere.

«Come stai?» le chiese lui appena entrato.

«Adesso meglio. Hai qualche novità?»

«I rilievi della Scientifica fanno risalire il momento della morte più o meno alle quattro del mattino. È confermata la causa del decesso: trauma cranico, come appare, in tutta evidenza, dalla scena del delitto. Piero è stato colto di sorpresa. Mentre era seduto sul divano, qualcuno ha pensato bene di scagliargli addosso, e con la maggiore violenza possibile, il pesante vaso che abbiamo trovato in pezzi ai suoi piedi. Probabilmente l'aggressore è entrato di soppiatto, forse Piero si era appisolato sul divano e si è ritrovato a passare, senza accorgersene, dal sonno alla morte.»

«In effetti, quando io e Livio siamo arrivati a casa sua abbiamo trovato la porta aperta» considerò Irene.

«Una dimenticanza imperdonabile. Se avesse sentito che qualcuno stava forzando l'ingresso cercando di entrare, avrebbe reagito di sicuro. Invece, non si è accorto di niente.»

«Hai verificato dov'era Gianluigi stanotte?»

Irene formulò quella domanda trattenendo il respiro, raccogliendo tutto il coraggio che aveva per andare subito al punto. Si sentì quasi soffocare mentre pronunciava quelle parole.

«Sembrerebbe avere un alibi: ha detto di aver passato la notte a casa con una donna di cui mi ha fornito le generalità e che credo sia la nuova compagna. Una certa Monica Lardelli, tu la conosci?»

Irene lo guardò sorpresa. Immaginava che Gianluigi potesse frequentare qualcuno, ma apprenderlo in maniera così netta e definitiva la lasciò del tutto spiazzata. Deglutì pensando a quanto le fosse sconosciuta la vita realmente vissuta da suo marito.

«Per niente. Gianluigi ha sempre sostenuto di non avere nessuno al suo fianco: una delle sue innumerevoli bugie.»

«In ogni modo, la testimonianza di questa donna potrebbe essere essenziale per scagionarlo da possibili sospetti. Mi spiace, Irene.»

«È chiaro che la sua amante debba difenderlo e sostenga la sua tesi. Magari l'ha minacciata, come ha sempre fatto con me.»

«Di certo verificheremo quello che afferma controllando dove si trovasse il suo cellulare nelle ore del delitto per avere maggiori riscontri, ma anche in tal caso non avremo una risposta sicura. Tuo marito potrebbe essere uscito e aver lasciato il telefono a casa. Stiamo controllando pure le telecamere. Potrebbero darci dei dati importanti su cui riflettere, anche se nella zona dove abitava Piero non ce ne sono.»

«Quindi a voi basta che lui esibisca la testimonianza della prima troia che si sbatte in questo momento?»

Appena ebbe pronunciato queste parole, Irene si stupì del proprio interloquire scurrile e diffamatorio. Di solito non si esprimeva in quel modo, ma subito si perdonò. Non era il momento di ricalcare, sempre e comunque, il ruolo della persona educata e corretta che era sempre stata. Come le raccomandava Alice, adesso doveva mostrare le palle.

Salvatore la scrutò, sorpreso da quell'esternazione insolita in lei. Irene scorse nei suoi occhi un lampo di tenerezza, di indulgenza.

«Naturalmente controlleremo anche altri elementi. Dove si trovava stanotte il cellulare della donna, se risultino suoi spostamenti dalle telecamere o da testimonianze di persone che frequenta. Ma in linea di massima credo che, se non dovessimo rilevare qualche dettaglio discordante, la sua deposizione sarà presa per buona.»

Irene alzò il tono della voce. «Quindi se la caverà, come al solito?» esclamò esasperata.

«Non è detto. Bisognerà controllare molti altri particolari, come ti ho già ripetuto. Il pubblico ministero si rende conto perfettamente che spesso le testimonianze possono essere costruite a tavolino.»

Irene sobbalzò, fulminata da un pensiero improvviso.

«Un momento, non gli avrete detto che ho sospettato di lui per l'omicidio di Piero? Mio marito me la farebbe pagare molto cara...»

«No di certo. Abbiamo giustificato la richiesta di un alibi dicendo che Livio aveva assistito al litigio a casa tua, quando lui e Piero stavano riparando la casetta, circostanza assolutamente vera. Non ti abbiamo minimamente nominata, non ti preoccupare. Livio ha testimoniato con grande disponibilità, ma questo non esclude che potresti essere chiamata anche tu a deporre per avallare la sua dichiarazione.»

«Sant'Iddio!» Irene si portò le mani al volto e si sedette sulla sedia accanto. Tremava.

«Non possiamo continuare a mettere la polvere sotto il tappeto. Irene, c'è in ballo un omicidio, non dimenticarlo. Se temi per la tua incolumità, dovresti deciderti a cambiare abitazione, saresti più sicura.»

Lei abbassò il capo. Sentì il peso della sconfitta, della resa totale.

Salvatore, vedendola così abbattuta, si avvicinò, le toccò impercettibilmente la spalla.

«Pensaci e chiamami se hai bisogno di qualsiasi cosa. Sarò da te in pochi minuti.»

Lei non rispose. Si limitò ad annuire, accompagnandolo alla porta. Quando, dalla finestra, lo vide partire alla guida della volante si sentì immediatamente più sola.

Uno scricchiolio attirò la sua attenzione. Voltò lo sguardo: Arianna era seduta, seminascosta, sulle scale e probabilmente aveva ascoltato tutto.

«Che ci fai lì?» le chiese, sorpresa.

«Ho sentito che parlavi con Salvatore e sono scesa a sentire quello che dicevate. Non sono più una bambina, cosa pensi? Veramente credi che papà abbia ucciso Piero? Non è possibile...»

Irene si avvicinò a lei e si sedette sui gradini.

«Tesoro, non ho detto questo» disse accarezzandole la testa. «Certo, il papà aveva avuto un litigio con Piero e per questo motivo hanno voluto controllare dove fosse ieri notte, ma a quanto pare ha un alibi.»

«Cos'è un alibi?»

Arianna spalancò gli occhi. Lo faceva sempre quando non capiva qualcosa. Esattamente come sua madre.

«È la prova che non poteva essere nello stesso luogo dove hanno ucciso Piero.»

«E dov'era?»

«A casa, con una donna che dice di aver dormito da lui.»

«Ma allora papà ha un'altra fidanzata! Ha sempre detto che voleva stare solo con noi.»

La delusione negli occhi di Arianna era tangibile, estrema. Come se il padre le avesse inflitto una coltellata a sorpresa. L'ennesima.

«Evidentemente sì. D'altronde, siamo abituate alle bugie di tuo padre.»

Irene continuò ad accarezzarle il volto con tenerezza. Nonostante i maltrattamenti e gli atteggiamenti aggressivi e prevaricatori che Gianluigi le aveva riservato, evidentemente sua figlia cullava ancora la speranza che loro due potessero tornare insieme.

Una lacrima spuntò sulla guancia di Arianna, la delusione si allargò sul suo viso.

«Non potremo più tornare a Milano» osservò. Poi guardò sua madre. «Lui non ci vorrà più adesso. E noi dovremo marcire qui per sempre.»

Irene sentì un moto di rabbia per quell'affermazione. Il dolore di vedere sua figlia così scossa passò di colpo e lasciò il posto a una collera sorda.

«Siamo noi che non lo vogliamo più. Ricordalo sempre. Vuoi che mi uccida, a forza di botte? Vuoi rimanere senza madre? E allora accomodati, vai da tuo padre. Lui ti saprà dare tutto quello che vuoi, una bella casa, una bella scuola, dei bei vestiti. Tutto il contrario di quella poveraccia di tua madre.»

Irene si alzò tremante d'ira e di delusione, salì le scale e andò in camera sua. Si buttò sul letto, annientata.

Anche sua figlia la stava tradendo.

Dentro di lei, una percezione dolorosa contro cui si era trovata spesso a combattere: quella di sentirsi alla deriva.

Aveva pensato di salvare anche Arianna da quel padre squilibrato, da quell'esistenza funestata da violenza, prevaricazione. Ma trovarsi faccia a faccia con quello che sua figlia sperava veramente era stata un'amara sorpresa.

Alla fine, la vera perdente sono io. Arianna, prima o poi, tornerà da lui. Tutto quello che sto facendo non servirà a niente.

Prese il cellulare, aveva voglia di parlare ancora con Alice. Desistette. Doveva calmarsi e cercare di ragionare, l'amica l'avrebbe giudicata male. Gliel'aveva detto chiaro e tondo sempre più spesso: doveva smettere di autocommiserarsi, era arrivato il tempo di reagire e agire.

Fissò il soffitto che aveva visto tante volte da bambina, quello della camera dei suoi genitori. Lì si sentiva al riparo, protetta. Ricordò tutte le volte che si era rifugiata nel lettone quando i tuoni la terrorizzavano. Nel tepore delle coperte era sicura, non aveva più paura. Adesso non aveva più nessuno cui aggrapparsi. Avrebbe dovuto cavarsela da sola.

«Mamma...»

La voce esitante di sua figlia risuonò nella stanza.

Irene non rispose. Affondò il viso nel cuscino, non voleva farsi vedere così affranta, così disperata.

Sentì dei passi, poi la mano lieve di Arianna che le accarezzava i capelli.

«Scusami mamma. Non volevo dire quello che ti ho detto, ti voglio bene.»

Irene ebbe la percezione che quelle parole lenissero la sua angoscia. Sollevò il capo, si mise a sedere e strinse Arianna con lo stesso sollievo di un naufrago che raggiunge la terraferma. La abbracciò forte, la coprì di baci in quel letto che tante volte l'aveva vista figlia.

«Mamma, mi stai soffocando» protestò la bambina, ma non si mosse di un millimetro. Restò ferma a lasciarsi baciare, coccolare, accarezzare da sua madre.

«Anch'io ti voglio bene. Sono scappata da tuo padre per proteggere anche te.»

«Va bene, mamma» rispose quietamente Arianna.

«Mi spiace che tu non ti trovi bene qui. Ce ne sono successe di tutti i colori, non abbiamo avuto un attimo di pace, ma era da prevedere. Tuo padre non rinuncerà facilmente a noi, ci considera di sua proprietà e non vuole lasciarci andare. Stiamo combattendo una guerra, lo dice sempre anche Alice.»

«Voglio conoscerla, questa Alice. Le hai chiesto quando verrà a trovarci?»

«Sì, proprio qualche ora fa. Mi ha detto che è molto impegnata col lavoro, ma cercherà di fare presto un salto da noi.»

«Da quanto tempo siete amiche?»

«Dai tempi della scuola. Appena l'ho vista ho capito subito quanto fosse straordinaria.»

«Anche a me piacerebbe avere un'amica così.»

«Spero tanto che tu possa trovarla presto. Lei mi è sempre stata vicino e mi ha salvata nel momento più brutto della mia vita.»

«Perché, cosa è successo?» La bambina si sedette accanto a lei, lo sguardo in un'espressione di attesa.

«È un fatto di tanti anni fa, non te ne ho mai parlato. Stavamo uscendo da scuola, la stessa che frequenti in paese. Due uomini hanno avvicinato me, Alice e un'altra compagna, Elena. Noi abitualmente tornavamo a casa a piedi, soprattutto nella bella stagione. I due stavano passeggiando con un cucciolo di cane, era bellissimo. Mentre lo accarezzavamo, ci hanno raccontato di avere l'intera cucciolata a casa loro, non lontano da scuola. Ci hanno chiesto se ci faceva piacere vedere gli altri cagnolini, avevano intenzione di regalarli. Noi abbiamo accettato e siamo salite sulla loro auto.»

«Mamma, ma quanti anni avevate? Non si parla con le persone che non si conoscono.»

«Avevamo esattamente la tua età. Hai ragione, siamo state imprudenti e stupide, non avremmo dovuto accettare. Quei signori sembravano brave persone, erano gentili, affabili e il cucciolo era così tenero.»

«E cosa è successo poi?»

«Avevano detto che la loro casa era vicina, invece dopo

dieci minuti non eravamo ancora arrivati. Alice ha chiesto di farci scendere, loro ci hanno riso in faccia. Quando lei ha cercato di aprire la portiera, uno dei due le ha mollato uno schiaffo fortissimo. Da quel momento abbiamo capito che eravamo in pericolo.»

Arianna era diventata livida, non perdeva una sola parola di sua madre.

«Abbiamo raggiunto una specie di capanna nel bosco, dopo aver percorso un sentiero in mezzo agli alberi. Quando siamo scese, Elena, la nostra compagna di scuola, ha cercato di scappare. I due uomini l'hanno raggiunta, picchiata a sangue e uccisa colpendola alla testa con un grosso sasso. Ci hanno minacciato dicendo che se avessimo fatto la stessa cosa avrebbero ammazzato anche noi. Mentre stavano scavando una buca per seppellire Elena, Alice mi ha convinto a scappare, nonostante le minacce dei due. Abbiamo iniziato a correre come pazze non sapendo neanche dove andare, non so in che modo siamo riuscite ad arrivare al paese, subito abbiamo avvertito i nostri genitori.»

«Che storia terribile. Perché non me l'hai mai raccontata?»

«Non volevo impaurirti, eri troppo piccola. Ora capisci perché ti ho sempre raccomandato di non parlare e di non dare retta a persone che non conosci?»

Arianna annuì, gli occhi spalancati dall'orrore che quel racconto aveva suscitato in lei.

«Com'è andata a finire? Hanno preso i due uomini? Chi erano?»

«Non li hanno più trovati, purtroppo. Probabilmente erano forestieri: quando li abbiamo descritti alla polizia, nessuno ha capito chi potessero essere. Dopo quello che era successo ho cominciato a soffrire di attacchi di panico, a stare veramente male e dopo un po' i miei genitori hanno deciso di trasferirsi a Milano per il mio bene.»

«Ma allora perché hai voluto ritornare qui con questo brutto ricordo?»

«Quello che ci è capitato poteva succedere in qualsiasi altro luogo. I miei genitori volevano che stessi bene e hanno pensato di trasferirsi per cambiare ambiente e non farmi più ricordare quella terribile esperienza. Sono voluta tornare di nuovo perché non sapevo dove andare, almeno abbiamo una casa e non dobbiamo pagare un affitto.»

«Alice è rimasta qui?»

«Ha vissuto in paese ancora un paio di anni, poi suo padre si è trasferito con tutta la famiglia a Roma per lavoro.»

«E siete sempre rimaste amiche, vero?»

«Sì, le devo la vita. Quando siamo state rapite, io ero terrorizzata e non avrei avuto il coraggio di scappare. È stata lei a convincermi, a salvarmi.»

«È stata davvero coraggiosa. Capisco che tu le voglia tanto bene.»

«Sì» rispose brevemente Irene.

«Lei non si è mai sposata? Non ha mai avuto figli?»

«No. Ha voluto dedicarsi alla carriera, ai progetti che voleva realizzare. Io la ammiro per questo.»

«Anche le mamme sono da ammirare. Si sacrificano per i figli.» Arianna aveva pronunciato quelle parole come se le stesse leggendo da un libro.

Irene la guardò, conquistata dalla sua proprietà di linguaggio ma soprattutto dai concetti che aveva appena espresso.

«Lo pensi sul serio?» domandò.

«Certo che lo penso, anche se a volte sembra il contrario. Tu sei la mia eroina. Grazie per quello che fai per me ogni giorno.»

Si abbracciarono e rimasero avvinghiate come due persone che si stavano ritrovando dopo tanto tempo.

Dopo un po' Arianna chiese alla madre: «Posso andare a fare i compiti da Lucia? A lei piace l'idea di fare ancora la maestra».

«Certo, ti accompagno. Mi fa piacere che tu stia bene con lei.»

La bambina raccolse in camera sua i quaderni e i libri che le sarebbero serviti, poi uscirono insieme.

Quando aprì la porta, la vicina le accolse con un grande sorriso. Irene non entrò nemmeno, non aveva voglia di parlare degli ultimi avvenimenti davanti a Arianna, ma Lucia la bloccò prima che imboccasse il vialetto d'uscita.

«Hanno fissato il funerale di Piero tra due giorni. Vuoi che andiamo insieme?»

Quelle parole colpirono Irene come un pugno in piena faccia. Le avevano rinnovato, in una frazione di secondo, l'angoscia e l'inquietudine che aveva temporaneamente archiviato quando sua figlia l'aveva stretta e le aveva chiesto perdono. Rivide davanti a sé la scena cui aveva assistito poche ore prima: Piero sul divano, chinato su stesso, grondante sangue. Rabbrividì, pregando che Lucia non si accorgesse del suo malessere così manifesto. Tentò di ostentare un minimo di disinvoltura, ma riuscì solo a biascicare, con voce malferma: «Certo».

Prima di girare sui tacchi e tornare a casa, vide sua figlia abbracciare la vicina ed entrare con lei. Arianna finalmente aveva l'espressione del volto distesa e sembrava più tranquilla.

Sentì un piccolo moto di gelosia per quell'intesa che si era stabilita tra di loro, ma allo stesso tempo avvertì la consapevolezza che sua figlia fosse in buone mani.

Tornò verso casa, le mani in tasca e la mente sferzata da mille interrogativi.

Diciotto

Il display del telefono si era illuminato senza sosta per tutta la serata a causa delle continue chiamate del marito cui lei, come al solito, aveva deciso di non dare risposta. Quando era arrivato un messaggio in cui lui la avvisava di voler attivare i servizi sociali per l'impossibilità di vedere la figlia, Irene si era decisa, suo malgrado, a rispondere.

Gianluigi la aggredì subito: «Finalmente ti sei degnata, ho dovuto minacciare per convincerti».

Irene cercò di mantenere la calma, ma già tremava mentre ascoltava la voce astiosa di suo marito.

«Cosa devi dirmi?» chiese brusca.

«Per prima cosa: domani verrò a prendere Arianna per il fine settimana. Poi, mi devi spiegare perché la polizia mi ha chiesto dov'ero la notte in cui è stato ammazzato il tuo amichetto. Cosa cazzo hai raccontato?»

Irene deglutì a fatica. Cercò di restare presente a se stessa, tentando in ogni modo di non farsi prendere dall'agitazione che il comportamento prevaricatore di Gianluigi le suscitava. Respirò a fondo e poi, ostentando una serenità che non le apparteneva, rispose: «Per Arianna non c'è problema, se lei vorrà venire da te. Per ciò che riguarda l'omicidio di Piero, non sono stata io a segnalare il tuo nome».

«E allora chi è stato? C'eravate solo tu e quel coglione l'altro giorno a casa tua. Un momento, c'era anche quel tipo con il martello in mano. Sarà stato lui a fare la spia! Ma poi io dico: che c'entro col fatto che ti facevi sbattere da uno che poi è stato ammazzato? Me lo spieghi?»

Gianluigi ormai aveva perso il controllo e urlava come un pazzo. Irene abbassò il volume del cellulare, le grida di suo marito si stavano espandendo per tutta la stanza, pur non essendo in vivavoce.

«Questo lo devi chiedere alla polizia, non a me» riuscì a rispondere.

«In ogni modo, ho un alibi. Una persona può testimoniare che non mi sono mosso da casa» dichiarò sprezzante Gianluigi.

«Buon per te. Mi auguro che sia un testimone affidabile.»

«Ci puoi giurare. E poi ti pare che vada ad ammazzare il tuo amante? Di sicuro, quello stronzo ha fatto incazzare altri tipi oltre a me.»

«Intanto Piero non era il mio amante, ed era una persona benvoluta da tutti. Tu, piuttosto: ti ergi a paladino della moralità, vuoi che ritorni a casa e poi vengo a sapere che hai trascorso la notte con un'altra donna.»

«Questo chi te l'ha detto?»

Irene si morse le labbra. In effetti, quello era un particolare che nessun giornale aveva riportato. Impossibile far credere che fosse di dominio pubblico.

Stette in silenzio ancora qualche secondo, riflettendo su come fosse meglio rispondere. Poi, le venne in mente che poteva aver appreso dell'alibi di suo marito durante la sua deposizione. Cercò di parlare con la maggior naturalezza possibile.

«Quando ho rilasciato la mia testimonianza in commissariato, l'ispettore mi ha chiesto se conoscevo la donna che tu hai dichiarato fosse con te quella notte. Non mi ricordo neanche come si chiama. Se dovessi tenere il conto di tutte le troie che ti sei scopato...»

Non c'era stato niente da fare, quell'ultima frase le era sfuggita di bocca come se un demone, invisibile ma malefico, l'avesse convinta a sputarla fuori. Se ne pentì subito dopo averla pronunciata, ma allo stesso tempo si sentì forte e reattiva. La distanza che aveva posto tra lei e Gianluigi la faceva sentire più determinata. Da quando si era trasferita lontana da lui, le sembrava di aver ripreso le redini della sua vita.

La risposta di suo marito non si fece attendere. «Non permetterti mai più, hai capito? Ringrazia di non essere di fronte a me, ti avrei già conciato per le...»

«Mi stai minacciando? Adesso registrerò tutto quello che dici, e guai a te se osi mettermi ancora le mani addosso. Ho conservato ogni singola cartella medica di tutte le volte che mi hai mandato all'ospedale. Non sono più l'Irene di un tempo, te ne accorgerai» disse alzando la voce.

Si sorprese di come era stata dura, aggressiva. Alice sarebbe stata orgogliosa di lei.

«Te la farò pagare cara e tu non sai quanto, brutta puttana» urlò lui. «Ti metterò su una strada, ti toglierò Arianna e tu morirai come una lurida cagna.»

«Stai attento a come parli, e soprattutto a quello che fai. Già hai combinato troppi casini, vedi di non farne altri. E se devi venire a prendere Arianna comportandoti in questo modo, è meglio che te ne stai a casa tua.»

«Venerdì verrò a prendere mia figlia, e tu non puoi impedirmelo. E fattelo dire, sei tu che devi stare attenta, perché stai rischiando grosso. Se non ti è ancora successo niente è solo perché sei la madre di Arianna, ma questo non ti salverà per sempre. Ricordatelo.»

Mentre lo ascoltava, Irene rabbrividì. In un lampo, si ricordò di un episodio di qualche anno prima. Un diretto concorrente di Gianluigi, in occasione di un importante appalto per la costruzione di un centro commerciale, era morto in circostanze misteriose. Un apparente suicidio: l'uomo si era buttato da un viadotto lasciando un biglietto d'addio in cui erano scritte poche, smozzicate parole. Molti avevano sospettato un'esecuzione, ma alla fine il caso era stato archiviato come suicidio. E, ovviamente, l'appalto era stato assegnato alla ditta di Gianluigi. Irene chiuse gli occhi, restò in silenzio immaginandosi già cadavere, Arianna disperata al suo capezzale ma già preda delle lusinghe di suo padre.

Forse Salvatore ha ragione, dovrei sparire per un po'...

«Pronto, sei ancora lì? Rispondimi!»

Irene non fu più in grado di rispondere. La forza con la quale aveva ribattuto a Gianluigi era svanita. Chiuse la comunicazione e restò immobile, seduta sul divano a fissare oltre la finestra che si affacciava sul retro del giardino. I resti della casetta erano ancora sparpagliati sul prato. Ogni volta che Arianna passava di lì si metteva a piangere. Pensò che avrebbe chiesto a Livio di portare via quello che rimaneva del capanno. Non avrebbe più voluto costruirne un altro, non era il caso. La mente ritornò a Piero: al suo sguardo gentile, adorante. Alle sue attenzioni avvolgenti. A come l'aveva fatta sentire donna e ancora desiderabile.

Un'altra vittima sacrificale...

Chissà, forse avrebbero potuto vivere una storia d'amore, immaginare una vita insieme, anche se Alice non poneva nessuna fiducia in una loro possibile relazione.

Si alzò dal divano e si diresse verso la scala che portava al piano superiore. Un'ora dopo sarebbe dovuta andare con Lucia al funerale di Piero. Aveva pensato di addurre una scusa, soltanto l'idea di affrontare lo sguardo della gente del paese, gli interrogativi, le maldicenze, la faceva sentire debole, vulnerabile. Tuttavia si decise a prepararsi e ad andare.

Lo doveva a Piero.

Quando suonò al cancello di Lucia, la vicina non si fece attendere. Era vestita come lei in nero, il viso sereno di chi affronta ogni situazione con pacatezza e senza clamori.

«Come stai, Irene?» le chiese preoccupata mentre saliva in auto.

Irene mise subito in moto e guidò guardando fisso davanti a sé, il respiro accelerato, la fronte corrucciata.

«Ho appena litigato con mio marito al telefono, mi ha minacciata come al solito.»

Lucia restò immobile e per qualche secondo a Irene sembrò una persona diversa da quella che l'aveva accolta.

«Non hai paura? Mi raccontavi che è un individuo senza scrupoli» le chiese, preoccupata.

Irene scosse la testa. Aspettò un poco prima di rispondere, poi replicò: «Mi ha detto che mi sono salvata perché sono la madre di sua figlia. Spero che questo privilegio sia valido per sempre».

«Questa è una vera e propria minaccia. Non sottovalutarla, ti prego.»

«Dài, cambiamo argomento, per favore. Volevo ringraziarti per tutto quello che fai per Arianna. Se sta vivendo qualche momento sereno in questa terribile situazione è solo per merito tuo.»

Sul viso di Lucia si dilatò un'espressione di soddisfazione, di tenerezza.

«È una bambina dolcissima e molto sensibile» disse. «Certo, sta vivendo un periodo difficile. Come ben sai, a scuola ha diverse difficoltà di relazione con alcuni suoi compagni e le maestre non la stanno aiutando per niente. Vuoi che andiamo insieme ai colloqui? Magari il mio punto di vista di insegnante può essere utile.»

«Uno di questi giorni dovrò decidermi ad affrontare anche questo problema.»

«Ricordo che anche tu avevi avuto gli stessi problemi a scuola. Nonostante non fossi la tua insegnante, i tuoi genitori mi avevano chiesto dei consigli in merito. Arianna ti assomiglia molto: è riservata, talentuosa, brillante. Tutte caratteristiche che attirano la malevolenza e la cattiveria di bambini invidiosi e insicuri.»

«Dovrebbe imparare a difendersi, a reagire come ho fatto io.»

Lucia non rispose. Rimase in silenzio, guardando fuori dal finestrino. Appena prima di arrivare in paese le disse: «Arianna sta soffrendo molto anche per la perdita di Minou... E se le regalassi un altro gattino? Si è affezionata in particolare a uno della stessa cucciolata, glielo darei volentieri».

Irene la guardò stranita, come se stesse farneticando.

«Assolutamente no» rispose. «Non è il momento, vuoi che faccia la stessa fine del precedente? Gianluigi non ci penserebbe due volte.»

«Potreste lasciarlo da me quando voi non siete in casa, baderei io a lui.»

«Ti ringrazio, Lucia, ma non voglio complicarmi ulteriormente la vita. Magari più avanti, quando le acque si saranno calmate.»

Nel parcheggio della piazza principale, davanti alla chiesa parrocchiale, era stipata tantissima gente. Appena la scorse, Salvatore si diresse verso di lei. Irene si congedò da Lucia, che si era fermata a parlare con un'amica, per andare incontro al poliziotto.

«Grazie di essere venuto» gli disse, appena lo raggiunse.

«Non conoscevo bene Piero, ma mi faceva piacere esserci. E poi, sarà un'occasione per osservare le persone che parteciperanno alla funzione e rendermi conto di tante dinamiche che potrebbero essere utili dal punto di vista investigativo.»

«Quanta gente... Era davvero amato Piero.»

«Era molto conosciuto in paese. Ed era apprezzato da tutti.»

Mentre parlavano, l'attenzione di Irene fu attirata da una donna bionda davanti alla chiesa. Si chiese dove l'avesse già vista. Domandò a Salvatore se fosse a conoscenza della sua identità.

«È Rosanna Viale. Mi spiace comunicarti che Piero aveva una relazione clandestina con lei, contemporaneamente ad altre signore, sposate e non.»

Irene aguzzò gli occhi: riconobbe la donna che era al colorificio quando aveva raccontato a Piero della casetta distrutta. Un'espressione di stupore misto a delusione si allargò sul suo viso.

«Ho visto quella signora parlare con Piero in negozio, giorni fa. Lui mi aveva detto che era solo una sua cliente.»

«Non è così, avevano una relazione da tempo. È stata interrogata e ha confermato. E Piero frequentava anche altre donne. Proprio per questo motivo l'ipotesi di un omicidio per motivi passionali è la prima pista che stiamo seguendo.»

«Non ci posso credere...» Irene cominciò a tossire. Per lo stupore le era andata di traverso la saliva.

Salvatore le offrì alcune mentine dal pacchetto che aveva estratto dalla tasca.

«Piero era un brav'uomo, per carità. Una persona affidabile e molto disponibile. L'unico suo punto debole erano le donne» disse, non appena Irene riuscì a smettere di tossire.

«Bene, ho appena appreso che avrei potuto essere un'altra delle sue conquiste.»

«Non avevi detto che eravate solo amici?» replicò Salvatore con un sorrisetto ironico.

«Ci conoscevamo da pochissimo, lui mi faceva la corte e devo dire che non ero del tutto indifferente alle sue attenzioni. A quanto pare, Alice aveva visto giusto.»

«Chi è Alice?»

«È la mia migliore amica, abita a Londra purtroppo, ma ci sentiamo spesso al telefono. È incredibile come capisca tutto al volo.»

Salvatore non commentò, ma Irene ebbe la netta sensazione che soppesasse tutto quello che lei diceva con grande attenzione.

Lo osservò. Gli occhi neri, penetranti. La bocca carnosa, la fossetta incisa sul mento. Il suo modo sottile di starle vicino, di darle sicurezza, di esternare con garbo le rivelazioni che le aveva appena fatto. Rifletté su quello che le aveva detto pochi secondi prima.

«Un momento, Salvatore. Ho capito bene? State seguendo una probabile pista passionale?»

«Proprio così. Tuo marito rimane il sospettato numero uno, nonostante il suo alibi che, come ti ho già detto, controlleremo con cura. Insieme a lui, indagheremo anche le persone che erano coinvolte nelle relazioni che Piero intratteneva.»

«Mi stai dicendo che un altro marito o fidanzato geloso può aver voluto uccidere Piero?»

«Esatto. Meglio non escludere nulla.»

Irene era frastornata. Aveva avuto l'impressione che Piero fosse un uomo di grande fascino e appeal, ma immaginarlo impegnato in una fitta rete di relazioni, per lo più clandestine, l'aveva lasciata di stucco.

Salvatore la guardò con aria interrogativa.

«A proposito, hai sentito ancora tuo marito?» le chiese, piantandole addosso i suoi grandi occhi neri.

«Proprio qualche ora fa. Mi ha detto che sarebbe venuto a prendere Arianna domani, io naturalmente non posso impedirglielo. Come prevedevo, era furioso per il fatto di aver dovuto fornire un alibi, sospettava che fossi stata io a indicarlo come possibile colpevole dell'omicidio, ma poi, riflettendo, ha capito che era stato Livio. La conversazione da lì in poi è precipitata. Mi ha detto che sono ancora viva perché madre di sua figlia, un privilegio che potrebbe non durare per sempre.»

Salvatore la guardò preoccupato. Le toccò impercettibilmente il braccio, come per proteggerla.

«Queste sono vere e proprie minacce, non le trascurerei per niente.»

«Domani verrà a prendere la bambina, sarà di sicuro un momento critico. Posso chiamarti se ci fosse bisogno?»

«A che ora passerà?»

«Non lo so. Magari ti avverto con un messaggio quando arriva, così, se dovesse dare in escandescenze, potresti intervenire subito.»

«Contaci, sono a tua disposizione. Chiamami sul cellulare, è più immediato.»

Lucia li raggiunse dopo aver chiacchierato con l'amica con cui si era fermata. Salvatore si congedò per salutare un collega e Irene entrò nella chiesa, stipata all'inverosimile, per assistere alla messa. Alla luce delle rivelazioni che Salvatore le aveva fatto, osservò il pubblico intervenuto alla funzione: moltissime donne, alcune visibilmente commosse, persino in lacrime. Vicino al feretro, la bionda che aveva intravisto al colorificio. Dopo l'estremo saluto, le passò accanto, le lanciò un'occhiata di fuoco. L'intuizione avuta in negozio si era rivelata reale.

Dovrei ascoltare di più il mio istinto, Alice me lo dice sempre.

Una donna di mezza età, in compagnia di due uomini sulla cinquantina, la fermò, scrutandola con attenzione.

«Tu sei la figlia di Arduino? Allora è vero che sei tornata a vivere in paese.»

Irene rispose farfugliando qualcosa, allontanandosi di fretta.

Mille occhi la scrutavano con curiosità, tutti sapevano dai giornali che era stata lei, insieme a Livio, a ritrovare il cadavere. Di sicuro si era scatenata una ridda di ipotesi: era la nuova amante di Piero? Aveva una responsabilità nell'assassinio? Le pareva di sentire i mormorii delle persone, le occhiate dirette, maligne, le loro illazioni velenose.

Non riuscì a trattenersi fino alla fine della messa.

Con una scusa si congedò da Lucia e si avviò a piedi verso il lungolago.

La passeggiata era insolitamente deserta. Irene si sedette su una panchina e osservò la linea piatta, immobile del lago. Le case, le montagne, la fitta vegetazione: tutto era replicato, in un'immagine speculare e rovesciata, uno scenario d'acqua misterioso, parallelo. Dentro si celava un altro mondo, brulicante di vita, invisibile agli occhi di chi non riusciva a esplorare oltre la superficie. Irene considerò quanto quell'immagine fosse la metafora della sua incapacità di capire i fatti, le persone, le connessioni. Le rivelazioni che poco prima Salvatore le aveva fatto erano state illuminanti. In realtà, quando aveva conosciuto Piero, aveva notato dettagli che l'avevano fatta riflettere, ma si era accontentata dell'apparenza, del panorama rassicurante che le si era parato davanti agli occhi. E invece quell'immagine da cartolina, proprio come il paesaggio seducente del lago, nascondeva un universo parallelo, ricco di sfumature, verità taciute, chiaroscuri inquietanti.

La voce di Lucia la astrasse da quei pensieri.

«Irene, stai bene? Che dici, andiamo a casa?»

«Sto bene, grazie. Non sopporto i luoghi affollati, non sono più riuscita a restare in chiesa. Tutta quella gente che mi guardava, mi giudicava...»

«Non farci caso, il pettegolezzo è lo sport principale dei piccoli paesi. Io ne so qualcosa. È come essere sotto un'invisibile ma efficace lente d'ingrandimento, ventiquattr'ore su ventiquattro. Immagino che tu non ci sia più abituata, avendo vissuto per tanti anni in una grande città come Milano.»

Irene annuì, senza rispondere. Raccolse la borsa appoggiata accanto a lei, si alzò e si avviò insieme a Lucia verso il parcheggio.

Una volta in auto, passò davanti al luogo dove si era incontrata con Piero giorni prima. Ricordò l'atmosfera spensierata che aveva vissuto quando si era preparata per la serata, gli occhi ammirati di lui quando era scesa dall'auto.

La sottile speranza di riuscire ancora a credere in qualcuno.

Lasciò Lucia davanti al suo cancello e fermò l'auto appena prima di casa. Chiamò Alice, ma lei non rispose.

Chinò il capo sul volante, tremando come in preda a una crisi di astinenza. La immaginò impegnata in mille riunioni, stratega di se stessa e del suo tempo. Inappuntabile, attenta a ogni possibile tranello.

Perfetta.

D'ora in poi, avrebbe seguito ogni suo suggerimento.

Senza il suo appoggio non ce l'avrebbe mai fatta.

Esattamente come tanti anni prima.

Diciannove

«Arianna, oggi verrà tuo padre a prenderti per il fine settimana.»

Gliel'aveva comunicato così, a bruciapelo, senza andare tanto per il sottile.

La risposta non si era fatta attendere.

«Mamma, non voglio vederlo. Per favore, chiamalo e digli di non venire.»

Arianna la osservò come se stesse farneticando. Si parò davanti a lei strabuzzando gli occhi, quasi avesse ascoltato la peggiore eresia del mondo. Le labbra le tremavano impercettibilmente. Irene la guardò e le sembrò di vedere se stessa in uno specchio. Quando era sdegnata, sorpresa per qualcosa che non si aspettava, reagiva nello stesso, identico modo.

«Non posso farlo. Penserebbe che ti ho convinta a non andare da lui. Oggi verrà qui, glielo dirai tu di persona.»

«Non voglio averci a che fare. Continua a telefonarti per convincerti di tornare a casa e invece ha già un'altra fidanzata.»

Irene fu colpita al cuore da quell'esternazione ingenua che Arianna aveva già espresso con candore, senza comprenderne appieno il vero significato. Sua figlia, nell'intimo più celato, aveva sperato che Gianluigi potesse convincerla a rientrare a Milano. Come se non fosse in grado di dare peso alle violenze, ai maltrattamenti ripetuti, alla vita alienante a cui l'aveva costretta finché lei aveva fatto i bagagli ed era fuggita. Solo apprendere che suo padre aveva un'altra donna le aveva fatto capire quanto le sue aspettative fossero infondate.

Cercò disperatamente di dare un senso a quelle parole.

È una bambina, devo comprendere il suo punto di vista anche se inevitabilmente egoista.

Tuttavia, la considerazione di Arianna la ferì nel profondo. In quel momento la sentì lontana, nemica. Non riuscì a nascondere un certo disappunto di fronte alla sua reazione. Aveva soltanto nove anni, certo, ma l'aveva sempre considerata più matura della sua età, immaginata complice, protettiva nei suoi confronti. Quel pensiero le aveva fatto capire che in realtà era ancora una bambina, fragile e insicura, abbarbicata al passato, alle piccole sicurezze di un tempo.

All'improvviso Irene sbottò, non riuscendo più a contenersi: «Non vuoi vederlo solo perché ha un'altra donna? Non conta il fatto che mi ammazzasse di botte e mi facesse sentire un'autentica nullità? Speravi ancora di rientrare a Milano, e chi se ne frega di tua madre? Mi deludi, Arianna».

«No, mamma, non sarei voluta tornare comunque.»

Irene capì che sua figlia stava mentendo. Mentre faceva quell'affermazione, guardava da un'altra parte. Come tutte le volte che le raccontava una bugia e non aveva il coraggio di sostenere il suo sguardo.

Non volendo infierire oltre, scaricare su di lei tutta la rabbia e la frustrazione che aveva accumulato in quei giorni, cercò di contenersi e cambiò improvvisamente argomento, spostando la conversazione su un livello più pratico.

«Quindi non vuoi andare? Sicura? Dovrai dirglielo tu, io non voglio prendermi nessuna responsabilità.»

«Va bene, mamma, glielo dirò io» rispose Arianna, risoluta.

Aveva una luce diversa negli occhi, quasi fosse diventata improvvisamente più grande, più determinata. Prese i libri e i quaderni che aveva appoggiato sul tavolo e li mise nello zaino.

«Posso andare da Lucia a fare i compiti? Mi ha promesso di spiegarmi matematica, lei è bravissima, molto di più della maestra Vittoria.»

«Meglio di no, tuo padre potrebbe arrivare da un momento all'altro, se non ti trovasse si scatenerebbe l'inferno. E se la prenderebbe con me, come tu ben sai.»

«Diciamo a Lucia di venire qui? Che dici?»

«Lascia stare, ti aiuto io per i compiti.»

«Lei dice sempre che è felice di aiutarmi e che si sente come se fosse ancora maestra. Dài, la chiamo.»

Arianna aveva già afferrato il cellulare della madre e stava cercando il numero in rubrica.

Irene non replicò. Meglio non rimanere sole in balia di Gianluigi quando sarebbe arrivato. Lucia era decisa ed energica, le avrebbe aiutate di certo.

La vicina rispose subito all'appello della bambina. Dieci minuti dopo, entrambe erano sedute al tavolo del soggiorno, alle prese con le espressioni odiate da Arianna. Irene le osservò mentre parlavano fitto e sua figlia rideva alle battute di Lucia. C'era una grande sintonia tra di loro, si intendevano al volo. Le ritornò alla mente la sua vicina, anni prima. Era un'insegnante alle prime armi, ma ricordava ancora papà Arduino quando diceva che Lucia aveva fama in paese di essere una maestra attenta e sensibile con i suoi alunni.

Uno stridore di pneumatici la distrasse dalle sue considerazioni. Scostò impercettibilmente le tende della cucina per non farsi scorgere e riconobbe subito il profilo aggressivo della Mercedes di suo marito. Fece scattare l'apertura del cancello prima ancora che lui suonasse il campanello.

In un lampo Gianluigi fu alla porta.

«Arianna è già pronta?» chiese in maniera sbrigativa, rude.

«È in cucina, sta facendo i compiti con la nostra vicina» rispose Irene. Si sforzò di contenere l'agitazione che quell'uomo le trasmetteva, ma non riuscì a fermare il tremore delle mani.

Lui la afferrò per le spalle e la spostò bruscamente, attraversando a larghi passi il soggiorno. Irene lo seguì, tremando in maniera incontrollata.

Gianluigi, attraversato il piccolo ingresso, si era parato davanti alla figlia e con le mani appoggiate ai fianchi la fissava con aria interrogativa. Non la salutò nemmeno.

«Avanti, Arianna, prendi il tuo trolley, dobbiamo andare. Li farai dopo i compiti.»

«Non voglio venire da te, papà. Voglio stare qui» rispose semplicemente la bambina, sforzandosi di guardarlo negli occhi. Anche lei tremava, esattamente come sua madre.

«Tesoro, cosa stai dicendo? Perché non vuoi venire da me?»

Arianna non riuscì a sostenere a lungo il suo sguardo e girò il capo in direzione di Irene, che la stava osservando con apprensione.

«Adesso non me la sento. Magari la prossima volta.»

«Perché mi tratti così? Ti ha convinto tua madre?»

«No... mamma non mi ha detto niente» rispose Arianna balbettando.

L'uomo, chinandosi, la afferrò per la felpa e la tirò a sé, avvicinando il viso a quello della figlia.

«Vai subito a prendere le tue cose, piccola idiota!»

Arianna diventò terrea, sussultando per quelle parole, per quella mossa repentina. Nelle mani di suo padre sembrò un fantoccio privo di vita, del tutto alla sua mercé.

Irene si avventò su di lui per staccarlo dalla figlia, ma con una spinta venne gettata sul pavimento.

Lucia, a quella vista, si alzò di scatto. Lo sdegno, la rabbia le stravolgevano il viso.

«La bambina non vuole venire con lei, se ne vada immediatamente!» gridò. «E non osi toccare nessuno, neanche con la punta del dito mignolo. Io, al contrario di sua moglie, non esiterò a denunciarla.»

Il viso di Gianluigi diventò una maschera d'odio. Lasciò andare Arianna e diresse il suo sguardo su Lucia.

Irene, vedendo la sua espressione, temette per la sua incolumità. Si alzò dal pavimento e cercò convulsamente il cellulare nella tasca. Arianna nel frattempo, sfuggita alla morsa di Gianluigi, si era avvicinata alla madre mentre stava digitando il numero di Salvatore. L'uomo con una mossa repentina si accostò a lei, le afferrò il telefono e lo gettò lontano. Agguantò sua moglie per i capelli e la buttò ancora per terra.

«Brutta lurida cagna, non riuscirai a togliermi mia figlia. Ti farò sputare sangue, quanto è vero Iddio!»

Stava per avventarsi su di lei, quando la voce di Lucia echeggiò di nuovo nella stanza.

«Lasci subito Irene! Non si permetta più di toccarla neanche con un dito o aggraverà ulteriormente la sua posizione. Ho chiamato la polizia, saranno qui a minuti.»

L'uomo si voltò verso di lei, il viso stravolto dalla rabbia, i pugni serrati, pronti a colpire. Lucia lo guardava con aria di sfida, ostentando il cellulare nelle mani, mostrando il display con la chiamata in corso.

«Picchi pure anche me, non aspetto altro. La seguiranno in diretta dal commissariato.»

Lui le strappò il cellulare e pose fine alla chiamata. Si avvicinò a lei e, a denti stretti, le sibilò: «Brutta stronza, anche tu la pagherai prima o poi».

Uscì di casa a larghi passi e se ne partì sgommando come al solito.

Salvatore arrivò qualche minuto dopo. Appena entrato, vide Arianna sul divano che piangeva abbracciata a sua madre. Lucia era accanto a loro.

«Vi ha fatto del male?» chiese subito, allarmato.

«È andato via qualche secondo fa, per fortuna sono riuscita a chiamarvi, ho temuto per l'incolumità di Irene e anche per la mia. Quell'uomo è un pazzo scatenato» rispose Lucia, concitata.

Irene non riuscì nemmeno ad alzare lo sguardo su di lui. Continuava ad accarezzare i capelli di sua figlia.

«Siete ferite?» chiese di nuovo Salvatore, chinandosi verso Irene e Arianna.

Irene alzò il capo, lo guardò. Fece un cenno, come per assicurargli che stavano bene. Non aveva lividi, ferite, ma un grumo denso di disperazione le ostruiva la gola, le spezzava il respiro.

«Avevi ragione, mamma. L'hai sempre avuta.» Arianna le aveva preso la mano, gli occhi arrossati, le labbra distorte in una piega amara. Sembrava ritornata piccola e indifesa.

Irene la strinse a sé. Le mormorò: «Non ti preoccupare, tesoro, io ti capirò sempre».

«Posso chiedervi di spiegarmi esattamente cos'è successo?» chiese Salvatore.

Lucia prese l'iniziativa e gli raccontò l'accaduto. Irene e Arianna non replicarono, non aggiunsero altro.

«Spero che finalmente ti deciderai a denunciarlo, Irene» commentò Salvatore, dopo che Lucia ebbe finito di parlare.

Lei lo guardò terrorizzata. Prese fiato prima di rispondere, sapeva perfettamente che Salvatore non l'avrebbe capita.

«In realtà non mi ha picchiata, solo strattonata. Sì, è vero, mi ha minacciata, lo fa sempre. Ho paura di lui, non vorrei farlo incattivire di più, te l'ho già spiegato.»

«Ha ragione Salvatore. E poi ha minacciato anche me. Dobbiamo reagire, Irene» disse Lucia.

«Se lo denunciassi, non oso immaginare cosa potrebbe succedere, visto quello che...»

«So a cosa stai pensando, ma dobbiamo ancora portare a termine le indagini per stabilire se è andata come credi» mormorò il poliziotto.

Sul viso di Lucia apparve un'espressione risoluta, decisa. «Lo denuncio io, spero serva a qualcosa.»

«Se ti ha minacciato, fai bene a denunciarlo. Almeno rimarrà traccia del suo comportamento.»

«Ti prego, Lucia, non farlo. Coinvolgerai anche me e metterai a rischio anche la tua vita» la implorò Irene.

«Quell'uomo non mi fa paura. Non mi faccio intimidire da nessuno» concluse secca la vicina.

Irene accarezzò la testa di Arianna, si alzò e fece loro segno di andare in cucina.

«Preparo un caffè, ne abbiamo bisogno.»

Quando furono soli, mentre avvitava la caffettiera, disse a bassa voce: «Gianluigi è un uomo senza scrupoli. Sono sicura che abbia già fatto uccidere diverse persone. Non ho prove, naturalmente, ma è già successo che suoi diretti concorrenti in gare di appalto siano morti in circostanze misteriose. Dell'ultimo episodio troverete la notizia in rete. Un anno fa, un certo Giovanni Spinelli si è buttato da un ponte dell'autostrada. Un suicidio, all'apparenza, ma alcune cose non tornavano, erano davvero troppo sospette. Naturalmente, dopo la sua morte, l'appalto è stato aggiudicato alla ditta di Gianluigi».

«Oh santo cielo!» esclamò Lucia.

«Capite perché ho così tanta paura? E come mai non voglio denunciarlo? Pensandoci bene, potrebbe aver commissionato a qualcun altro l'omicidio di Piero.»

«È un'ipotesi plausibile. A maggior ragione, insisto che tu ti nasconda finché non si saranno calmate le acque» commentò Salvatore.

«Mi troverebbe ovunque, te l'assicuro. Io credo che l'unica cosa da fare sia continuare a vivere normalmente e cercare di fargli accettare la separazione. Sono sicura che prima o poi si rassegnerà.»

«Non penso che andrà come speri tu. Uomini così non accettano di perdere. Tu e Arianna potreste pagarne le conseguenze.»

«Prometto che ti chiamerò non appena noterò qualcosa di strano e che non risponderò più ai suoi messaggi o alle sue telefonate.»

«Non basterà, mi auguro che non passi mai alle vie di fatto, come probabilmente ha deciso di fare con Piero.»

Irene scosse la testa, si passò la mano tra i capelli, quasi a pettinarseli. Il vetro a specchio del frigorifero le aveva rimandato l'immagine di un volto devastato, consumato dalla paura e dall'incertezza.

«Sarò prudente, non preoccuparti per me.»

Salvatore non replicò oltre. Lucia fece lo stesso. Rimasero a guardarla come se fosse un condannato a morte in cammino verso il luogo del patibolo.

Venti

Si alzò dal tavolo della cucina, orgogliosa di aver completato un'illustrazione da consegnare per un libro di fiabe di un autore scandinavo. Aveva riflettuto a lungo su come realizzarla, ma, dopo un'intuizione comparsa durante una delle sue lunghe notti insonni, non aveva più avuto esitazioni. Controllò, una volta di più, la resa cromatica, l'efficacia dei personaggi tratteggiati, l'aderenza al contenuto narrativo: finalmente era soddisfatta del risultato. Il trillo del contaminuti la avvertì che doveva verificare la cottura di una torta di mele preparata poco prima. Non appena aprì il forno, un profumo fragrante di vaniglia e zucchero, di attese antiche, di momenti trascorsi e mai più ritornati, si diffuse in maniera persistente per tutta la casa. Aveva conservato con cura le ricette di suo padre, non aveva mai voluto cambiare nemmeno un grammo degli ingredienti riportati dalla scrittura minuziosa di Arduino. Tutte le volte che infornava quel dolce si rinnovava il miracolo del passato che riappariva e portava con sé ricordi, volti, atmosfere conosciute e ormai lontane.

Mentre respirava quell'aroma rassicurante si guardò intorno. La casa aveva assunto un aspetto più ordinato, meno provvisorio. Giorni prima, aveva comprato alcuni vasi di begonie per adornare il davanzale della cucina e finalmente Livio era passato a smantellare ciò che restava della casetta sull'albero. Nessuna traccia di quel rifugio, retaggio d'infanzia, così sapientemente ristrutturato da Piero e poi finito in pezzi, dilaniato da un'incontenibile furia distruttiva.

Il pensiero andò a lui.

Anche Piero mi stava ingannando...

Le ritornarono in mente i suoi occhi verdi, le sensazioni che aveva provato. L'idea sottile, insinuante di tornare a sperare in un'esistenza diversa.

Quando, titubante, aveva raccontato a Alice quello che aveva appreso di Piero, l'amica non aveva voluto infierire, aveva evitato di rinfacciarle di avere capito tutto di quell'uomo sin dal primo istante. Era rimasta in silenzio e poi l'aveva salutata in fretta, come se fosse stata imbarazzata per la rinnovata angoscia che quella scoperta, forse ancor più della morte di Piero, aveva suscitato in Irene.

Il suono del campanello la fece sobbalzare. Istintivamente prese il cellulare, pronta a digitare il numero di Salvatore, ma quando controllò dallo spioncino, lo spavento lasciò il posto alla sorpresa.

Era Rachele, la moglie di uno degli ingegneri di Gianluigi. Aprì la porta in preda alla curiosità.

«Ciao, Irene, disturbo?»

«Rachele, come sei arrivata fin qua?»

«Gianluigi ha detto a mio marito che eri andata a vivere nella casa dei tuoi genitori, sul lago. In paese ho provato a chiedere se sapevano dove fosse la villa dei tuoi. A quanto pare tutti ti conoscono, me l'hanno indicata subito.»

«Potevi telefonarmi, ti avrei dato l'indirizzo senza problemi.»

«Non volevo chiedertelo, avresti potuto rifiutare. Dopotutto ci hai conosciuto perché amici di Gianluigi, e credo che in questo momento tra di voi non corra buon sangue.»

«E così hai pensato di farmi una sorpresa... Be', ormai sei qui, non stare sulla porta» replicò Irene con un sorrisetto ironico.

Rachele entrò cautamente, a piccoli passi, guardandosi attorno. Bionda, vestita con un abito attillato e troppo corto, un trucco pesante che la faceva sembrare più vecchia della sua età. Una bella donna offuscata dal desiderio di essere notata a tutti i costi. Irene non era mai riuscita a entrare in confidenza con lei, nonostante frequentasse spesso casa sua col marito. Rachele era troppo diversa da lei negli atteggiamenti, nelle aspirazioni, nella visione della vita.

La osservò dirigersi verso il soggiorno con passo più sicuro nel suo irrinunciabile tacco dodici.

«Posso sedermi? Carino questo posto» disse la donna con un sorriso appena abbozzato.

«Certo, dimmi cosa ti ha portato fin qui.»

Irene non le aveva neanche offerto qualcosa da bere, contravvenendo alla sua innata buona educazione: non vedeva l'ora di conoscere il reale motivo di quella visita. Pensò all'eventualità che Gianluigi avesse chiesto alla donna di perorare la sua causa, ma le sembrò improbabile. Non era nel suo stile, mai avrebbe affidato un compito del genere a qualcun altro.

A quella domanda diretta, Rachele esitò. Si appoggiò con la schiena al divano, accavallò le gambe abbronzate, prese un pacchetto di sigarette dalla borsa.

«Ti dispiace se ne fumo una? Sai, sono un po' nervosa.»

Irene la guardò infastidita, poi cercò di dissimulare l'irritazione.

«Preferirei di no, non amo l'odore del fumo, soprattutto in casa.»

Si stupì di se stessa. Non aveva mai avuto il coraggio di vietare a qualcuno di fumare nell'appartamento di Milano, Gianluigi lo faceva spesso, senza curarsi nemmeno della presenza di Arianna. Anche i suoi ospiti si comportavano allo stesso modo. Irene, l'odore acre del tabacco se lo sentiva addosso per giorni, nonostante spalancasse ripetutamente le finestre e si lavasse in maniera maniacale per toglierselo di dosso.

Anche Sara, sua madre, fumava in casa nonostante i divieti di Arduino. Le venne in mente come se fosse un ricordo di qualche giorno prima: lei, gli occhi persi e la sigaretta a consumarsi tra le dita.

Rachele, a quell'affermazione, la guardò attonita, come sorpresa. «Non ti ha mai dato fastidio, questa è un'altra novità.»

«Mi ha sempre dato fastidio, ma ero prigioniera, non potevo ribellarmi. Adesso posso farlo.»

Nel pronunciare quelle parole, Irene fissò Rachele a lungo. Lo sguardo, diretto, non ammetteva repliche. Poi si sedette, come per prendere fiato prima di ascoltare quello che la donna aveva da dirle.

«Va bene, va bene, non ti preoccupare. Ho sempre notato l'atteggiamento di Gianluigi nei tuoi confronti, ti trattava come se fossi il suo cagnolino. Mi sono sempre chiesta come facessi a sopportarlo» replicò la donna mentre rimetteva il pacchetto di sigarette nella borsa.

Irene fu sorpresa da quell'inattesa manifestazione di solidarietà non richiesta. Rimase in silenzio, aspettando di conoscere il motivo di una visita di cui, anche sforzandosi, non capiva lo scopo.

Rachele esitò, chiuse gli occhi per una frazione di secondo, quasi stesse cercando la concentrazione prima di un grande salto. Poi iniziò a parlare.

«Mi sei sempre stata simpatica, e mi sono sempre sentita in grande imbarazzo, ma...»

«Ma cosa?»

Irene sentì espandersi una fitta nel petto e sgranò gli occhi. In apnea, prima di conoscere quella che, se lo sentiva, sarebbe stata l'ennesima staffilata al cuore.

«Io e Gianluigi eravamo amanti.»

«Cosaaa?»

Non riuscì a trattenersi. Aveva cercato di prepararsi mentalmente a qualcosa di molto sgradevole, ma quella rivelazione la lasciò totalmente senza fiato. Appoggiò la testa allo schienale in cerca di un sostegno, le sembrò di essere finita al centro di un tornado.

«Sì, Irene. Da quattro anni. Mi rendo conto di darti un grande dolore, ma dovevo dirtelo.»

Irene non riuscì a trattenersi. «Che cazzo vuoi da me? Perché sei venuta fin qui a raccontarmelo?»

«Quel bastardo, oltre a rovinare te, sta distruggendo anche la mia vita. Cinque mesi fa mi sono separata da mio marito, nella speranza di convincere anche Gianluigi a farlo. Diceva sempre che il vostro matrimonio era finito da tempo, ma che voleva aspettare ancora. Per incoraggiarlo a prendere una decisione ho fatto io il primo passo, ma da quel momento lui ha cominciato ad allontanarsi, trovando scuse per vedermi sempre di meno. Una settimana fa ho scoperto sul suo cellulare dei messaggi per un'altra donna. Inequivocabili.»

Irene si alzò e prese dallo scaffale della cucina il flacone di ansiolitico. Ne versò diverse gocce nel bicchiere, cercando di controllare i movimenti della mano: tremava come in preda a una febbre altissima. Dopo che l'ebbe diluito con poca acqua, inghiottì il contenuto in fretta.

Sentì addosso lo sguardo perplesso di Rachele.

«Scusa, Irene, non pensavo ci saresti rimasta così male.»

«Mi vieni a dire che mio marito ha scopato con te per quattro anni e pretendi che la prenda bene?»

«Certo che no, ma credevo fossi consapevole che Gianluigi avesse un'altra donna. Mi diceva che tra voi non c'erano più rapporti da tempo.»

Irene chiuse gli occhi, cercando di ignorare la pressione incontenibile che quelle parole le provocavano, augurandosi che la dose massiccia di benzodiazepine facesse effetto al più presto.

Poi fissò Rachele con odio. «Adesso cosa vuoi da me? Vattene immediatamente!»

«Aspetta, fammi finire. Mi scuso per quello che ti ho fatto, hai ragione tu: sono rivelazioni che fanno male. Per farmi perdonare, sono qui a offrirti il mio aiuto e il mio sostegno.»

«Sostegno? Il sostegno lo hai già dato per quattro anni a quel puttaniere di mio marito.»

«Siamo entrambe vittime di un uomo spietato e cinico, so che sta cercando di distruggerti, non sei del tutto indipendente e hai una figlia a cui pensare. Io per fortuna non ho nulla da temere, ho un buon lavoro, niente figli e sono del tutto autonoma. Ti voglio offrire il mio aiuto.»

«Il tuo aiuto? E come?»

Rachele si avvicinò a lei e cercò di prenderle la mano. Irene la ritrasse immediatamente.

L'altra, imperterrita, le sorrise rassicurante. «Testimoniando che siamo stati amanti per quattro anni e fornendo tutte le prove che servono per dimostrarlo.»

«Tu vuoi fare tutto questo?» Irene era attonita.

«Sì, lo farò. Come puoi ben capire, il mio apporto sarà decisivo nella vostra causa di separazione giudiziale; non avete raggiunto un accordo consensuale, immagino... In seconda battuta mi prenderò una piccola rivincita nei suoi confronti.»

Irene sentì scemare la tensione. Il tranquillante cominciava a fare effetto: i contorni di tutta quella grottesca situazione le apparivano sfumati, meno drammatici. Si tastò le tempie e cercò di recuperare un minimo di lucidità.

«Allora, che mi dici?» incalzò l'altra.

«Che ti dico? Per me va bene, se te la senti.»

«Certo che me la sento. Anzi, non vedo l'ora di far sputare sangue a quel bastardo di Gianluigi. Vedrai, lo conceremo per le feste.»

«Non credo proprio che ci riusciremo. È troppo furbo, se la caverà come al solito.»

«Non ti preoccupare, ho conservato alcune foto dei fine settimana che abbiamo trascorso insieme. Regali, biglietti aerei, fatture d'albergo. A Portofino eravamo di casa, quasi ogni weekend. Il dossier di prove della nostra relazione lo inchioderà definitivamente.»

Irene ricordò, ancora una volta, i fine settimana solitari con Arianna. Suo marito millantava continui viaggi di lavoro. Sentì una rabbia sorda montarle dentro.

«Hai con te tutto questo materiale?»

«È a casa mia a Milano. Ti preparerò un fascicolo da presentare al tuo avvocato. Questa volta non se la caverà, il bastardo.» Rachele sogghignò. Il suo viso aveva assunto un'espressione distorta, da regina Grimilde.

«Non hai paura di lui?»

«So molto dei suoi affari, illeciti e non. Lo tengo per le palle, non ti preoccupare.»

«Se fossi in te non sarei così sicura. E sarei prudente. Gianluigi non ha scrupoli per nessuno.»

«L'ho già avvertito: se mi capita qualcosa, uscirà una valanga di documenti contro di lui, depositati da un notaio di fiducia. In realtà non ho nessuna vera prova da esibire. Lui mi ha sempre fatto solo confidenze a voce e io non sono mai stata così furba da registrarlo, ma quando l'ho minacciato mi è sembrato impressionato. Sono sicura che ci ha creduto.»

«Secondo me stai giocando col fuoco, Rachele.»

Irene la guardò come se stesse parlando con un pazzo che farneticava di voler uccidere un gigante con un coltellino svizzero. Negli occhi della donna riconobbe la rabbia, l'impotenza, l'avvilimento. Le stesse frustrazioni che suo marito aveva provocato in lei. Aveva ingannato Rachele, l'aveva lusingata, fatta sentire unica, insostituibile. Quando era diventata abituale, scomoda, l'aveva gettata via come si fa con una bambola rotta. Destino comune di tutte le donne che Gianluigi aveva posseduto.

«La pagherà cara, vedrai. Quante promesse, quante menzogne. Mi ha distrutto la vita. Non sarò più la stessa e non avrò pace fin quando non l'avrò rovinato.»

Rachele, il viso contratto dall'odio, fissò un punto davanti a sé continuando il suo monologo, senza accorgersi dell'espressione sempre più costernata di Irene.

All'improvviso si alzò in piedi.

«Ti aspetto a Milano, così ti consegno il fascicolo» disse prima di congedarsi. «Sto cercando di recuperare i biglietti aerei dei weekend che abbiamo fatto in questi anni, la mia agenzia viaggi me li manderà domani: così il dossier sarà completo. Grazie per avermi ascoltato. Sei una donna intelligente, hai capito tutto senza mostrare preconcetti.»

Irene abbozzò un sorriso sarcastico. «Cos'altro avrei potuto fare? Prenderti a calci?»

«Non dire così, siamo entrambe vittime e dobbiamo allearci contro di lui per dargli una bella lezione. Dobbiamo essere solidali.»

«Però non ti interessava essere solidale con me quando te lo scopavi nei fine settimana o in qualche squallido motel? Venivi a casa mia, mostravi la tua amicizia, il tuo calore e poi vi facevate piedino sotto il tavolo, tramando alle mie spalle.»

«Hai ragione, non avrei mai dovuto imbarcarmi in una situazione del genere. Ti chiedo scusa, cercherò di rimediare. In ogni caso, se non fossi stata io la sua amante, ce ne sarebbe stata un'altra.»

Irene non volle più replicare, spossata dall'effetto dell'ansiolitico e dalle rivelazioni che aveva appena ascoltato. Salutò Rachele freddamente, con la promessa di andare presto a casa sua per ritirare il dossier di cui parlava e portarlo al suo avvocato.

Non appena chiuse la porta d'ingresso, sentì immediatamente la necessità di stendersi e chiudere gli occhi.

Si trascinò per le scale, come uno scalatore che affronta l'ascesa di un ottomila senza ossigeno. Il suo pensiero andò a Arianna: per fortuna quel giorno Lucia sarebbe andata a prenderla a scuola e poi avrebbero fatto i compiti insieme a casa della vicina. Tirò un sospiro di sollievo: non avrebbe mai voluto farsi vedere da sua figlia ridotta in quello stato. Quando riuscì a stendersi sul letto, fissando il soffitto di cui, sin da quando era bambina, ricordava ogni irregolarità, ogni increspatura, ripensò ancora a sua madre. Quell'incespicare, quel torpore chimico, quegli occhi spenti erano anche i suoi.

Mistero Sara, irrimediabilmente persa in un mondo attutito dagli psicofarmaci.

Incatenata a un limbo di plastica, una morte a occhi aperti.

Non vorrò mai essere come lei.

L'aveva detto a Arduino. Aveva otto anni, le labbra che le tremavano e gli occhi lucidi di pianto. Lui l'aveva guardata e le aveva accarezzato i capelli, come faceva sempre quando voleva consolarla. Aveva tentato di replicare, probabilmente non aveva una risposta da dare a una bambina che detestava sua madre.

Chiuse gli occhi, senza accorgersene si addormentò. Un sonno senza sogni, senza angosce, senza memoria.

Due ore dopo si svegliò di soprassalto, il telefono squillava. Era Arianna.

«Mamma, tutto bene? Ti ho chiamato anche prima, ma non rispondevi.»

Irene cercò di recuperare tutta la lucidità che riuscì a trovare.

«Amore, non ti preoccupare, si vede che ero in un'altra stanza e non ho sentito il cellulare» mentì. «Sei da Lucia?»

«Sì. Posso fermarmi a cena da lei? Vorrebbe invitare anche te.»

Irene esitò prima di rispondere. Provò a mettersi seduta sul letto, era ancora esausta, senza forze.

«Ho un po' di mal di testa, rimani tu da Lucia. Io mangio qualcosa a casa e mi metto a letto nella speranza che passi. Va bene se vengo a prenderti alle nove?»

Sentì la figlia confabulare con la vicina. Poi, la risposta.

«Lucia mi ha detto di stare tranquilla, mi accompagna lei alle nove. Ti saluta tanto. A dopo, mamma.»

Irene si stese ancora. L'effetto del tranquillante stava lentamente sfumando consegnandola a uno scenario sempre più denso di inquietudini.

Non le era mai piaciuta Rachele. Quel sorriso falso, stereotipato. Le frequentazioni assidue in casa sua, in compagnia di un marito assente, probabilmente consapevole della tresca che la moglie aveva intrecciato col suo datore di lavoro. Anche Mario non le era mai piaciuto: i discorsi volgari, le azioni interessate, mirate sempre a ottenere un fine celato, un guadagno in più. A pensarci bene, da individuo senza scrupoli quale era, non era poi così lontana la possibilità che avesse addirittura caldeggiato la relazione di Rachele col suo capo allo scopo di ricevere ancora più vantaggi.

Rabbrividì a quell'idea, ma riflettendo le parve possibile, non così campata per aria. Afferrò di nuovo il cellulare, chiamò Alice. Ora che era ritornata più lucida, doveva raccontarle della visita di Rachele.

L'amica rispose subito. Irene sentì della musica in sottofondo e il chiacchiericcio tipico di un locale stipato di persone in cerca di divertimento.

«Ciao, ti disturbo?»

«Che dici, tu non disturbi mai. Aspetta, esco, sono con dei colleghi per un incontro informale di lavoro in questo nuovo locale che dicono prepari degli aperitivi pazzeschi. A me invece sembra il solito carnaio di gente che vuole farsi notare a tutti i costi.»

Irene se la immaginò nel suo tailleur impeccabile, a rilassarsi dopo una giornata di lavoro intenso con gente glamour come lei.

«Ti richiamo più tardi, non ti preoccupare. Goditi questo momento con i tuoi colleghi.»

«No, dimmi, sono già uscita. È successo qualcosa? Il tuo tono di voce non è per niente rassicurante.»

Irene le raccontò di Rachele e delle sue rivelazioni. Alice la ascoltò in silenzio, senza commentare. Solo alla fine le sfuggì: «Ma perché, avevi ancora dei dubbi su quanto possa essere bastardo tuo marito? Ogni volta mi stupisci».

«Immaginavo che avesse un'amante, ma sentirlo raccontare da una che ha sempre frequentato casa mia fingendosi amica, mi ha sconvolto.»

«Adesso basta fare la mammoletta, vittima delle situazioni. È il momento di reagire. Almeno questa Rachele sta cercando di fregarlo, anche se, sinceramente, mi sembra difficile che uno scafato come lui si faccia incastrare.»

«Mi verrebbe voglia di dirgli che so tutto, che è una merda schifosa, di sputargli in faccia tutto quello che penso di lui.»

«È proprio quello che non devi fare. Gli daresti un vantaggio, e tu non vuoi darglielo, vero? Tu devi vincere la guerra, devi essere forte e determinata, come ti ho sempre raccomandato.»

«Hai provato a controllare la tua agenda? C'è qualche possibilità che tu venga a trovarci? Non sai quanto mi farebbe piacere» tentò Irene.

«In questo momento non se ne parla per niente. Abbiamo delle importanti acquisizioni in ballo, non posso dileguarmi neanche per un fine settimana, mi spiace.»

Irene non insistette oltre. Non voleva essere assillante, ma si sentì sola, nonostante Alice fosse sempre presente alle sue richieste d'aiuto, anche se a distanza.

«Adesso cosa c'è? Te la sei presa? Appena avrò un momento tranquillo, ti prometto che faccio le valige e mi installo da te.»

«Sono anni che me lo ripeti.» si lamentò Irene.

«Vedrai che stavolta manterrò la mia promessa.»

Si congedarono, una freddezza sottesa galleggiava tra loro.

Irene stava per stendersi ancora quando il display del telefono si illuminò. Era Gianluigi, nella milionesima telefonata del giorno. Fissò il suo volto che compariva insistentemente sullo schermo.

Eppure avevo tolto le foto di questa faccia di ca...

Non rispose. Aveva voglia di farlo, ma decise di seguire il consiglio di Alice. Dentro, la rabbia corrodeva ogni fibra del suo corpo. Alla terza telefonata, in preda all'ira più cieca e irrazionale, afferrò il cellulare e avviò la chiamata.

«Finalmente ti sei decisa. Non provare più a trattarmi così» sbottò suo marito.

«Non provare più tu a trattarmi come hai sempre fatto» replicò subito lei.

«Non sono stato io ad andarmene di casa.»

Gianluigi, era evidente, stava tentando in tutti i modi di non perdere le staffe. Il suo respiro divenne sempre più accelerato. Irene lo sentì pulsare nelle orecchie.

«Hai ancora il coraggio di dare a me la colpa di tutto?» gli chiese.

«Ripeto: sei stata tu a decidere di andare via.»

Irene non replicò immediatamente. La rabbia le serrava la gola, le annebbiava la vista.

Riuscì appena a sibilare: «Ho appena incontrato Rachele, mi ha raccontato tutto di voi. Sei un gran bastardo».

Percepì un'esitazione, poi un sospiro pesante.

«Non ascoltarla, è una squilibrata» rispose lui, spiazzato.

«Non lo è per niente, caro mio. E a quanto pare è più furba di quello che immagini. Grazie di avermi ingannato per tutti questi anni, non avevo dubbi, ma venire a saperlo nei minimi dettagli è stato devastante. Vai affanculo per sempre.»

«Aspetta, non devi ascoltare quella pazza, ti sta raccontando un sacco di cazzate.»

«Cazzate? Non credo proprio, Rachele ha conservato tutte le prove della vostra frequentazione. Biglietti aerei dei sedicenti viaggi di lavoro che facevi con lei, ricevute d'albergo, foto... Un dossier molto interessante per il giudice che si occuperà della nostra causa di separazione.»

Irene lo sentì grugnire dall'altro capo del telefono. Era in difficoltà, probabilmente non immaginava che Rachele potesse osare tanto. Infatti, dopo qualche secondo gli sfuggì: «Quella troia...».

«Sei rimasto senza parole, eh? Pensavi di essere stato furbo? Invece Rachele è stata più furba di te.»

Gianluigi chiuse bruscamente la comunicazione.

Irene restò con il cellulare in mano, ancora inebetita dagli psicofarmaci, pentita delle rivelazioni che incautamente aveva esternato.

Rifletté se fosse il caso di avvertire Rachele, non aveva voglia di sentire ancora la sua voce, quel tono mieloso, cantilenante che poco prima, con la massima disinvoltura, le aveva svelato la relazione pluriennale avuta col marito. Controvoglia, si decise a comporre il suo numero per avvertirla della reazione che aveva innescato.

«Poco fa mi ha chiamato Gianluigi e, dalla rabbia, non sono riuscita a trattenermi: gli ho raccontato tutto quello che ci siamo dette oggi. Mi sa che ho fatto una cazzata.»

«Oddio, forse potevi evitare di parlargliene per preservare l'effetto sorpresa, ma ormai quel che è fatto, è fatto.»

«Ho voluto dirtelo per avvertirti che lui sa tutto e che potrebbe prendere delle iniziative spiacevoli nei tuoi confronti. Sii prudente.»

Sulle labbra di Irene inconsapevolmente spuntò una smorfia amara. Lei che si prendeva la briga di mettere in guardia l'ex amante di suo marito.

Che situazione grottesca.

«Sarò prudente, non ti preoccupare. Quando hai intenzione di passare da me? Io sono a Milano tutta la settimana.»

«Di sicuro tra qualche giorno. Mi sono dimenticata di chiedere il tuo nuovo indirizzo, immagino che tu non viva più con Mario.»

«Ti ho lasciato il mio biglietto da visita con tutti i miei recapiti, dovrebbe essere sul tavolo, lo vedi?»

Irene diede un'occhiata al grande tavolo di noce della cucina, in un angolo c'era un cartoncino bianco con diversi indirizzi e numeri di telefono. Lo afferrò e gli diede un'occhiata.

«Sei in zona Brera, vedo.»

«È l'appartamento che avevamo affittato io e Gianluigi per incontrarci. Ho deciso di tenerlo come sistemazione temporanea.»

«Così, quando verrò a ritirare il dossier, avrò l'onore di visitare il vostro tempio d'amore» commentò Irene, la voce spezzata dal sarcasmo.

«Dài, non dire così. Ricordati che siamo entrambe vittime di quell'essere immondo che è Gianluigi.»

Irene non replicò. Salutò freddamente Rachele con la promessa di chiamarla prima di capitare a Milano.

Si trascinò fino al divano, si stese chiudendo gli occhi. Aveva sempre immaginato che suo marito potesse avere un'amante, ma le rivelazioni di Rachele erano state un colpo violento e inaspettato allo stomaco.

Li immaginò insieme in qualche località da sogno a trascorrere fine settimana che Gianluigi aveva spacciato per sedicenti viaggi di lavoro.

E io sempre sola con Arianna, a dovermela cavare in ogni situazione. Continuava a tormentarmi con accuse, sospetti, controlli, e poi era lui ad avere una doppia vita.

La rabbia le contrasse la gola, le fece torcere le mani a tal punto che le sembrò di non sentirle più. Ricordò gli anni precedenti, le giornate interminabili trascorse in totale solitudine, i profumi sconosciuti che avvertiva quando lavava le sue camicie.

Non mangiò nulla. Rimase a scrutare il muro di fronte, come inebetita. Era sfuggita a una vita di violenza, di inganni, di sopraffazione. Era arrivata in quella casa, in cerca di un rifugio sicuro.

Ogni giorno che passava le ricordava che la pace non sarebbe mai appartenuta alla sua vita.

Ventuno

Si ritrovò distesa sul divano a dondolo del portico, l'umidità della notte a insinuarsi tra i capelli, sui vestiti, nelle viscere. Si era svegliata a causa di un tremore insistente che l'aveva attraversata mentre dormiva. Poco prima, stava sognando di trovarsi in un cimitero di campagna, circondato da alte mura, immerso nell'oscurità. Camminava inquieta su un viale di pietrisco grigio. Arrivata davanti a una lapide, aveva scorto una fotografia sgranata che campeggiava sulla lastra di marmo scuro: con grande raccapriccio, aveva riconosciuto se stessa. Non aveva fatto in tempo a leggere la data della sua morte. Un attimo prima aveva aperto gli occhi, sconvolta dai brividi e dall'orrore. Era tutto così reale, così vivido.

Si alzò di botto. Frastornata, ripensò al sogno. Per certi versi le ricordava la parte finale di un romanzo di Pirandello che aveva letto al liceo e da cui era stata fortemente impressionata, *Il fu Mattia Pascal*. Esattamente come il protagonista, si era ritrovata a far visita alla propria tomba, ma la sensazione che ne aveva ricavato, a differenza del personaggio di Pirandello, era stata di rivelazione, di comprensione dolorosa di qualcosa che fino ad allora le era sfuggito.

Guardò l'orologio da polso: le cinque del mattino. Si chiese come mai si trovasse, ancora vestita, a dormire sul dondolo del portico. Il suo pensiero immediatamente corse a Arianna. Non ricordava in nessun modo cosa fosse successo nelle ore precedenti. Aveva ingerito dei tranquillanti, ed evidentemente ne aveva abusato ancora una volta.

Entrò in casa, salì le scale che conducevano al piano superiore, rosa dalla paura, dall'ansia di non trovare la figlia a casa. Scomparsa, a causa della sua incuria, chissà dove.

Aprì la porta della cameretta. Arianna dormiva nella luce fioca del piccolo abat-jour che sin da piccola si ostinava a voler tenere acceso per paura del buio. Si avvicinò a lei. Respirava regolarmente, avvolta dalle lenzuola a fiori, nel suo pigiamino rosa con gli orsetti. Irene sospirò di sollievo, ringraziò Iddio. Per pochi, terribili attimi aveva temuto per sua figlia, per il mancato ricordo di cosa avesse fatto poche ore prima. Una sorta di svenimento prolungato, che la rendeva inconsapevole di un intero spezzone di vita.

Diventerò peggio di mia madre.

Da qualche tempo, l'incubo di Sara continuava a tormentarla. I suoi occhi vuoti, il suo sorriso senza una vera coscienza. Un ectoplasma sbiadito che papà Arduino si ostinava a curare come fosse una bambina di pochi mesi.

Chiuse la porta di Arianna, andò in bagno per spogliarsi e indossare il pigiama. Non si lavò nemmeno, si sentiva esausta.

Si sdraiò sul letto e si addormentò subito.

Implacabile, la sveglia suonò alle sette, come al solito. Si alzò e andò nella camera di Arianna. Stava ancora dormendo. Si avvicinò a lei, accarezzandole i capelli per svegliarla con dolcezza. Quando sua figlia aprì gli occhi, Irene volle, con circospezione, cercare di capire cosa fosse successo la sera prima.

«Tesoro, ieri dovevo essere stanchissima. Sai che non ricordo a che ora sei andata a dormire?»

«Ieri sera abbiamo visto un film insieme e poi mi hai detto che dovevo andare a letto. Mi hai letto una fiaba, ma mi devo essere addormentata subito perché non ricordo come finiva. Perché me lo chiedi?»

Irene fece un cenno con la mano, come per farle capire che non era importante. Preferì cambiare argomento.

«Sbaglio o sarà oggi l'interrogazione di storia? Ti senti preparata?»

«Lucia mi ha fatto mille domande, e dice che ho risposto bene a tutte» replicò lei sorridendo.

«Andrai alla grande, ne sono sicura. Come va con i compagni?»

«Come al solito.»

Arianna, improvvisamente, si adombrò. Non volle aggiungere una parola di più e Irene rispettò il suo silenzio. La vide andare in bagno, lavarsi i denti, il viso triste, i gesti svogliati.

«Se andassimo a salutare le tue amiche di Milano uno di questi giorni? Che ne dici?»

Da quando Rachele era passata a trovarla, giorni prima, Irene non aveva ancora ritirato il fascicolo che conteneva le prove della relazione della donna con Gianluigi. Poteva essere una buona idea lasciare Arianna dalle sue amiche e approfittarne per fare un salto da Rachele. Aveva deciso di darle appuntamento in un bar o in qualche altro luogo assolutamente neutro. Non aveva nessuna voglia di vedere la casa in cui Gianluigi e la sua amante avevano vissuto la loro relazione.

Arianna, alla proposta di tornare a Milano per rivedere le sue amiche, si illuminò. In un lampo cambiò espressione.

«Quando vuoi andare?»

«Che ne dici di sabato?»

«Speriamo che Bea e Alessia siano libere.»

«Le chiameremo appena torni da scuola. Adesso sbrigati, se no farai tardi per lo scuolabus.»

La vide ingurgitare di fretta qualche biscotto inzuppato nel latte al cioccolato che le preparava ogni mattina e poi correre per andare a prendere la piccola navetta gialla che passava più puntuale di uno shinkansen giapponese.

Rivide se stessa tanti anni prima oltrepassare quella soglia in precipitose corse, sempre in ritardo e affannata. Al contrario di Arianna, le era successo più volte di perdere lo scuolabus e di arrivare in classe con almeno mezz'ora di ritardo, il tempo necessario per coprire a piedi la distanza tra casa sua e la scuola.

Al ritorno, non prendeva la navetta, sempre affollata e lenta per le innumerevoli soste che doveva effettuare. Preferiva camminare in santa pace, spesso con Alice, godendosi quella mezz'ora d'aria dopo tutta la giornata chiusa in uno stanzone dalle finestre piccole e affacciate su un cortile scuro.

Diede un'occhiata alle nuove illustrazioni che aveva iniziato il giorno prima. Tra due settimane avrebbe dovuto consegnarle, ma non riuscì a concentrarsi: si sentiva spossata come dopo un trekking in montagna. Pensò di fare colazione e poi decidere se concedersi ancora un pisolino o mettersi subito al lavoro.

Si preparò un tè verde e accese il televisore. Mentre sbocconcellava un paio di biscotti, gli stessi che aveva mangiato poco prima Arianna, per poco non si soffocò. Al telegiornale stavano mandando in onda una foto. Quando la vide, strabuzzò gli occhi. Le parole le arrivarono ritardate, come se fossero totalmente scollegate dalle immagini a cui stava assistendo. Una donna bionda e sorridente e poi altre foto di un corpo riverso per terra, coperto da un lenzuolo. Nell'immagine in primo piano riconobbe Rachele. Afferrò il telecomando per alzare il volume, ma ormai il servizio era finito e stavano già parlando del maltempo in arrivo.

Non è possibile, non è possibile...

Cambiò canale alla ricerca della notizia in cui si era imbattuta solo per qualche secondo, ma non trovò nessun'altra emittente che la trasmetteva. Cercò il cellulare, si ricordò di averlo lasciato in carica sul comò della camera da letto. Salì le scale di corsa, quasi inciampò negli ultimi gradini che la separavano dal piano superiore. Quando digitò sul display le parole "Rachele Giordani – omicidio" le si presentarono una miriade di risultati. Iniziò a leggere i primi articoli, il cuore che batteva a un ritmo sempre più serrato.

> Omicidio di una quarantenne nel quartiere Brera a Milano.
>
> Rachele Giordani, quarantadue anni, è stata ritrovata cadavere nella casa di via Anfiteatro 2, dove risiedeva dopo la separazione dal marito Mario Grosi. La donna ha riportato una ferita mortale al cranio, causata da un corpo contunden-

te; il decesso risale presumibilmente a due giorni prima. A breve l'autopsia confermerà il momento esatto della morte. Il ritrovamento è avvenuto grazie alle segnalazioni dell'anziana madre e di altri parenti che non riuscivano a contattare la vittima da giovedì. Indagato l'ex marito...

Irene resistette alla tentazione di assumere altre gocce di ansiolitico. Le sembrò di trovarsi sul set di uno dei thriller più cruenti che avesse mai visto. La terribile, immediata reazione di Gianluigi che tanto aveva temuto non si era fatta attendere. In maniera involontaria, era stata lei a provocare la morte di Rachele con le rivelazioni che, incautamente, aveva fatto a suo marito.

Si sedette sul letto, ancora incredula. Lesse altri articoli sul telefono, più o meno riportavano tutti le stesse notizie. Provò a chiamare Alice, ma il telefono squillò a vuoto. Cercò in rubrica il numero personale di Salvatore, lui le rispose subito.

«Ciao, scusa se ti disturbo così presto.»

«Per te ci sono a qualsiasi ora. È successo qualcosa?»

«Hai sentito la notizia della donna assassinata a Milano?»

«Sì, la conoscevi?»

«Molto bene» replicò Irene, la voce rotta dal pianto.

«Arrivo subito da te.»

Salvatore fu di parola, non passarono nemmeno dieci minuti e un'auto arrivò. Irene, prima di aprire la porta, per scrupolo controllò dalla finestra: era proprio lui. Questa volta non era in divisa, indossava un giubbotto di pelle, una camicia scura e un paio di jeans. Il suo viso denunciava una tensione che, a stento, riusciva a contenere.

«Che rapporti avevi con quella donna?» le domandò subito.

Irene gli raccontò della visita di Rachele, delle sue inaspettate rivelazioni e della conversazione che aveva avuto con suo marito.

«Ho paura di aver firmato la sua condanna a morte» balbettò, rosa dal senso di colpa.

«La tua è stata una comprensibile reazione di rabbia per

quello che Rachele ti aveva raccontato. Non potevi immaginare che potesse succedere tutto questo.»

«E invece sì. Guarda cosa è capitato a Piero. Ho provocato io la reazione di Gianluigi.»

«Se è stato davvero lui, questa volta non la passerà liscia, stanne sicura. Tu non c'entri niente.»

«Dovevo essere più prudente, andare da Rachele e ritirare il fascicolo senza dire niente a Gianluigi. Di sicuro, quando l'ha uccisa, avrà cercato il dossier e poi l'avrà fatto sparire.»

«Quindi non eri ancora passata da lei per fartelo consegnare?»

«Avevo pensato di andarci sabato, ne ho parlato proprio stamattina a Arianna.»

«Chiamo subito gli amici della Questura di Milano per capire in che direzione vanno le indagini. Mi sembra che sospettino del marito. La porta non è stata forzata, è evidente che la donna conosceva bene il suo assassino e non temeva per la sua incolumità.»

«Non credo che Rachele e Mario fossero ai ferri corti. Quello che aveva davvero da perdere era Gianluigi.»

«Sono sempre più preoccupato per te.»

Le toccò il braccio, un gesto lieve, appena accennato, ma Irene avvertì il calore della sua pelle, l'attenzione sollecita che lui non smetteva mai di dimostrarle. Qualcosa di molto diverso dalla manifesta seduzione di Piero. Sentì che avrebbe potuto contare davvero su di lui, sempre e comunque.

Salvatore si congedò promettendo di aggiornarla in merito alla segnalazione che avrebbe fatto ai colleghi della Questura di Milano.

Rimasta sola, provò a richiamare Alice, ma di nuovo non ebbe risposta. L'idea di rimanere in casa le faceva paura. Indossò un giubbotto e andò a piedi da Lucia, aveva bisogno di parlare con qualcuno, di esternare l'angoscia che le aveva suscitato la notizia appena appresa.

La vicina stava lavorando nell'orto. Irene la chiamò attraverso la cancellata. Lucia rispose subito.

«Che ci fai lì, entra» le disse, sorridente come sempre.

In cucina, sul grande tavolo al centro della stanza, alcuni libri e quaderni che probabilmente Lucia usava per fare i compiti insieme a Arianna. Una fetta di vita di cui lei non faceva parte. Distratta dagli ultimi accadimenti, vessata dalle preoccupazioni e dalla paura di Gianluigi, aveva abdicato al suo ruolo di madre senza accorgersene. Ormai sua figlia passava più tempo da Lucia che a casa sua.

«Oggi è il grande giorno. A quest'ora Arianna sarà già stata interrogata, di sicuro avrà fatto un figurone» esordì la vicina.

«Ah sì, l'interrogazione di storia. Scusa, ho la testa non so dove. Non sai cosa è successo...»

«In effetti, poco fa ho visto passare Salvatore... Come mai?»

A Lucia non era sfuggita la visita del poliziotto. Irene ricordò cosa le aveva detto Rachele quando era venuta a trovarla: in paese tutti erano a conoscenza del suo ritorno e di dove abitasse nonostante fingessero, in ogni occasione, di non sapere niente di lei. A scuola, genitori e maestre facevano le consuete domande di rito, ma lei era perfettamente consapevole che si trattava solo di cortesia: chi fosse Irene e da dove venisse era sicuramente di dominio pubblico. Il prezzo da pagare per vivere in un piccolo centro con pochi abitanti e sperduto tra i colli. Lo diceva sempre anche papà Arduino: era come ritrovarsi in una grande, pettegola famiglia.

Irene prese fiato e finalmente si decise a rispondere alla domanda di Lucia. Iniziò col raccontarle della visita di Rachele, delle sue rivelazioni, della successiva conversazione telefonica avuta con Gianluigi.

«Oggi, ascoltando il notiziario alla televisione, vedo la foto di Rachele e vengo a sapere che è stata uccisa nel suo appartamento nello stesso, identico modo in cui hanno ammazzato Piero. Non c'è stata effrazione, Rachele conosceva il suo omicida e si fidava di lui. Inutile dirti chi sospetto come colpevole.»

«Santo cielo!»

Lucia, visibilmente sconvolta, aveva spalancato gli occhi. Cianotica, come se stesse per soffocare. Dopo essersi alzata e aver bevuto un bicchiere d'acqua tutto d'un fiato, esclamò: «L'ho visto anch'io il servizio del telegiornale che parlava di una donna assassinata a Milano, mai avrei pensato che tuo marito potesse essere coinvolto».

«Ho parlato con Salvatore. Ovviamente non ho prove, ma lui ha degli amici alla Questura di Milano e mi farà sapere se Gianluigi ha un alibi o meno.»

«Stai correndo un rischio gravissimo. Ti prego, sii prudente.»

«So badare a me stessa» rispose seccamente Irene.

Lucia non volle insistere. Si avvicinò a lei con circospezione, quasi avesse paura della sua reazione. Le sfiorò la guancia, come a comunicarle il suo sostegno, la sua vicinanza.

«Hai sempre avuto una vita difficile, povera Irene. Mai un attimo di tregua.»

«Non è stato sempre così come dici, per fortuna. Prima di conoscere Gianluigi, ero serena.»

«Mi riferisco a tua madre Sara. Non deve essere stato semplice convivere con lei e la sua malattia.»

Irene abbassò gli occhi per evitare lo sguardo di Lucia.

«Eri una bambina così bella, ma così triste» continuò la vicina. «Arduino faceva di tutto per starti vicino, ma io capivo che, nonostante tutti i suoi sforzi, tu soffrivi molto.»

«Non ho un ricordo così tragico della mia infanzia. Forse ti sbagli» ribatté Irene.

«Non ti ricordi di quel giorno? Ti eri spaventata così tanto.»

«Di cosa stai parlando?»

«Avevi otto anni, Arduino ti aveva lasciato per pochi attimi in giardino da sola con Sara. Lei si è avvicinata e ha tentato di strangolarti. Per fortuna ti sei messa a gridare, tuo padre è tornato in tempo ed è riuscito a salvarti. Hai avuto lividi sul collo per non so quanto tempo.»

Irene diventò pallidissima. All'improvviso, ricordò quell'episodio nitidamente. Si rese conto che aveva cercato di rimuoverlo, al pari di un incubo. Arduino le aveva chiesto di perdonare la mamma perché non era in sé, e lei aveva pronunciato quella frase: *Non vorrò mai essere come lei.*

Guardò Lucia con risentimento. «È stato un incidente, mia madre era molto malata.»

«Sì, Sara era schizofrenica. Per te sarà stato problematico, soprattutto dopo quell'aggressione.»

Irene non rispose, non voleva aggiungere dolore ad altro dolore.

«Hai vissuto da sempre situazioni al limite» continuò Lucia, implacabile. «Sono preoccupata per te e per la tua sicurezza. Ti prego di ascoltarmi.»

«Che devo fare? Vivere nella paura? Nascondermi per sempre? Credo sia meglio reagire, anche Alice me lo dice sempre.»

«Chi è Alice?»

«Non te la ricordi? Eravamo amiche per la pelle sin dalle elementari, mi sembra che l'abbia conosciuta anche tu.»

Lucia fece un gesto vago con la testa, Irene si convinse che non si rammentava di lei. Pensò fosse singolare, Alice era spesso a giocare a casa sua, ma erano passati tanti anni e Lucia, impegnata con l'insegnamento, frequentava poco la sua famiglia. Arduino aveva rapporti più stretti con i suoi genitori.

«E cosa ti dice Alice? Non me la ricordo, non credo viva più qui in paese.»

«Abita altrove da tempo. Adesso lavora a Londra, è un'importante executive manager. Ha fatto carriera, al contrario di me, e ha ben chiare le priorità da seguire.»

La donna la guardò, curiosa. «E quali sarebbero?»

«Mi dice sempre di non aver paura, di reagire, di essere la migliore stratega di me stessa. Posso fallire in alcune battaglie, ma non devo perdere di vista l'obiettivo finale: vincere la guerra. È stata lei a convincermi ad andare via da Gianluigi. E i suoi consigli sono sempre stati giusti.»

«Non ti raccomanda di avere prudenza? Di non sfidare tuo marito?»

«Alcune volte sì. Ad esempio, mi aveva consigliato di non raccontare a Gianluigi della visita di Rachele, ma io non l'ho ascoltata e probabilmente per colpa mia Rachele è stata assassinata.»

«Io non sarei così dura con me stessa. Anzi, cercherei di proteggermi di più e magari di farmi aiutare da uno psicologo per affrontare meglio la situazione stressante che stai vivendo.»

«Andiamo, Lucia, dove li trovo i soldi? Faccio già fatica ad andare avanti con le necessità di ogni giorno.»

«Ti posso aiutare io senza problemi, sono sola e non me ne faccio niente di quei quattro soldi che ho in banca. E ti potrei ospitare fino al momento in cui le acque si saranno calmate.»

«Voglio cavarmela con le mie forze. Adesso devo andare, ho da finire delle illustrazioni che dovrò consegnare a breve.»

La vicina la scortò fino al cancello.

«Per qualsiasi necessità sono qui» le disse con affetto.

Lei la ringraziò con un cenno del capo e si avviò verso casa. Mentre camminava sul ciglio della strada ebbe una folgorazione: ricordò con precisione la bandana azzurra che il papà le aveva fatto indossare fino al momento in cui i lividi sul collo si erano attenuati.

Ventidue

Stava uscendo dal supermercato quando improvvisamente si ritrovò faccia a faccia con Salvatore. Il poliziotto era in divisa e stava parlando per strada col proprietario della macelleria a fianco. Appena la vide, si illuminò.

«Che coincidenza, ti avrei chiamata tra poco.»

Irene fu felice di vederlo. Erano trascorsi un paio di giorni dal ritrovamento del cadavere di Rachele. Aveva evitato di chiamarlo, nonostante fosse ansiosa di ricevere aggiornamenti sulle indagini. Lui le aveva scritto un paio di messaggi in cui le chiedeva se stesse bene, ma non aveva comunicato nient'altro.

Come se avesse letto nei suoi pensieri, Salvatore le propose di bere un caffè insieme.

Pochi minuti dopo si ritrovarono davanti a una tazza fumante nell'angolo più tranquillo del bar della piazza.

«Hai saputo qualcosa dai tuoi amici della Questura di Milano?» chiese Irene, non riuscendo più a nascondere la sua impazienza.

«Mi hanno chiamato proprio stamattina. Due giorni fa, in via confidenziale, ho fatto presente la possibile esistenza di un rapporto extraconiugale di tuo marito con la Giordani. Mario Grosi, l'ex coniuge della donna, è stato interrogato in merito e sostiene di non saperne niente. Devo dirti che mi risulta molto strano. Ho preferito non riferire della visita che ti ha fatto Rachele perché immagino tu voglia starne fuori e non rilasciare dichiarazioni.»

«Esatto.»

«Purtroppo, come pensavo, nell'appartamento non hanno trovato nessun fascicolo con i documenti di cui mi parlavi. I miei amici poliziotti hanno provato a raccogliere qualche testimonianza sulla relazione tra la Giordani e tuo marito, ma alla fine ne hanno ricavato solo illazioni, niente di più. Lo hanno comunque convocato in Questura, in veste di amico della coppia. Gli hanno chiesto dove si trovasse il giorno dell'omicidio, che dall'autopsia è risultato risalire a due giorni prima del ritrovamento del cadavere, più o meno in tarda mattinata. Tuo marito sembrerebbe avere un alibi di ferro: era in riunione col suo staff. Almeno dieci persone sono state in sua compagnia dalla mattina fino al tardo pomeriggio.»

«Questo non prova niente. È tutta gente senza scrupoli, lavorano per lui e farebbero qualsiasi cosa per coprirlo. In più, Gianluigi potrebbe aver mandato un sicario, per non sporcarsi le mani.»

Salvatore aggrottò le sopracciglia. Non sembrava convinto.

«Tutto è possibile, Irene» le concesse. «Ma lui ha un alibi incontestabile, confermato da dieci persone che si sono dichiarate pronte a testimoniare. E noi non abbiamo uno straccio di prova che documenti la relazione clandestina con Rachele.»

Irene si batté la mano sulla fronte. «Un momento, Rachele mi aveva riferito che l'appartamento dove viveva attualmente era lo stesso dove lei e mio marito si davano appuntamento. Avete controllato a chi è intestato il contratto di affitto della casa?»

«Il contratto è sempre stato intestato alla Giordani e pagato regolarmente da lei ogni mese. Gianluigi Guarro non risulta in alcun modo.»

«E nessuno degli inquilini del palazzo l'ha mai visto?»

«È un condominio molto grande e non ha servizio di portierato. C'è un continuo viavai di gente e nelle vicinanze non sono installate telecamere. Immagino che l'avessero scelto con cura anche per l'estrema discrezione che garantiva.»

Irene chinò la testa, le spalle le si incurvarono. Fissò un punto del muro davanti a sé, come imbambolata.

A un tratto si scosse, mossa da un'illuminazione improvvisa.

«Rachele mi aveva detto che erano di casa a Portofino. Non potreste fare delle ricerche negli alberghi di quella zona?»

«Sì, è una traccia che potrebbe rivelarsi utile. Sempre a patto che non abbiano usato documenti falsi, pagando in contanti.»

«Io una verifica la farei comunque. Magari qualcuno si ricorda di loro, soprattutto se andavano sempre nello stesso albergo. Gianluigi è un abitudinario.»

«Sarà fatto di sicuro. A proposito, il marito della donna non ha nessun alibi, ironia della sorte.»

Irene spalancò gli occhi. «Non era al lavoro?»

Forse il giorno dell'omicidio di Rachele non era stato scelto casualmente.

«Dice di essere rimasto tutto il giorno a casa con l'influenza, ma non ha nessuno che possa testimoniarlo. Per questo motivo è l'indagato numero uno.»

«Pazzesco...»

«È quello che ho pensato anch'io. Tuo marito potrebbe aver inscenato tutto con estrema cura per far ricadere la colpa sull'ex di Rachele.»

Irene si afflosciò di nuovo sulla sedia. Salvatore le sfiorò la mano, un tocco impercettibile, appena accennato.

«Non ti scoraggiare, vedrai che qualcosa verrà fuori» la rassicurò. «Mi raccomando, tu non abbassare mai la guardia.»

Lei lo fissò negli occhi: erano spalancati sui suoi, come se avessero paura di perdere anche solo un dettaglio dei suoi pensieri.

Non riuscì a reggere l'intensità di quello sguardo, la scavava dentro. Si alzò bruscamente e si avviò verso l'uscita, facendogli un cenno per invitarlo a fare altrettanto.

Tornò a casa guidando lentamente, la mente incastrata in fitti rovi da cui, in nessun modo, riusciva a intravedere una via d'uscita.

Ventitré

Aveva tenuto fede lo stesso alla promessa fatta a Arianna, nonostante non ci fosse più motivo per lei di andare a Milano. La scomparsa di Rachele, il fascicolo sparito nel nulla, rendevano vana ogni possibilità di accusare Gianluigi circa la relazione che la sua ex amante le aveva confessato. Aveva deciso di ritornare in città per un giorno, soprattutto per sua figlia che vedeva sempre più spenta e triste. Rifletté come impiegare il tempo a disposizione durante la visita di Arianna alle sue amiche e pensò che in quella città dove aveva trascorso venticinque anni della sua vita non aveva voglia di far ritorno. Le poche persone che aveva frequentato erano madri di compagne di scuola di Arianna, conoscenti con cui aveva instaurato quel genere di rapporto nel quale si parla sempre degli stessi argomenti: gli insegnanti, i compiti, le vacanze e mai si fa cenno a qualcosa di più profondo, autentico. Quando era andata via si erano fatte vive solo con qualche messaggio e poi erano sparite nel nulla, come se la sua partenza avesse lasciato solo un vago ricordo e lei fosse qualcuno di cui si può fare tranquillamente a meno.

Dopo una lunga riflessione, decise di proporre a Lucia di accompagnarla, le avrebbe fatto bene non rimanere sola nelle ore in cui Arianna sarebbe stata con le sue amiche. Inoltre, approfittando dell'assenza del marito, abitualmente in ufficio dal lunedì al sabato compreso, avrebbe potuto fare un salto alla casa coniugale per prendere oggetti e vestiti che le servivano. Non se la sentiva di andarci da sola, la presenza energica e decisa di Lucia l'avrebbe fatta sentire più al sicuro.

Percorrendo in auto il lungo viale che l'avrebbe condotta fino al suo appartamento in pieno centro, sentì tutta la nostalgia e il rimpianto di una vita che non le apparteneva più. I negozi scintillanti di luci, le strade brulicanti di persone, il dinamismo frenetico con cui tutti si agitavano nelle proprie occupazioni. Di quella città le mancavano i riti quotidiani, le piccole abitudini, i luoghi dove si ritrovava con le poche conoscenti che frequentava per un cappuccino o un veloce caffè, i negozi in cui andava ogni giorno a far spesa, le camminate al parco con Arianna.

Al suo fianco, Lucia non smetteva di chiacchierare e lei, con la scusa di non doversi distrarre dalla guida, partecipava in maniera discontinua alla conversazione, immersa nei propri pensieri.

Una volta arrivate a casa delle due gemelle amiche di Arianna, ed esaurito un breve scambio di convenevoli con la loro madre, le due donne optarono per un veloce spuntino in un bar vicino per poi andare a casa di Irene dopo le dodici, quando Gianluigi certamente sarebbe stato al lavoro e il portiere in pausa pranzo. Meglio non annunciare la loro visita per evitare di generare altre tensioni e innescare malumori e recriminazioni.

Quando furono davanti alla porta dell'appartamento, Irene per un breve momento temette che Gianluigi avesse cambiato la serratura. Invece, la chiave girò senza problemi e il soggiorno, luminoso e ricco di opere di arte contemporanea, si offrì ai loro occhi. Un locale ampio, arredato con divani dai colori chiari e un grande camino dalla cornice settecentesca, sormontato da uno specchio della stessa epoca.

«Mamma mia, che casa stupenda...» mormorò Lucia, rapita.

A Irene sfuggì una smorfia amara. Aveva curato personalmente tutto l'arredamento, ogni oggetto, il più infinitesimale dettaglio di quell'appartamento. Ricordò le numerose ricerche in diversi negozi di antiquariato per trovare una cornice di marmo per il camino che si adattasse ai mobili che aveva scelto per la sua casa. Le decisioni soppesate, le discussioni con Gianluigi che, al contrario, avrebbe desiderato un contesto più fastoso. Adesso, quell'oasi di accoglienza e buon gusto non le apparteneva più, faceva irrimediabilmente parte della sua vita passata.

Continuarono insieme nell'esplorazione dei locali. La cucina di proporzioni notevoli, armoniosa e dal design rigoroso. Il bagno in marmo bianco di Carrara, ampio e dotato di vasca idromassaggio e persino di una sauna.

Quando arrivarono alla camera matrimoniale, Irene trasalì di disappunto. Il letto era sfatto in entrambi i lati e numerosi vestiti femminili erano sparsi sul pavimento e sulle poltrone. In bagno, lo scompiglio era ancora più evidente. Altri abiti ammassati sul bordo della vasca, creme e prodotti da trucco stipati sul ripiano di marmo, scarpe e accessori ammonticchiati per terra. Si era aspettata di trovare un certo disordine, ma non il caos esasperato in cui versava buona parte dell'appartamento. Aveva scelto di passare dalla casa coniugale proprio in quella data perché sapeva che Angela, la donna delle pulizie, avrebbe avuto il giorno libero. Preferiva non incontrarla. Gentile e disponibile finché Irene e Arianna erano state presenti, da quando si erano trasferite al lago la donna aveva assunto un comportamento ambiguo e scostante, non rispondendo nemmeno ad alcuni messaggi che l'ex padrona di casa le aveva mandato. Evidentemente era stata minacciata da Gianluigi e per paura di perdere il lavoro si era adattata ai suoi diktat.

«A quanto pare, il tuo maritino si è già abbondantemente consolato...» sbottò Lucia a voce alta.

«Già.»

Irene fu grata per quell'esternazione genuina, senza filtri, della vicina di casa. Si aspettava di trovare segni della presenza di un'altra donna, ma constatarlo di persona le aveva provocato uno smarrimento sordo. Uscì dal bagno e si diresse verso l'armadio per raccattare in fretta qualche vestito e fuggire al più presto da quella casa che ormai non le apparteneva più.

Quando aprì lo sportello del guardaroba, l'attendeva un'altra sorpresa: tutti i suoi abiti, le sue scarpe, i suoi capispalla erano spariti. Rovistò dentro l'anta, trasecolata: l'armadio era affollato di vestiti non suoi: altri colori, differenti stili e gusti che non le appartenevano.

«Che succede, cara?» domandò Lucia.

«Non ci sono più le mie cose...» rispose Irene, la voce sottile, quasi impercettibile.

«Tuo marito le avrà spostate da qualche altra parte di sicuro. Ormai questa stanza appartiene alla nuova amante, la sua prossima vittima.»

Aprirono insieme tutti gli armadi di casa. Del guardaroba di Irene nessuna traccia. In camera di Arianna invece era tutto rimasto come l'avevano lasciato.

«Mancano solo le mie cose. Non solo i vestiti, ma anche le scarpe, le borse, gli accessori. È come se la mia presenza fosse stata totalmente cancellata da ogni stanza. È incredibile.»

Lucia le posò una mano sulla spalla. «C'era da immaginarselo, quell'uomo ti vuole distruggere. È un essere spregevole.»

All'improvviso, avvertirono lo scatto secco della porta d'ingresso. Allarmate da quel rumore, sobbalzarono all'unisono.

Passi pesanti, frettolosi attraversarono il corridoio.

Gianluigi si affacciò alla porta.

«Che cazzo ci fate voi due qui?» sbraitò, il viso stravolto dall'ira.

Irene, livida, sentì il cuore sbalzarle dal petto.

Schiarì la voce, cercò di avere un tono deciso.

«Sono venuta a prendere i miei vestiti, dove li hai messi?»

Gianluigi si avvicinò a lei, i pugni serrati, la mascella contratta, l'odio stampato sul volto.

«Li ho buttati via. D'altronde te li ho comprati io, quindi posso farne ciò che voglio. Torna alla tua capanna con le pezze al culo, è tutto quello che meriti.»

Irene sentì la rabbia montarle dentro. Anche Lucia trasalì a quelle parole, ma preferì non intromettersi.

«E va bene, chi se ne frega dei vestiti, prenderò solo qualche cosa per Arianna, mi arrangerò come ho fatto finora.»

«Tu non tocchi niente in questa casa. Se Arianna vuole i suoi vestiti deve venire qui da me, non in quel posto di merda dove sei andata a vivere.»

«Certo, a fianco dell'ultima troia che ti scopi, vero?» sibilò lei.

Aveva perso completamente il controllo, non era riuscita a contenersi in nessun modo. Vide Lucia cercare in maniera convulsa il telefono nella borsa, di sicuro aveva capito che la situazione stava diventando pericolosa.

«Come osi? Ti ammazzo, puttana!»

Gianluigi, fuori di sé, la afferrò per la camicia e la scaraventò per terra. Subito dopo si abbassò per colpirla, ma lei con uno scatto immediato sgattaiolò via e si rifugiò in bagno. Appena prima di chiudere la porta, scorse Lucia correre in direzione del soggiorno per scappare e chiedere aiuto. Gianluigi, dalla camera da letto, le urlava di aprire e tempestava di calci e pugni la porta. Si sentì spacciata, quell'assedio presto sarebbe riuscito ad abbatterla. Cercò di fare mente locale per capire dove avesse lasciato il cellulare, e subito le venne in mente: nella borsa sopra un tavolino del soggiorno. Pensò di fuggire dalla finestra che si affacciava sulla terrazza, ma si rese conto che suo marito l'avrebbe bloccata subito e, particolare non trascurabile, si sarebbe esposta al pericolo di farsi buttare giù dal nono piano.

Mentre, impotente, avvertiva i colpi sempre più ravvicinati, pregò Iddio che la vicina fosse riuscita a trovare aiuto. Le urla incontrollate di Gianluigi le stavano trapanando il cervello, svaporando l'ultimo barlume di sangue freddo che le era rimasto.

Ormai la porta stava per cedere e il legno era quasi sfondato. Rannicchiata per terra, rassegnata al peggio, all'improvviso avvertì delle voci maschili provenire dal soggiorno. Suo marito smise immediatamente di urlare e di picchiare alla porta del bagno e lei, in maniera circospetta, si decise ad aprire.

Due poliziotti stavano chiedendo i documenti a Gianluigi. Al loro fianco Lucia, che appena la vide le domandò, in maniera concitata, se stesse bene.

«Signora, cosa ci faceva chiusa in bagno? Suo marito l'ha minacciata, le ha usato violenza?» le chiese senza preamboli uno dei due agenti.

Gianluigi, prima che lei rispondesse, le lanciò un'occhiata carica di minacce sottese.

Irene deglutì. Esitando, rispose al poliziotto: «Una lite in famiglia, siamo separati da poco e abbiamo avuto una discussione, nulla di grave».

«Invece la signora Lucia De Stefani ci ha chiamato dicendo che suo marito l'ha aggredita e l'ha costretta a rifugiarsi in bagno per sfuggire alle sue percosse.»

Entrambi gli agenti la fissarono, in attesa della sua versione dei fatti.

«In realtà sono caduta da sola e mi sono chiusa in bagno perché non volevo sentire le sue recriminazioni. Non ha usato violenza su di me in nessun modo.»

I due uomini la guardarono come se stesse farneticando. «Andiamo, guardi com'è conciata la porta. Non mi sembra fosse una pacifica discussione, suo marito l'ha quasi sfondata.»

«Quando mi arrabbio mi sfogo sugli oggetti, ma mai mi permetterei di mettere le mani addosso a qualcuno.»

Gianluigi, con il suo tono mellifluo, risultò più falso di un politico corrotto. I poliziotti si scambiarono un'occhiata, indecisi sul da farsi.

Intervenne Lucia, il tono duro, intransigente. «Irene, adesso basta. Devi dire la verità, non puoi continuare a subire. Non permettere che succeda ancora.»

Gianluigi le lanciò un'occhiata carica d'odio.

Il poliziotto si rivolse a Irene: «Cosa vuole fare, sporgere denuncia?».

«No, vi ringrazio, non ce n'è bisogno. Scusate per il disturbo» rispose lei.

Lucia le si parò davanti e le toccò il braccio come per risvegliarla da un sonno profondo.

«Ma come? Ti avrebbe ammazzato se non avessi chiamato la polizia!»

Irene vide suo marito guardare la donna con aria minacciosa, digrignare i denti, serrare forte i pugni.

Ai poliziotti non sfuggì quella scena. Si scambiarono un'occhiata d'intesa.

«Signora, abbiamo altri interventi urgenti a cui rispondere, la preghiamo al più presto di prendere una decisione.»

«Vi ho già detto che va bene così. Grazie, e scusate per il tempo che vi ho fatto perdere.»

I due uomini sospirarono di impazienza, finirono di raccogliere le generalità dei presenti per stilare il rapporto a fine servizio e si congedarono.

Irene e Lucia si affrettarono verso l'uscita dell'appartamento insieme a loro per non rimanere sole un momento di più con Gianluigi.

Quando furono in strada, Lucia non riuscì a nascondere il suo disappunto per il comportamento di Irene.

«Se continui così, non ne uscirai mai.»

Lei, esangue in volto, non volle replicare. Andarono a prendere Arianna senza scambiarsi nemmeno una parola, ancora scosse per l'esperienza che avevano vissuto.

La bambina, al contrario, sembrava un'altra. Allegra, entusiasta di essere ritornata, anche se per poche ore, all'esistenza di pochi mesi prima.

In auto, Lucia si sforzò di chiacchierare per non smorzare il suo buonumore. Irene invece si trincerò in un mutismo ostinato, guidando in maniera distratta, persa nei suoi pensieri. Ferma a un semaforo, tirò fuori dalla borsa le cuffie, le indossò e chiamò Alice. Finalmente l'amica le rispose. Non le raccontò niente, non voleva sbottonarsi in presenza di Arianna, ma si diedero appuntamento telefonico dopo qualche ora, quando entrambe sarebbero state più libere di parlare.

«È la persona di cui mi raccontavi l'altro giorno?» le chiese la vicina.

«Sì, la mia più cara amica» rispose seccamente Irene. Era ancora indispettita per l'ultima frase pronunciata da Lucia, per quella fermezza che pretendeva da lei, a tutti i costi.

«Alice ti ha detto quando verrà a trovarci?» chiese Arianna.

Lucia si rivolse alla bambina: «Tu la conosci?».

«Non ancora. È da tanto tempo che lei e la mamma non si vedono. Sai, Alice abita a Londra e lavora moltissimo.»

«Che peccato avere un'amica così intima ma così distante.» Lucia si era rivolta a Irene con voce carezzevole, complice. Forse voleva farsi perdonare il tono intransigente che le aveva riservato poco prima.

«No, non è semplice, ma è comunque rassicurante sapere che una persona così lontana mi sappia capire e stare vicino.»

La donna non commentò e continuò a parlare con Arianna, chiedendole cosa avesse fatto nel pomeriggio che aveva trascorso con le amiche.

Irene le ascoltava, una pietra appuntita a scarnificarle il cuore. Sua figlia, anche se per poche ore, era ritornata alla vita di sempre e aveva subito ritrovato la serenità, il buonumore. Un'esistenza spensierata che lei non avrebbe più potuto offrirle. Si sentì una fallita, una donna meschina che arrancava per quattro soldi, ormai dipendente dagli antidepressivi e dagli ansiolitici. Certo, Gianluigi aveva fatto la sua parte in tutto quello scenario, ma lei non era mai riuscita a fronteggiare la sua aggressività, le sue manipolazioni. Anche quel giorno, sopraffatta dalla paura per le possibili ritorsioni, aveva rinunciato a denunciarlo, a prendere una posizione netta. Ripensò al momento in cui era improvvisamente comparso in casa in un orario insolito per lui, probabilmente grazie a un sistema di telecamere di cui lei non aveva mai sospettato l'esistenza.

Al suo fianco, Lucia rideva e scherzava con Arianna. Se la vicina non fosse stata con loro, il rientro a casa sarebbe stato di sicuro più triste. Lucia era stata determinante quel giorno. L'aveva salvata dall'aggressione del marito e stava alleviando a Arianna il ritorno a una realtà che la figlia mal sopportava.

All'improvviso, l'auto sbandò, lo specchietto toccò il guardrail e si ruppe. Irene sobbalzò, tenne saldamente il volante tra le mani e la vettura ritornò subito in carreggiata. Lucia e Arianna la fissarono spaventate.

«Scusate, mi sono distratta» mormorò lei, mortificata.

La vicina le toccò il braccio, comprensiva. «Non ti preoccupare, sarai stravolta dopo tutto quello che è successo.»

Arianna, a quelle parole, assunse un'aria preoccupata. «Perché, cos'è successo?»

«Siamo in giro da stamattina e tua mamma è sicuramente molto stanca. Oltre a sopportarmi tutto il giorno, ha dovuto anche guidare» scherzò Lucia.

Irene abbozzò un sorriso stiracchiato. Cercò di concentrarsi sulla guida e alzò il volume della radio.

Stavano trasmettendo una canzone dei Dire Straits che lei amava da sempre: *Tunnel of Love.*

Era un'altra persona quando l'aveva ascoltata per la prima volta da un CD di papà Arduino. Gli occhi aperti su un futuro che, ne era sicura, sarebbe stato ricco di promesse e di riscatti.

Nello specchietto retrovisore non riconobbe più quello sguardo, quella luce.

Solo tanto nero.

Ventiquattro

«Vuoi lasciare Arianna a dormire da me?» le domandò Lucia, una volta arrivate in paese.

«No, preferisco che rimanga a casa sua, grazie» disse Irene con un tono che non ammetteva repliche.

«Sono preoccupata per te» continuò la vicina. «Ti vedo molto tesa, stressata. Te l'ho già detto, credo che dovresti sentire uno psicologo. Secondo me hai bisogno di sostegno in un periodo così difficile.»

Irene scosse la mano come per dire che non se ne parlava nemmeno. Guardò Lucia con circospezione. A volte le sembrava si intromettesse troppo nella loro vita.

«Ce la faccio da sola, non ti impensierire per me» disse. «Ho solo bisogno che questo incubo finisca presto.»

«Potrebbe esserti di grande aiuto...» insistette Lucia.

Irene non riuscì a nascondere una smorfia di disappunto per l'apprensione della donna. «Ci penserò» rispose in tono asciutto.

Arrivata a casa, preparò una veloce pastasciutta. Poi controllò i compiti e si rese conto che la figlia non li aveva completati.

«Mamma, è tardi. Li farò domani» protestò Arianna alle rimostranze della madre.

«Assolutamente no, ti sei divertita con le tue amiche? Adesso è il momento di fare il tuo dovere.»

Arianna brontolò qualcosa tra sé e andò al piano di sopra, sbattendo rumorosamente la porta della sua camera.

A quello schianto Irene ritornò con la mente a poche ore prima: a Gianluigi, al suo astio, al suo bieco disprezzo. In preda alla rabbia si alzò di scatto dal divano, salì precipitosamente le scale e spalancò come una furia la porta della stanza di Arianna.

«Non ti permettere mai più di trattarmi così! Hai capito? Mai più!» urlò.

Sua figlia la fissò come se si trovasse di fronte a una squilibrata. Talmente sorpresa da non riuscire nemmeno a replicare.

Irene non aggiunse altro. Girò sui tacchi e scese le scale a due a due, inciampando e rischiando di cadere; un blocco di cemento nel petto, qualcosa che le fermava il respiro, le ostacolava i passi, le obnubilava il cervello.

Inchiodato nella mente, il volto di Mistero Sara. Da sempre prigioniera delle sue medicine, del suo Nirvana di plastica, sua madre non l'aveva mai sgridata, ma un giorno, come le aveva ricordato Lucia, aveva tentato di strangolarla. Non c'era risentimento in lei mentre le stringeva il collo, non c'era odio. Gli occhi erano da un'altra parte, come sempre, forse non capiva nemmeno cosa stesse facendo.

Dopo aver cercato per anni di archiviare quel ricordo molesto, adesso Irene rammentava ogni dettaglio di quel pomeriggio.

Sua madre aveva spento il giradischi, le aveva tolto la musica, sempre la stessa canzone. Si era avvicinata a lei in silenzio, a piccoli passi, e aveva cercato di ucciderla.

Quelle mani, quello sguardo, li aveva sognati per anni, nonostante papà Arduino avesse fatto di tutto per farle capire che quel gesto era soltanto riconducibile alle condizioni psichiche di sua madre.

Ma Irene, con la sua fantasia di bambina, dietro quel fantoccio di donna aveva voluto creare tutto un altro mondo: denso di amore, di presenza silente, di sentimenti che galleggiavano oltre un volto impassibile, perso in un'altra dimensione. Dopo quel pomeriggio, quel mondo si era schiantato contro il muro della realtà.

Una realtà cruda, amara.

Mistero Sara non c'era, non c'era per nessuno, nemmeno per lei.

Andò in cucina e, pur sentendosi in colpa, versò venti gocce di ansiolitico nel bicchiere, diluendole con un po' d'acqua. Si stese sul divano e, dopo aver vagato con lo sguardo sul soffitto, si addormentò, vinta dalla stanchezza e dalla rilassatezza indotta dal farmaco.

Due ore dopo si svegliò di soprassalto, guardò l'orologio: le dieci di sera. Aveva un appuntamento telefonico con Alice ed era già in ritardo.

La chiamò, l'amica le rispose subito. In sottofondo Irene non avvertì il solito brulicare di voci, di musica, di traffico. Solo tanto silenzio.

«Dove sei?» le domandò.

«A casa, stasera non avevo voglia di uscire. Poi, sapevo che mi avresti chiamata e volevo dedicarti tutta la mia attenzione.»

A Irene scappò un sorriso. Solo Alice sapeva trasmetterle quel calore, quella cura.

«Sono a terra, non ce la faccio più» le confidò.

«Che è successo ancora?» L'apprensione, nella voce dell'amica, era palpabile.

Irene le raccontò dell'aggressione di Gianluigi, dell'alterco con la figlia, del senso di frustrazione da cui non riusciva in nessun modo a liberarsi.

«Devi tenere duro. Ricordi gli obiettivi? Non devi mai perderli di vista» le raccomandò Alice.

«Non credo che riuscirò ad andare avanti per molto, sono allo stremo. Mi sto imbottendo di psicofarmaci per riuscire a reggere, mi sento simile a mia madre.»

«Non dire cazzate, tua madre era schizofrenica. Certo, la pressione è immensa, quasi insopportabile, ma tu sei forte. D'altronde hai scelto la strada più difficile. Avresti dovuto risolvere la situazione in maniera radicale sin dall'inizio, adesso saresti serena e tranquilla.»

«No, avrei avuto troppa paura delle possibili conseguenze. Gianluigi mi terrorizza, non ce l'avrei mai fatta contro di lui.»

Irene voltò la testa, aveva avvertito uno scricchiolio provenire dalle scale.

Era Arianna.

Dall'ultimo gradino, di soppiatto, stava spiando la sua conversazione con Alice.

«Che ci fai ancora in piedi?» le chiese Irene. Poi, rivolta all'amica: «Ti richiamo tra poco».

«Non riesco a dormire» si lamentò la bambina.

«Vai subito a letto, è tardissimo.»

«Cosa stavi dicendo alla tua amica?»

«Non ti interessa.»

«E invece sì, parlavi di papà...»

«Stavo raccontando del suo comportamento, se proprio vuoi saperlo. Non volevo parlartene, ma visto che non riesco a nasconderti niente, ti dirò tutto: oggi sono andata a casa per prendere dei vestiti, e come al solito lui mi ha aggredito.»

I lineamenti delicati di Arianna si contorsero in una smorfia amara.

«Ecco perché sei così nervosa. Ti ha fatto male?»

«Mi ha buttato per terra, ma per fortuna non è riuscito a picchiarmi. Volevo prendere anche dei vestiti per te, ma non me lo ha permesso.»

Arianna si avvicinò e la abbracciò.

«Scusami, mamma» disse con voce rotta, abbarbicandosi a lei.

Irene, in quel corpicino magro, palpitante, sentì tutto il calore, il sollievo di averla vicina.

Il bisogno che entrambe avvertivano l'una dell'altra.

No, lei non sarebbe mai stata come Mistero Sara.

Venticinque

Seduta su una panchina, fissava la superficie immobile del lago, le montagne attorno a circoscrivere lo specchio d'acqua color zaffiro. Quella mattina il sole, alto e limpido, illuminava ogni dettaglio, rendendo quel paesaggio memorabile come la scena di un film.

Da bambina andava spesso a giocare ai giardini del lungolago, ogni volta rispettava lo stesso rituale: per primo, il giro sul trenino, poi l'altalena, un po' di scivolo e tante corse sulla bicicletta rosa. Anche i genitori si sedevano su quella stessa panchina e l'aspettavano pazienti guardando il lago, mano nella mano, senza mai parlare tra loro. Spesso papà Arduino portava una sporta di pane raffermo e lei si divertiva a gettarlo alle papere e ai cigni, osservando le lotte tra loro per accaparrarsi un boccone. Quando il sacchetto era vuoto, rimaneva lì, appoggiata al parapetto, scrutando i pesci, le alghe, i riflessi d'argento sull'acqua ferma, ammaliata da quella bellezza quieta, ipnotizzata dal senso di calma che le trasmetteva.

Turbata dall'ennesima notte insonne, aveva cercato, persa nei ricordi, quella pace, quell'armonia.

Decise di chiudere gli occhi e ignorare quel panorama da cartolina. Il sole le bruciava la pelle, le leniva l'ansia, la riscaldava nel profondo. Non c'era nessuno vicino a lei, solo il cinguettio degli uccelli e lo sciabordio dell'acqua contro il cemento della passeggiata.

Si addormentò senza accorgersene. Sogni senza emozioni, poi, improvvisa, la sensazione di cadere in un precipizio di cui non scorgeva la fine e il risveglio subitaneo, appena prima del tonfo.

Aprì gli occhi in preda all'agitazione, muovendosi in maniera scomposta.

Un signore anziano che stava passando in quel momento si fermò, la osservò e le chiese se andasse tutto bene. Lei annuì, facendo un cenno con la mano.

Si alzò dalla panchina e si appoggiò al parapetto a rombi, proprio come faceva da piccola. Ormai, il senso di angoscia non la lasciava mai, nemmeno quando finalmente riusciva a dormire. Neanche quel paesaggio così idilliaco, invitante, riusciva più a calmarla.

Si incamminò verso l'auto, il ritorno al passato non aveva sortito l'effetto sperato. D'altronde, vessata dalle violenze fisiche e psicologiche di Gianluigi, non si era sentita serena neanche a Milano, la sua città per più di venticinque anni.

Da troppo tempo non stava bene, ovunque si trovasse. Quella consapevolezza le fece male. Si sentì senza speranza, dannata per sempre.

Prese l'auto, passò davanti al commissariato. Avrebbe voluto parlare con Salvatore, ma non ebbe il coraggio di entrare. Gli mandò un messaggio e lui le rispose subito, dandole appuntamento nel solito caffè del centro.

Lo vide arrivare vestito in borghese. Quel giorno aveva un aspetto più trasandato del solito: la barba lunga, i capelli leggermente spettinati, il giubbotto liso. Una trascuratezza che lo ammantava di una patina sofferta, vissuta. Irene si sorprese a pensare che non gli aveva mai chiesto quanti anni avesse. A occhio e croce poteva essere suo coetaneo.

«Niente divisa?»

«Oggi sono in ferie, ne avevo proprio bisogno. Come stai?»

«Potrebbe andar meglio.»

«Che è successo ancora?» chiese lui con apprensione.

Irene gli raccontò della giornata trascorsa a Milano, della tracotanza di Gianluigi, dell'intervento dei due poliziotti intervenuti durante l'aggressione nell'ex casa coniugale.

Salvatore era inorridito.

«Di sicuro avranno redatto un rapporto. Lucia ha fatto bene a chiamarli, ti hanno salvato dalla violenza di tuo marito. Scriveranno un relazione e rimarrà memoria di quello che è successo» commentò, preoccupato.

«Hai notizie riguardo agli omicidi di Piero e Rachele? Non posso credere che basti la testimonianza della sua attuale amante e dei suoi scagnozzi per scagionare mio marito da ogni accusa.»

«Purtroppo nulla di nuovo. Stanno continuando a indagare, ma non hanno trovato altri elementi. Per l'omicidio di Piero gli inquirenti brancolano nel buio, per quello di Rachele stanno verificando la posizione dell'ex marito, che rimane il sospettato numero uno. Non escludo però che si focalizzino anche su Gianluigi. Gli indizi contro di lui non sono per niente trascurabili.»

Salvatore la fissava con i suoi occhi scuri, profondi. Sembrava pensieroso, come se un tarlo lo consumasse dentro.

«Non ti ho mai chiesto quanti anni hai» gli domandò.

«Trentasei a maggio. Tu trentacinque, vero?»

Irene sospirò a fondo. «Esatto, siamo quasi coetanei, anche se mi sembra di avere almeno vent'anni in più.»

«Non è così, sembri una ragazzina. Ma posso capire il tuo stato d'animo, hai sofferto per troppo tempo.»

Salvatore le sfiorò impercettibilmente la mano, poi la ritrasse subito, come se avesse paura di osare troppo.

Irene fu colpita da quella considerazione così calzante, emozionata dal suo tocco delicato, leggero.

«È buffo, sai? Ero convinta di aver avuto un'infanzia felice, senza problemi» riprese dopo un po'. «Incredibile come riusciamo a rimuovere ogni memoria dolorosa, ogni situazione che ci ha ferito. Sono dovuta tornare qui per capire che cullavo dentro di me un ricordo ingannevole.»

«A cosa ti riferisci?»

«Mia madre era schizofrenica. Mio padre l'ha amata profondamente e non ha mai voluto delegarne la cura a nessun altro. Questa situazione ha inciso molto su di me. Lui si faceva in quattro per noi due, ma inevitabilmente la condizione psichica di mia madre ha creato non pochi problemi. Una volta ha persino tentato di strangolarmi. Ovviamente non era in sé, me ne rendo conto, ma non dimenticherò mai i suoi occhi, la sua espressione in quel momento. E sopra ogni cosa, mi è pesata la sua assenza, acuita ancora di più dal fatto che fisicamente fosse sempre presente. A un certo punto ho persino pensato di essere io la causa della sua malattia. Una zia mi aveva raccontato che mia madre ha iniziato a manifestare i primi sintomi di schizofrenia dopo avermi partorito.»

«Tu non c'entri niente, probabilmente gli sconvolgimenti ormonali della gravidanza hanno acuito problematiche che erano già latenti in lei.»

Irene abbassò il capo, bevve un altro sorso della tisana che aveva ordinato.

«Parlami un po' di te» lo invitò.

«Vengo da un paesino della Sicilia, alle pendici dell'Etna. Sono figlio di una ragazza madre che ha fatto enormi sacrifici per crescermi. È morta qualche anno fa e allora ho voluto andarmene per non pensare troppo a lei, alla vita di rinunce e umiliazioni che ha vissuto. Mi manca da morire.»

«Immagino il dolore che hai dentro.»

«Lei ha sempre cercato di non farmi mancare niente, ha dedicato tutta la sua esistenza a me. Nonostante fossimo poveri, ero felice.»

Irene riuscì a leggergli negli occhi il dolore per la perdita della madre. Era ancora forte, pulsante.

«Come sei arrivato qui? Una bella differenza di mentalità, di atteggiamenti. Immagino che tu abbia avvertito molta diffidenza.»

«In realtà no. Ormai mi sento integrato e amo questo luogo. Certo, è un paese piccolo, un po' pettegolo, ma in fondo è così dappertutto.»

Irene diede un'occhiata all'orologio. «Adesso devo scappare, tra venti minuti Arianna esce da scuola e ne approfitto per farle una sorpresa.»

Si scambiarono un fugace bacio sulla guancia.

«Ti prego, non farmi preoccupare» le sussurrò lui, piano. «Non potrei mai sopportare che ti succeda qualcosa.»

Irene annuì. Mentre stava partendo con la sua auto, lo vide camminare verso la piazza, il passo incerto, le mani in tasca, il capo chino.

Le fece tenerezza.

Ma questo non l'avrebbe detto a Alice.

Ventisei

Aveva appena lasciato sua figlia da Lucia per la consueta sessione di compiti pomeridiani quando, chiudendo il cancello del piccolo casale, vide comparire da lontano la Mercedes nera di Gianluigi. Aveva ignorato ogni sua chiamata, ogni messaggio, ma, non avendolo mai denunciato, non era legittimata a evitarlo a tutti i costi. Restò immobile ad aspettare che la vettura accostasse al ciglio della strada. Le mani cominciarono a tremarle. Cercò di ricordare, ancora una volta, le parole di Alice. Alzò lo sguardo, decisa a fronteggiarlo. Appena prima che lui la raggiungesse, infilò la mano nella tasca, prese il cellulare e mandò un veloce messaggio a Salvatore.

Gianluigi, l'aria strafottente del padrone che viene a controllare i suoi possedimenti, scese con tutta calma dalla Mercedes e si diresse verso di lei.

«Guarda che fine hai fatto, ormai sembri una contadina» sbottò, beffardo.

Irene non volle replicare alla sua frase piena di sarcasmo, ma non riuscì a trattenere una smorfia di disappunto.

«Cosa sei venuto a fare?» gli chiese con la maggiore pacatezza possibile.

«Voglio salutare mia figlia, è mio diritto. Dove si trova?»

«Non era il caso di avvertirmi? Anch'io ho dei diritti, non solo tu.»

«Passavo da queste parti per lavoro e due secondi fa ho deciso di passare. Dov'è?»

«È da Lucia e sta facendo i compiti. Ti prego di non imbastire una delle tue solite scenate, se vuoi te la chiamo, la saluti e poi te ne vai. A breve, le visite verranno fissate dal Tribunale secondo la volontà di Arianna.»

«Senti, stronza, tu non mi dici quello che devo e non devo fare. Chiama mia figlia.»

«Se mi prometti di comportarti bene, te la chiamo.»

«Chiamala e basta. La voglio solo salutare.»

Irene pensò fosse meglio non farlo entrare in casa di Lucia e decise di farlo aspettare fuori. Bussò alla porta per farsi aprire dalla vicina.

Lucia, che probabilmente aveva seguito dalla finestra l'arrivo dell'uomo, era visibilmente preoccupata.

«Che succede?» chiese con voce ansiosa.

«Gianluigi vuole vedere Arianna. Se non fa storie, forse è meglio acconsentire.»

«Hai avvertito Salvatore?»

Irene annuì mentre controllava il telefono. Lui le aveva appena risposto: era impegnato in un intervento, ma avrebbe fatto il possibile per liberarsi al più presto, probabilmente nel giro di dieci minuti.

Sospirò. Dieci minuti non erano molti, ma potevano rappresentare un'eternità: l'imprevedibilità di Gianluigi, i suoi scoppi d'ira immediati ed esplosivi potevano trascendere in un battito di ciglia.

Vide Arianna arrivare alla porta, pallida come un cencio.

«Mamma, non lo voglio vedere. Digli che non me la sento.»

«Tesoro, vai a salutarlo e poi torni a fare i compiti. Giusto due minuti, per non creare troppe discussioni.»

«Non gli basterà, mamma. Vorrà convincermi ad andare a trovarlo e io non voglio. Vedrai, succederà un casino.»

Irene accarezzò la guancia di sua figlia, una muta preghiera negli occhi.

«Tesoro, lo saluti e basta. Salvatore sta arrivando, se tuo padre comincerà a far storie, ci darà una mano.»

«Va bene» acconsentì lei, riluttante.

Uscì, mano nella mano con Lucia.

Irene controllò l'orologio. Mancavano ancora cinque minuti al presunto arrivo di Salvatore. Si augurò che fosse di parola.

Alla vista di Arianna, il volto di Gianluigi si illuminò.

«Finalmente posso vedere mia figlia! Come stai amore?» esclamò, insolitamente affettuoso.

«Ciao, papà. Bene, grazie.»

La voce della bambina era ridotta a un filo. Era pallidissima e tremava, esattamente come sua madre. Irene avvertì uno spasmo al petto. Istintivamente si accostò a lei e le circondò la spalla col braccio, come per proteggerla. Lucia, dall'altro fianco, le teneva la mano.

«Lasciatemi da solo con lei.»

«No, Gianluigi. Abbiamo deciso per un saluto. Rispetta il nostro accordo» replicò Irene con voce malferma.

«Almeno manda via la tua amica, non c'entra niente con la nostra famiglia.»

«Papà, lascia che Lucia rimanga. Per favore...» supplicò Arianna.

Alle parole della bambina, la vicina respirò forte di orgoglio: al suo fianco Arianna si sentiva più protetta.

Lo sguardo di Gianluigi divenne duro, sprezzante. «Cosa c'entra lei con noi? Perché deve essere sempre presente?»

Lucia, imperturbabile, alzò il capo, mantenendo lo sguardo su di lui. La sua risposta non si fece attendere.

«Io ascolto quello che desidera la bambina.»

Irene vide la faccia di Gianluigi impallidire, poi diventare paonazza, come se stesse per esplodere. I pugni chiusi, la mascella serrata. Un lungo brivido le corse lungo la schiena. Ormai aveva imparato che, quando comparivano quei segnali in sequenza, la situazione stava per degenerare.

«Come osate? Io vi denuncio per sottrazione di minore! Chiederò l'intervento del Tribunale, non è possibile che debba sottopormi a queste umiliazioni.»

Irene, resasi conto che non c'era più margine per un incontro sereno e pacifico tra il padre e la figlia, fece cenno a Lucia di portare via Arianna. Inaspettatamente, Gianluigi non si oppose, ma continuò a ingiuriare le due donne sotto gli occhi atterriti della bambina, che si stava allontanando con la vicina, voltandosi di continuo.

Quando entrambe erano ormai giunte all'ingresso di casa, dopo aver avvertito l'arrivo di un'auto provenire dalla strada, Irene, più sicura, si decise a reagire a quegli insulti.

«Ho una sfilza di referti ospedalieri che riportano i danni causati dalle tue percosse, rapporti di diversi interventi della polizia» sibilò. «Non ho mai voluto denunciarti, ma saranno comunque utili per testimoniare una situazione di ripetuti maltrattamenti fisici e psichici. In più sei anche indagato per due omicidi. Credo sia tu quello che si deve preoccupare...»

L'aveva provocato, ma si sentì fiera di aver esternato tutto quello che aveva voglia di dirgli da tempo.

Alice l'avrebbe applaudita, ne era sicura.

Salvatore arrivò nell'esatto momento in cui Gianluigi stava per schiaffeggiarla. Gli afferrò il braccio e glielo torse dietro la schiena.

«Anch'io, se fossi in te, mi preoccuperei» gli urlò nell'orecchio il poliziotto.

«Mi lasci immediatamente! Stavamo solo litigando, io non ho fatto niente» protestò Gianluigi con forza.

«Stavi solo cercando di ammazzare di botte tua moglie. Se non fossi arrivato in tempo, l'avresti massacrata.»

Salvatore non allentò la presa e gli strinse più forte il braccio. L'uomo urlò per il dolore. Arianna, che osservava la scena dalla finestra, uscì fuori gridando.

«Salvatore, ti prego, non fargli del male!»

Il poliziotto allentò la stretta, l'uomo si divincolò massaggiandosi il braccio e la spalla. Arianna, pur mantenendosi in posizione lontana, lo osservò attenta, come per controllare che stesse bene. Irene fu sorpresa dalla sua reazione, non si aspettava che la figlia volesse ancora proteggerlo dopo tutto quello che quell'uomo le aveva inflitto. Nel suo intimo, ancora una volta cercò di giustificarla, nonostante avvertisse amaro il morso della delusione.

Salvatore intanto non aveva perso tempo: aveva preso

una specie di taccuino e stava chiedendo i dati anagrafici di Gianluigi.

«Dovrai venire anche tu in commissariato» disse rivolto a Irene. «È necessaria la tua presenza per la denuncia.»

«Non voglio sporgere nessuna denuncia.»

Gianluigi si lasciò scappare un sorriso soddisfatto.

La voce di Salvatore, ancora una volta, lasciò trasparire delusione, disappunto. La guardò stranito, come se non fosse in grado di capire il motivo del suo comportamento.

«Come vuoi, Irene.»

Reso più sicuro dalla decisione della moglie, Gianluigi non esitò a sbraitare contro l'agente: «Hai sentito cos'ha detto la signora?».

Il poliziotto reagì immediatamente, senza aspettare nemmeno un secondo. Gli premette sul viso la mano a pugno.

«Senti, testa di cazzo, questi atteggiamenti con me non premiano. Io non mi faccio intimidire.»

Irene fu sorpresa dalla sua grinta. Quanto sapeva essere dolce e comprensivo con lei, tanto Salvatore poteva essere duro e aggressivo con chi contravveniva al suo codice morale. Il suo sguardo si posò su Arianna, di nuovo in ansia per quel gesto. Anche Salvatore se ne accorse e lasciò la presa. Gianluigi abbassò immediatamente i toni, rimanendo in silenzio.

«Adesso sparisci» lo minacciò Salvatore. «E ricorda, fai ancora un passo falso e ti accorgerai presto cosa ti aspetta.»

Lo videro allontanarsi di fretta verso l'automobile e partire in pochi secondi.

«È proprio un vigliacco, esattamente come tutti quelli che picchiano le donne» commentò Salvatore, osservando l'auto che spariva nella folta vegetazione del bosco.

Lucia, ammirata, non riuscì a evitare di esternare tutta la sua approvazione per l'intervento deciso del poliziotto.

«Finalmente ho visto in azione un vero uomo» esclamò compiaciuta. «I due agenti di Milano erano due beghe insulse, attenti solo alla forma. Bravo Salvatore!»

Lui sorrise, divertito per quel complimento inaspettato.

«In realtà, non ho osservato in maniera meticolosa il protocollo» tenne a precisare. «Mi sono lasciato andare un po' troppo, ma mi premeva fargli capire che non potrà rimanere impunito per sempre.»

Irene non ebbe nemmeno la forza di parlare. L'avvilimento, la sconfitta infettavano ogni cellula del suo corpo. In qualche modo aveva reagito alla tracotanza di Gianluigi, ma aveva avuto bisogno dell'aiuto di Salvatore per allontanarlo.

In un angolo, tenuta per mano da Lucia, Arianna continuava a tremare in silenzio.

Esangue, spossata.

Irene ricordò la sua reazione di pochi istanti prima: quando Salvatore era intervenuto, Arianna era stata in pena per l'incolumità del padre.

Salutò la vicina e sua figlia, dando loro appuntamento a un paio d'ore dopo e accettò la proposta di Salvatore di accompagnarla.

Camminando verso casa, lo osservò in controluce. Mentre parlava, i suoi occhi non perdevano mai la luce dolente che lei gli aveva scorto qualche giorno prima.

Si salutarono con un casto bacio sulla guancia. Irene si avviò sul vialetto di casa, la mente persa in un misto di inquietudine e calore.

Ventisette

Un urlo echeggiò nell'aria. Per qualche secondo pensò che non provenisse da un essere umano, talmente era estremo, raccapricciante. Poi, dalla finestra vide una donna bionda, tarchiata, sulla sessantina, che correva verso il suo cancello in preda al panico. Aprì immediatamente la porta, ancora prima che lei suonasse il campanello. Quando la donna fu più vicino, si rese conto che le sue mani, i suoi vestiti erano sporchi di sangue. Ebbe una vertigine. D'istinto si aggrappò allo stipite della porta.

«Signora, si è fatta male?» chiese con voce malferma.

La donna portò le mani al viso, incurante del sangue che le stava imbrattando il volto, trasformandolo in una maschera di morte. Aveva gli occhi sbarrati, increduli. A fatica, tra i singhiozzi, si sforzò di parlare.

«Sono Giorgina, la sorella di Lucia. Sono venuta a trovarla, ma non rispondeva né al citofono, né al telefono. La porta era aperta... sono entrata in casa e l'ho vista!»

Irene intuì subito che fosse successo qualcosa di grave.

«Lucia sta male?» chiese.

«È morta, morta, morta!» urlò la donna, fuori controllo.

Irene sentì mancarle il fiato. Si aggrappò più forte alla cornice della porta per non rischiare di cadere per terra.

«Non è possibile...» mormorò.

«L'ho trovata con il cranio fracassato, sembra un fantoccio di pezza abbandonato sul pavimento del soggiorno. Lei...

che era così piena di vita e di energia...» La donna ammutolì, come se non avesse più niente da dire. Era pallidissima e sembrava sul punto di svenire da un momento all'altro.

Irene non reagì subito, le parole le arrivavano in una eco lontana, ovattata. Ma non era un sogno. Era tutto vero. Tutto spaventosamente reale.

«Ha già chiamato la polizia?» riuscì a stento a domandare.

«Non ancora... appena l'ho vista mi sono precipitata subito qui. So che eravate amiche, lei mi parlava sempre della sua bambina.» La donna non riuscì a mantenere l'equilibrio. Si afflosciò a terra, priva di forze.

Irene si accovacciò vicino a lei, abbracciandola, senza far caso al sangue di cui era ricoperta. «Chiamo subito la polizia... Riesce a camminare? Dobbiamo andare a casa di Lucia per aspettare l'arrivo degli agenti.»

Giorgina alzò il capo e la guardò negli occhi. «Se la sente? Guardi che è una visione da incubo. Io non so se riesco a entrare ancora lì dentro.»

«L'accompagno io» rispose Irene.

Tastò la tasca alla ricerca del cellulare, ormai lo teneva sempre vicino per ogni evenienza: una promessa che aveva fatto a Salvatore. Compose il suo numero personale e pregò che rispondesse subito.

Dopo tre squilli, avvertì la sua voce roca, preoccupata.

«Che c'è, Irene?»

«Vieni subito da Lucia. La sorella l'ha trovata morta, con la testa fracassata.»

«Ma porca puttana! Arrivo immediatamente.»

Irene non perse tempo. Aiutò Giorgina ad alzarsi in piedi. La donna si mosse a fatica, aggrappandosi come poteva a Irene. Nei suoi occhi l'incredulità, l'angoscia, la rabbia.

«Chi può averla uccisa?» continuava a ripetere. «Era una persona meravigliosa. Chi è stato quel bastardo?»

Mentre camminavano a passi stentati verso il casale di Lucia, Irene pensò alla possibile reazione di Arianna a quella notizia: l'avrebbe devastata. Ritornò con la mente a qualche giorno prima, all'ennesima lite che Gianluigi aveva avuto con la vicina.

Arrivarono davanti al casale. All'esterno, nessun segnale apparente della mattanza che si era svolta dentro l'abitazione. Entrarono con cautela, si diressero subito in soggiorno, il luogo dove Giorgina aveva ritrovato il cadavere.

La videro subito. Lucia giaceva sul pavimento, davanti all'ingresso della cucina. Era proprio come l'aveva descritta la sorella: un fantoccio senza vita, il capo fracassato in un lago di sangue. Rivedendola, Giorgina non riuscì a trattenere un conato di vomito. Irene si avvicinò a lei e, mentre rimetteva, le bloccò fermamente la fronte porgendole, con l'altra mano, degli strofinacci puliti che aveva trovato appesi lì vicino.

Avvertirono l'arrivo di un'auto e, subito dopo, voci e passi che si avvicinavano. Salvatore comparve insieme ad altri due colleghi. Nonostante fossero stati preavvertiti dallo scarno resoconto di Irene, si bloccarono impietriti all'ingresso del soggiorno.

«State bene?» domandò Salvatore, senza riuscire a staccare gli occhi da quella carneficina.

Irene si affrettò a rassicurarlo. «Sì, non siamo ferite. Il sangue che abbiamo addosso è quello della povera Lucia.»

Il poliziotto affidò Giorgina agli infermieri e al medico dell'autoambulanza, che era appena arrivata, poi si avvicinò a Irene. La guardò, interrogativo.

«C'eri anche tu quando la signora ha rinvenuto il cadavere?»

«No, l'ha trovato da sola ed è subito venuta da me. Siamo tornate qui dopo averti chiamato.»

«Avete incontrato qualcuno?»

«Nessuno. Tu credi che la farà franca anche questa volta? Perché io e te sappiamo bene chi è stato...»

Salvatore ebbe un fremito. «Ti prometto, com'è vero Iddio, che questa volta non la passerà liscia. Alibi o non alibi. Lo interrogherò personalmente e non sarò delicato come i colleghi di Milano.»

Giorgina si staccò dal medico che la stava visitando. Aveva ascoltato le parole pronunciate da Salvatore.

«Ma allora sapete chi è stato... Ditemelo, per favore.» Unì

le mani in gesto di preghiera. «Vi prego» ripeté, rivolta a Irene e al poliziotto.

Salvatore ruppe il riserbo. «Abbiamo un sospetto piuttosto fondato sul marito di Irene, troppe morti ruotano attorno a lui. Dobbiamo verificare e fare le opportune indagini.»

«Me l'aveva detto Lucia, quell'uomo è un demonio. Mi aveva raccontato che l'aveva spinta e insultata più volte e che qualche giorno fa l'aveva minacciata qui, a casa sua. Di sicuro è stato lui» urlò Giorgina, ormai in preda a una crisi isterica.

La videro accasciarsi improvvisamente a terra. Il personale sanitario si precipitò per soccorrerla. Quando l'ambulanza partì per trasportarla all'ospedale, Salvatore si dedicò insieme ai suoi colleghi a esaminare la scena del delitto.

Si chinò sul cadavere di Lucia. Vicino a lei, l'oggetto che aveva causato la sua morte: una pesante scultura di metallo che era rotolata non lontano dal corpo della donna.

«Dalla ferita si evince che è stata colpita alle spalle, di sorpresa. La stessa dinamica degli omicidi di Piero e Rachele. A mio parere, non ci sono dubbi: la mano è la stessa. E, come nei precedenti delitti, non c'è alcun segno di effrazione, un elemento che mi sembra inspiegabile. Non credo che Lucia possa aver aperto la porta a tuo marito senza problemi, conoscendolo.»

«Lucia mi ripeteva sempre che questa zona è talmente tranquilla che ci si può dimenticare di chiudere la porta. Una leggerezza che le è costata la vita» commentò Irene.

«Sono d'accordo con te, è stata poco lungimirante, considerando gli ultimi litigi con tuo marito e il recente omicidio di Piero.»

Irene si asciugò le lacrime con la manica della felpa. «Lei era fatta così. Si sentiva invincibile.»

Osservando il corpo senza vita, un pensiero improvviso la colse.

«Come farò a dirlo a Arianna? Ne morirà. Per lei Lucia era diventata una seconda mamma.»

«Non sarà facile. Vuoi che glielo dica io?»

«No, meglio che le parli personalmente, appena torna a

casa. Speriamo che la notizia non trapeli prima, sarebbe un dramma se lo venisse a sapere in classe. Già è tormentata da un gruppo di bulli della scuola, non oso pensare cosa potrebbe succedere se apprendesse questa notizia in modo brutale.»

Salvatore la fissò accigliato. «Non sapevo che Arianna avesse questi problemi a scuola, in qualche modo avrei provato ad aiutarla. Per la notizia, non ti preoccupare, non avvertiremo la stampa fino a stasera.»

Irene lo guardò grata, rassicurata dalla sua presenza, dalle sue attenzioni. Si sedette su una sedia, esausta.

«Posso andarmene a casa? Non ce la faccio più a stare qui dentro, con questo tanfo di morte.»

«Certo, ti accompagno o te la senti di tornare da sola?»

«No, ce la faccio. Un'ultima cosa: credi che Lucia sia morta da molto tempo?»

Salvatore si accovacciò vicino al cadavere e, dopo aver indossato i guanti, toccò alcune parti del corpo della vittima.

«Tra poco arriverà la Scientifica, loro sapranno valutare meglio. Quello che posso dirti, osservando lo stato del cadavere, è che Lucia è morta già da diverse ore, forse dalla scorsa notte. In più, indossa il pigiama, altro indizio che rafforza a questa ipotesi.»

«L'ultima volta che l'ho vista è stato ieri, quando sono venuta a prendere Arianna, che era rimasta, come tutti i giorni, a fare i compiti da lei. Erano circa le sette.»

«Ti sembrava preoccupata?»

«Per niente. Tranquilla e serena come al solito.»

«Questa volta dobbiamo picchiare duro contro tuo marito. Dovrai raccontare ogni cosa, comprese le violenze che hai subito negli anni e le minacce fatte alla tua vicina. Lo devi a Lucia. Domani con calma ti convocherò in commissariato per farti rilasciare una deposizione. Dobbiamo inchiodarlo. In caso contrario, la prossima potresti essere tu.»

Irene annuì. «Questa volta lo farò, te lo prometto. Tu credi che lo arresteranno, finalmente?»

«Lo spero, le prove indiziarie contro di lui sono molte. Sarebbe da pazzi lasciare ancora in circolazione un delinquente del genere.»

«Grazie per essermi così vicino.»
«Ci sentiamo tra poco, chiamami se ci sono problemi di qualsiasi tipo. Anzi, chiamami e basta.»
Mentre si avvicinava a casa, Irene guardò l'orologio: entro poche ore Arianna sarebbe tornata da scuola. Sentì il cuore chiuso in una morsa di cemento.
A casa, si accasciò, spossata, sul divano. Immaginò il volto di sua figlia, una volta appresa la notizia. Pensò di chiamare Alice per raccontarle della morte di Lucia e chiederle consiglio.
Lei sapeva sempre cosa fare.

Ventotto

Stava ancora parlando con Alice, quando avvertì lo stridio degli pneumatici dello scuolabus. Congedò velocemente l'amica, il cuore in tumulto, la mente nel caos più totale. Si alzò e andò alla porta, concentrandosi sulle parole da dire, sul tono da assumere. Tremava all'idea di doversi misurare con il dolore di sua figlia. Doveva spiegarle che Lucia, il suo personale porto sicuro, non c'era più.

La figlia capì subito, con una sola, rapida occhiata, che era successo qualcosa di molto grave.

«Mamma, perché hai quella faccia?»

«Amore, vieni qui, siediti.»

«Che è successo? Dimmelo!» urlò Arianna, allarmata.

«Lucia... le è accaduto qualcosa di molto brutto.»

Arianna spalancò gli occhi, per lo spavento arretrò di qualche passo.

«È... morta?»

Irene ebbe paura che potesse svenire da un momento all'altro. La trattenne per il braccio, come per tenerla saldamente in piedi.

«Sì, purtroppo è morta.»

Il volto di Arianna assunse un biancore innaturale. «C'era la polizia davanti a casa sua... L'hanno ammazzata, vero?»

«Sì. Qualcuno si è introdotto in casa sua e l'ha uccisa.»

Insieme a Alice, Irene aveva soppesato le parole che avrebbe usato per comunicare a Arianna quell'atroce notizia, e insieme avevano concordato che non era possibile, in nessun modo, indorare la pillola. Meglio raccontarle subito la verità. Anche questo terzo, ennesimo delitto sarebbe diventato di dominio pubblico, scandagliato ed esplorato in lungo e in largo dai media, a uso e consumo di telespettatori e lettori bramosi di esplorare IL MALE in ogni più infinitesimale dettaglio.

«Nooooo... non è vero! Ma come è successo?»

Irene esitò. Poi si decise e aggiunse: «Ricordi la scultura che Lucia teneva sul tavolino del soggiorno? Hanno usato quella per ammazzarla».

Arianna si era accasciata su stessa, come un fiore vinto dalla siccità. Irene la afferrò appena prima che toccasse terra, la prese in braccio e la stese sul divano. Non era svenuta, ma era diventata inerte, come se non avesse più forze.

«Tesoro, cerca di reagire. Lucia ci mancherà moltissimo, però sono sicura che da lassù ci proteggerà sempre» disse Irene, la voce sottile, mentre le accarezzava la fronte.

Sua figlia la guardò come se stesse farneticando, un'angoscia dilagante negli occhi.

«Mamma, chi è stato?» chiese incerta.

«Non si sa.»

«Dimmelo. Pensi sia stato papà? Lui la odiava.»

«Non ne ho idea, tesoro. Certo, ci sono forti sospetti su di lui.»

Vide sua figlia fissare il soffitto imbambolata, scrutarne ogni crepa, ogni fenditura, esattamente come faceva lei quando era immersa nelle sue inquietudini. La scosse, le faceva paura quello stato catatonico in cui Arianna sembrava improvvisamente sprofondata. Per un breve istante rivide lo sguardo di Mistero Sara nei suoi occhi.

Poi, un brivido scosse sua figlia.

«Non ci credo che è stato papà, non ci credo...» sussurrò.

«Faranno delle indagini, verificheranno dove lui si trovava quando Lucia è stata uccisa. Ancora non sappiamo niente.»

«Lucia... Non vedevo l'ora di dirle che la maestra mi aveva fatto i complimenti per il compito di inglese. Non lo saprà mai.»

Arianna scoppiò in un pianto disperato. Irene si avvicinò a lei nella speranza di riuscire a calmarla, ma fu allontanata in malo modo.

«Lasciami stare, non ti voglio. Voglio solo Lucia» gridò la bambina, scalciando come una neonata riottosa.

Irene rimase in disparte, frustrata dal rifiuto che sua figlia aveva mostrato nei suoi confronti. Tentò di avvicinarsi ancora, ma Arianna improvvisamente si alzò e corse verso le scale. Quando fu arrivata in cima, prima di chiudersi in camera, urlò: «È tutta colpa tua. Da quando hai deciso di venire qui, sono successe solo cose orribili. Io non ce la faccio più...».

Nell'aria echeggiò, come lo sparo di un'arma da fuoco, lo schianto della porta sbattuta. Irene chiuse gli occhi, li strinse forte, questa volta non per la rabbia, ma per il senso di impotenza che si stava impossessando di lei.

Abbassò il capo.

Sarebbe stato meglio fossi morta io, piuttosto che Lucia.

Si stese sul divano, gli occhi chiusi, come risucchiata da sabbie mobili da cui non riusciva a emergere. Dal piano superiore, al di là della porta chiusa, le giungeva il pianto straziante di sua figlia che urlava il nome di Lucia. Fece per alzarsi, per andare da lei, ma ebbe paura di essere ancora respinta.

Improvviso, il suono del citofono. Dalla finestra scorse Salvatore fermo davanti al cancello. Gli aprì subito.

«Te la sentiresti di venire al commissariato per la deposizione?» le chiese lui. «Prima ci muoviamo, meglio è.»

L'uomo rimase in silenzio per qualche secondo. Tese l'orecchio: il pianto di Arianna sovrastava ogni suono.

«Gliel'hai detto?»

«Sì, come immaginavo l'ha presa malissimo. Non vuole nemmeno che le stia vicino.»

«È comprensibile, era molto affezionata a Lucia. Vado da lei per convincerla a venire con noi. In commissariato c'è una collega che potrebbe starle vicino mentre tu sei impegnata nella deposizione. Se fossi in te non la lascerei da sola a casa in questo stato.»

Irene fu d'accordo con lui. Lo osservò mentre saliva le scale ed entrava, dopo aver bussato, in camera di sua figlia. Li sentì parlare a voce bassa. Arianna piangeva ancora, ma con un tono più sommesso, meno esasperato. Un quarto d'ora dopo stavano scendendo le scale, mano nella mano.

«Arianna viene con noi» annunciò Salvatore con un sorriso. Quindi, rivolgendosi alla bambina: «Vai ad abbracciare la mamma».

Arianna, prima esitando, poi con passo più sicuro, andò da sua madre e la strinse.

Un abbraccio tiepido, distante.

Appena arrivati al commissariato, affidarono Arianna alla collega di Salvatore. Irene, sconcertata dal mutamento improvviso di sua figlia, gli chiese: «Come hai fatto a convincerla?».

«Le ho parlato con calma e tranquillità e lei ha capito» rispose lui. «Mia madre ha fatto la baby-sitter, uno dei lavori con cui sbarcava il lunario. Io l'aiutavo e insieme a lei ho fatto un po' di esperienza.»

Irene se lo immaginò, ancora bambino, già responsabile per altri bambini. Sorrise tra sé di tenerezza. Salvatore possedeva il raro dono di infonderle pace e tranquillità nelle situazioni più critiche.

Entrò nell'ufficio del commissariato. Tra le mani, la cartella contenente i numerosi referti medici che conservava da tempo e che non si era mai sentita di esibire per denunciare Gianluigi. Davanti a Salvatore e a un suo collega rilasciò una deposizione lucida, esauriente, precisa in ogni dettaglio.

«Con questi elementi in mano, chiederò al pubblico ministero l'immediato arresto di tuo marito. Questa volta non ci sfugge, vedrai» commentò il poliziotto.

«Speriamo. La sua amante testimonierà di essere stata con lui, come è accaduto per l'omicidio di Piero.»

«Secondo la Scientifica, Lucia è stata uccisa tra le due e le tre di notte. Anche questa volta, la convivente di tuo marito ha dichiarato di aver passato la serata e la notte con lui, ma ci sono delle discordanze nella sua deposizione. Una Mercedes nera, con la targa corrispondente a quella di tuo marito, è stata ripresa dall'obiettivo di una telecamera all'una di notte, in una zona vicina alle vostre abitazioni. La signora invece ha testimoniato che entrambi sono stati in casa dalle undici di sera fino al mattino dopo. Forse questa volta siamo a cavallo» disse Salvatore con un sorriso trionfante.

Irene sospirò di sollievo. L'incubo che l'assediava da anni stava per finire.

«Lo arresterete subito?» chiese con voce ansiosa.

«Dipende dal pubblico ministero, ma credo sia questione di ore.»

Quando Irene uscì dall'ufficio di Salvatore e andò da Arianna, le sembrò che quella giornata terribile stesse assumendo nuovi contorni. Vide sua figlia parlare con la poliziotta e colorare alcuni disegni con il consueto tratto preciso, attento.

La abbracciò, sentì il suo corpo esile emozionarsi a quel tocco.

Uscirono insieme, nel cielo rosso del tramonto, il lago davanti agli occhi, tranquillo, immobile come mai era stata la loro vita.

Ventinove

«L'hanno arrestato.»

Quella notizia ebbe per lei l'effetto deflagrante di una bomba. Guardò il muro davanti a sé frastornata, come se non riuscisse a capacitarsi che fosse tutto vero.

«Ti senti bene?» Salvatore la guardò preoccupato, le sfiorò il braccio come per scuoterla.

«Sì» rispose Irene quasi in trance.

«Allora, ti dicevo: il pubblico ministero ha deciso di arrestarlo, applicando la misura cautelare. L'hanno già tradotto al carcere di Opera, direi che tutto procede per il meglio.»

Irene non riusciva ancora a credere a quello che Salvatore le aveva appena riferito. «Quindi ritengono possa essere stato lui ad avere ucciso Piero, Rachele e Lucia?»

«Di sicuro è indagato per l'omicidio di Lucia. Ovviamente, dopo l'interrogatorio col GIP, i suoi avvocati faranno ricorso al Tribunale del Riesame, ma con tutti gli elementi contro di lui, dubito che possa essere rimesso in libertà.»

«Tu credi che siamo davvero arrivati alla fine dell'incubo?» chiese Irene con un filo di voce.

«Non posso darti la certezza al cento per cento, ma direi che ci sono ottime probabilità che rimanga in carcere e venga poi condannato. Anche la sua convivente è stata indagata per favoreggiamento e, timorosa delle possibili conseguenze, sta già cominciando a ritrattare. Ricordi che ti avevo parlato della telecamera che aveva inquadrato l'auto di tuo marito? Dai fotogrammi si evince che è proprio lui alla guida. Forse, questa volta riusciamo a incastrarlo.»

Irene ascoltò ogni parola col fiato sospeso. Guardò Salvatore ancora incredula.

«Quando è stato arrestato?»

«Ieri sera. I giornali hanno già pubblicato la notizia, credo che di questo caso se ne parlerà per mesi e mesi. Preparati a un assalto mediatico e comincia a ripensare alla possibilità di andare a vivere da qualche altra parte, almeno per un po'.»

«Proprio ieri pomeriggio Gianluigi mi ha chiamato diverse volte e ha inviato messaggi in cui mi accusava di averlo incastrato» replicò lei.

«Integreremo la tua deposizione con queste ultime minacce. Per fortuna dal carcere non potrà più tormentarti.»

Si salutarono. Salvatore doveva recarsi a Milano per adempimenti inerenti al recente arresto di Gianluigi. Prima di andare si fermò davanti a lei e la guardò. Nei suoi occhi, Irene scorse la tenerezza, la dedizione che aveva sempre intravisto nello sguardo di Arduino, suo padre. D'impulso, si avvicinò a lui, appoggiò le labbra alle sue. Fu un bacio breve, intenso.

Lo osservò mentre, salutandola, metteva in moto l'auto e spariva nella folta coltre del bosco.

Si sedette sul divano a dondolo del portico, lasciandosi cullare dalla brezza sottile che si era alzata dal lago.

Non parlerò di lui a Alice. Lei non può capire...

Le rose, quelle che tanti anni prima aveva piantato suo padre, erano in piena fioritura. Il prato, spelacchiato e rado, aveva bisogno di essere riseminato, ma in quel breve istante tutto le sembrò avere un senso, un'intrinseca bellezza.

L'arrivo della navetta gialla la risvegliò da quell'idillio.

Arianna, scarmigliata, affranta, scese dallo scuolabus e si avvicinò a larghi passi verso casa. Erano passati pochi giorni dall'omicidio di Lucia: Irene la vedeva spesso piangere, perdere la calma, reagire in maniera aggressiva.

La notizia dell'arresto del padre l'avrebbe destabilizzata ulteriormente. Sperò che non fosse già venuta a saperlo, ma sua figlia, non appena varcò il cancello d'ingresso, la smentì subito.

«Papà è in carcere.»
Sul suo viso una maschera di angoscia, di dolore incontenibile.
«Chi te l'ha detto?»
«Il mio caro compagno Matteo. Adesso non sono più quella con la puzza sotto il naso, sono diventata la figlia dell'assassino.»
Gli occhi a fessura, i pugni chiusi.
In quell'atteggiamento Arianna rivide un'espressione di Gianluigi che conosceva molto bene.
No, non assomigliava solo a lei.
«Tesoro, la smetteranno prima o poi. Le cose si sistemeranno presto.»
«È da quando siamo arrivati qui che me lo dici e invece va sempre peggio» le rispose astiosamente Arianna.
«Vuoi fare merenda? Ti ho comprato la focaccia che ti piace.»
«Lasciami stare!»
Arianna buttò lo zaino per terra e scappò correndo verso il retro del giardino. Irene si alzò per seguirla e tentare di calmarla, ma desistette. Forse era il caso di lasciarla sola, standole addosso avrebbe solo peggiorato la situazione.
Cercò il cellulare. Si affrettò a scattare le schermate delle numerose telefonate e dei messaggi minatori di Gianluigi per inviarli a Salvatore e, dopo essersi rintanata in un angolo del soggiorno, quello preferito da Arduino, chiamò Alice. Non vedeva l'ora di darle la grande notizia.
«È in carcere!»
«Non ci posso credere, davvero?»
«Sì, da ieri sera. La polizia dice che la telecamera di cui ti parlavo l'ha finalmente incastrato.»
«Cosa ti dicevo? È stata una guerra lunga, impegnativa, ma sembra proprio che la stia vincendo tu, su tutti i fronti.»
«Hai sempre avuto ragione, avrei dovuto ascoltarti prima. Mi spiace solo per Arianna, è davvero a terra. Ma le passerà, ne sono sicura. Grazie per essermi stata sempre vicino. Non vedo l'ora di riabbracciarti. Quando pensi di poterti liberare e venire un po' da noi?»

La voce di Arianna risuonò, inaspettata e greve, nel soggiorno. «Tanto non verrà mai da noi, sono secoli che te lo dice.»

Irene fece un sobbalzo, congedò l'amica. Poi si voltò verso la figlia, colpita dal tono duro, polemico di quell'affermazione: «Perché ti sei comportata così? Spero che Alice non abbia sentito quello che hai detto».

«Ho detto solo la verità. Non è mai venuta nemmeno una volta.»

«Prima non era il caso, tuo padre non avrebbe mai voluto ospitarla, ma vedrai che adesso verrà a trovarci» rispose Irene in maniera concitata.

«È stata lei a convincerti a venire in questa casa dove sono cominciati tutti i nostri problemi. È colpa sua.»

«Colpa di che? La colpa è solo di tuo padre. Avresti preferito che mi ammazzasse di botte? Guarda cos'ha fatto, ha addirittura ucciso tre persone.»

«Non ci credo che è stato lui, non è possibile. Secondo me è stato qualcun altro, magari proprio la tua amica, che ne sappiamo noi?»

«Ma cosa stai dicendo? Alice vive a Londra, e poi non farebbe mai una cosa del genere.»

«Da quando ti ha spinto a venire qui sono successe solo cose brutte, sono sicura che è colpa sua. Anche Lucia lo diceva.»

«Come si permetteva Lucia di dire una cosa simile? Alice mi ha solo aiutata e consigliata, senza di lei non so come sarei andata a finire.»

«Non parlare di Lucia, non dire più niente!»

Arianna si tappò le orecchie con le mani e corse in camera sua piangendo.

Irene non la seguì. Si sedette ancora sul divano a dondolo del portico a fissare il vuoto.

Trenta

Stava spolverando gli scaffali della libreria quando notò un album di foto seminascosto da altri libri. Lo estrasse, spostando in fretta i volumi vicini. Era impolverato, abbandonato in quell'angolo da molto tempo, ma la copertina a fiori in tinte pastello le risultò familiare. Si sedette sulla poltrona vicina, quella di Arduino, e cominciò a sfogliarlo. Le prime pagine erano dedicate a numerose foto del matrimonio dei suoi genitori. Quando le apparvero, si ricordò di averle già viste. Suo padre e sua madre erano belli, sorridenti, attorniati da pochi parenti e amici che li festeggiavano nel loro giorno più importante. Mistero Sara sembrava un'altra: lo sguardo diretto, le guance piene, il corpo snello e sensuale. Arduino la abbracciava in ogni scatto, il sorriso aperto, gli occhi che riflettevano bagliori.

Quanto erano felici.

Nelle pagine seguenti, alcune foto riprendevano i genitori con lei appena nata. Irene rimase colpita dalla somiglianza con Arianna alla stessa età. Sembravano la stessa bambina.

La sua attenzione, subito dopo, si concentrò sulla madre. Aveva il viso stanco, lo sguardo spento, un'altra persona rispetto a quella che sorrideva felice nelle foto delle nozze. Si ricordò di quello che le aveva raccontato la zia Aurelia. Sara aveva cominciato a manifestare i primi segni di schizofrenia subito dopo la sua nascita. All'inizio i medici avevano pensato a una fortissima depressione post partum, ma il perdurare dei disturbi, col tempo diventati sempre più accentuati, li aveva portati mesi dopo a diagnosticare una forma di schizofrenia bipolare grave.

Le foto successive documentavano in maniera impressionante il cambiamento che la malattia aveva operato in Mistero Sara. Era sempre ben vestita e pettinata, Arduino si dedicava a lei ogni giorno con attenzione e meticolosità, ma in ogni immagine il suo sguardo era obliquo, assente, perso in chissà quali mondi.

Irene accarezzò con la punta dell'indice uno scatto che la ritraeva in braccio a suo padre: anche qui la somiglianza con sua figlia Arianna era impressionante. Diverse le fogge degli abiti, ma i tratti del viso, gli occhi, i capelli, persino il modo di atteggiarsi, ritroso e timido, era lo stesso.

Proseguì in quel ritorno al passato che l'agitava e allo stesso tempo le trasmetteva un senso di appartenenza. Le ultime foto dell'album erano state scattate durante un'escursione a un santuario della zona, in un punto panoramico a picco sul lago. Rivedendole, si ricordò distintamente di quella gita, l'ultima che Arduino aveva organizzato prima della loro partenza per Milano. Era stata una giornata serena, piena di sole, di giochi e di pace. In alcune immagini Mistero Sara aveva persino sorriso, anche se lo sguardo era quello di sempre.

Voglio portarci Arianna. Dobbiamo ritrovarci, la sento lontana, troppo lontana...

Il suono del citofono la colse di sorpresa.

Era Salvatore.

Già dall'espressione del suo viso si rese conto che non avrebbe portato buone notizie.

Entrò in casa di fretta, come se non vedesse l'ora di parlarle.

«Non so come sia potuto succedere.» disse concitato.

«Che cosa?» gli chiese lei preoccupata.

«Il Tribunale del Riesame ha disposto un'ordinanza di scarcerazione ritenendo che non ci siano gravi indizi di colpevolezza contro tuo marito.»

Irene sbiancò in volto, si sentì mancare. Si appoggiò a lui, per essere sicura di non cadere.

«Ma com'è possibile?» riuscì appena a balbettare.

«Non conosco i motivi dell'ordinanza, non sono un avvocato. Quello che posso dirti è che sei in pericolo. Tu e tua figlia dovete andarvene subito da questa casa.»

«Non voglio, non me la sento di fare una vita da reclusa chissà dove.»

«Non hai molte alternative. Oppure...»

«Oppure cosa?»

«Potrei fare in modo di istituire un servizio di sorveglianza, per evitare possibili ritorsioni da parte di tuo marito. Ma non so fino a quando potrò garantirtelo.»

«Mi sembra l'opzione migliore. Gianluigi è già stato scarcerato?»

Salvatore prese il cellulare e fece una chiamata.

Quando ripose il telefono, abbozzò una smorfia amara.

«Mi hanno confermato che verrà scarcerato stasera.»

Irene si afflosciò su se stessa come un palloncino bucato. Si lasciò cadere sulla poltrona dove poco prima stava guardando l'album di famiglia.

«Non appena comincio a tirare un sospiro di sollievo, succede qualcosa. Stavo guardando delle foto di quando ero bambina, stavo già progettando una gita con Arianna al Santuario per farla distrarre e subito arriva questa notizia.»

«Mi spiace di essere stato io a dartela.»

«Che c'entri tu?»

Salvatore non replicò. Il suo sguardo si pose sull'album di foto appoggiato sul tavolino. Lo sfogliò, soffermandosi su alcune immagini.

«Come ti assomiglia Arianna, siete due gocce d'acqua. È questo il luogo che vuoi visitare? Non ci sono mai stato.»

«Sì, ne ho un ricordo bellissimo.»

«Andiamoci insieme. Dopodomani ho un giorno di riposo, ti farò io da guardia del corpo.»

«Non so se me la sentirò, mi è passata la voglia di qualsiasi cosa» commentò lei.

«Ne usciremo, vedrai. Ritornando a quello che ti dicevo prima: Arianna non potrà più andare a scuola da sola con il pulmino. Sarà meglio che l'accompagni sempre tu o che la faccia passare a prendere io da un collega. Cosa preferisci?»

«Ma anch'io dovrò essere scortata? Pure quando esco per la spesa?»

«Certo, in ogni momento. Se no, che razza di protezione ti forniremmo? Tuo marito ha ucciso tre persone, renditene conto.»

Irene chinò il capo, le mani tra i capelli. Salvatore si avvicinò a lei, le sfiorò la spalla.

«Non sarà facile, ma io ti starò vicino, ti proteggerò sempre.»

Irene alzò il viso, lo guardò negli occhi. Come giorni prima, riconobbe la stessa luce avvolgente, sollecita di Arduino.

Si abbarbicò a lui, come da piccola faceva con suo padre quando l'assenza-presenza di Mistero Sara picchiava duro.

Trentuno

Non si era ancora abituata a quelle presenze silenziose che tutelavano la sua sicurezza, al di là del cancello. Erano tutti ragazzi giovani, sempre col sorriso sulle labbra, l'attenzione pronta, focalizzata su ogni dettaglio. Appena sentivano il suono di un motore, uscivano dalla volante dove stazionavano per la maggior parte del tempo e, la mano appoggiata alla pistola, rimanevano all'erta fino a quando non avevano controllato chi stesse arrivando e per quale motivo stesse transitando da quella via. Per fortuna, la casa di Irene si trovava in una zona poco abitata e il rituale di verificare meticolosamente chi passasse, e perché, non era frequente.

Due sere prima, Salvatore era arrivato inatteso e aveva trovato il poliziotto di turno addormentato in auto. Dalla finestra, Irene aveva assistito alla performance di un Salvatore inedito, che non aveva mai conosciuto: senza trascendere, aveva imbastito una sfuriata da manuale al giovane agente che non era riuscito a rimanere sveglio. Irene, vedendolo così alterato, capì, una volta di più, quanto tenesse a lei e alla sua sicurezza.

Avere sempre qualcuno che vegliava sulla sua incolumità la faceva sentire protetta, ma reclusa e priva di qualsiasi forma di libertà. Si chiedeva spesso quanto sarebbe durato quello stato di emergenza e, soprattutto, fino a quando Salvatore sarebbe riuscito a garantirle una sorveglianza continua, con ampio dispiego di uomini e risorse. Prima o poi, quella protezione le sarebbe stata revocata e avrebbe dovuto seriamente pensare a vivere in un luogo lontano e sconosciuto per essere più sicura.

Il solo pensiero di abbandonare quella casa a cui si era di nuovo affezionata, e soprattutto di doversi allontanare da Salvatore, il suo rifugio sicuro, la inquietava. Non aveva ricevuto più telefonate e messaggi da Gianluigi, ma non si sentiva rassicurata dalla sua assenza, piuttosto la allarmava l'improvvisa indifferenza nei confronti suoi e della figlia. Era furibondo, questo era sicuro: nella deposizione che aveva rilasciato in occasione dell'omicidio di Lucia, Irene aveva puntato il dito contro di lui e indicato chiaramente le correlazioni che esistevano tra i tre delitti per cui poi suo marito era stato indagato. Un *j'accuse* che, anche se per pochi giorni, l'aveva condotto al carcere e aveva macchiato la sua reputazione per sempre, garantendogli problemi di enorme portata per gli anni a venire. Certo, Gianluigi aveva dispiegato un plotone di avvocati per dimostrare la propria innocenza, gli effetti si erano già fatti sentire con la sua improvvisa scarcerazione, ma non avrebbe avuto vita facile.

Guardandosi nello specchio del bagno Irene si trovò pallida e triste: due grandi occhiaie scure, il viso smunto, i capelli senza volume. Era dimagrita ancora, i jeans le andavano larghi e sembrava che fossero appesi su un corpo che non aveva più forme. Voltò il capo da un'altra parte. Vedersi così sofferente aumentava in maniera esponenziale la sua angoscia.

Chiamò Arianna per chiederle se fosse pronta. Dopo averla rimandata per settimane, finalmente avrebbero fatto la gita al Santuario a picco sul lago.

Sperò fosse una buona idea. Salvatore aveva insistito a lungo per organizzare una giornata diversa in cui sarebbero stati insieme senza pensare troppo alla situazione da trincea che stavano vivendo.

Irene rimase in attesa di una risposta della figlia, ma non arrivò. Negli ultimi giorni, Arianna era diventata assente, apatica, a volte decisamente irascibile. Bussò alla sua camera, dove era spesso rintanata. Era stesa sul letto e stava guardando un film dal piccolo televisore che i precedenti inquilini avevano lasciato.

«Perché non mi hai risposto?» la apostrofò.

Arianna alzò il capo di poco, la guardò con sufficienza.

«Non ho sentito.»

«Ti avevo chiesto se eri pronta, non mi sembra tu lo sia.»

«Devo solo mettere la felpa e le scarpe. Salvatore è già arrivato?»

Irene non riuscì a nascondere una smorfia di disappunto per il tono distaccato della figlia.

«No, sarà qui a minuti. Preparati, così partiamo subito.»

Arianna bofonchiò qualcosa che sua madre non riuscì a sentire. Irene si domandò perché ce l'avesse così tanto con lei. Dopo l'omicidio di Lucia, il rapporto tra di loro si era inasprito. Sua figlia spesso rispondeva in malo modo, con un astio che l'addolorava.

Un lieve bussare l'avvertì dell'arrivo di Salvatore.

Gli aprì la porta. Era sbarbato di fresco, vestito di un jeans sdrucito e una camicia bianca, un'espressione rilassata sul volto.

«Pronte per partire? Impiegheremo un'oretta ad arrivare.»

«Ci fermiamo a comprare qualche panino per il pranzo?»

«Io andrei subito al Santuario. Prima di ritornare potremmo pranzare in una trattoria che mi hanno consigliato alcuni colleghi.»

Irene chiamò Arianna, che scese subito. L'atteggiamento, cordiale e disponibile della bambina nei confronti di Salvatore era molto diverso da quello adottato negli ultimi tempi con lei.

Salirono in auto e si diressero subito verso la strada che costeggiava il lago. Il tempo era perfetto. Il cielo senza la benché minima velatura, il sole limpido, il lago che brillava di lampi argento. Attorno, montagne ricoperte di erba nuova. Alberi, cespugli, aiuole in fiore a punteggiare di colore l'incanto di una primavera già avanzata.

«Alla fine, abbiamo fatto bene ad aspettare, guarda che giornata magnifica» disse Salvatore mentre imboccava una strada in salita che regalava vedute mozzafiato a ogni tornante.

Irene gli sorrise. Il solo fatto di essersi allontanata, anche solo per pochi chilometri, da casa sua e da tutte le apprensioni che la assediavano in maniera costante la faceva sentire meglio. Il panorama che aveva davanti agli occhi contribuiva al resto. Anche Arianna sembrava aver cambiato umore. Non smetteva di osservare dal finestrino ogni dettaglio del paesaggio e appariva più serena.

Quando arrivarono al Santuario, furono colpiti dalla costruzione bianca che si stagliava, abbagliante, a ridosso della montagna. Un'architettura solenne che si notava anche da molto lontano. Irene ritornò con la mente a tanti anni prima, a quella giornata spensierata in cui persino Mistero Sara era sembrata contenta. Avevano mangiato i panini preparati da Arduino, seduti su un plaid non lontano dal parco giochi. Lei era stata sull'altalena per ore, le gambe tese, poi piegate, poi tese, su fino al cielo, la sensazione netta di poter spiccare il volo, di essere senza peso. Suo padre aveva portato una chitarra e aveva cantato vecchie canzoni. La voce roca, spezzata di rimpianto e malinconia, mentre guardava sua moglie con lo stesso sguardo che le riservava nelle fotografie di quando si erano sposati. Erano tornati a casa con la macchina fotografica piena di immagini e l'impressione di essere una famiglia felice.

Quando uscì dall'auto, a Irene quel luogo sembrò incantato come allora. I giochi erano ancora dove se li ricordava: cambiati nel tempo, ma nel medesimo punto. Vide Arianna correre verso l'altalena, esattamente come lei, nel passato. Un *déjà-vu* che le fece salire un brivido lungo la schiena. Salvatore era subito corso a spingerla e sua figlia rideva, mentre si librava nell'aria sempre più in alto. Rimase a osservarli, lui scuro, solido, Arianna eterea, delicata: replica perfetta di un istante che lei stessa aveva vissuto tempo prima.

Si allontanò da loro e si sedette su una panchina davanti al vertiginoso strapiombo sul lago. Dall'alto, lo specchio d'acqua sembrava una colata di blu cobalto: compatto, dall'uniformità quasi irreale. Salvatore la raggiunse poco dopo.

Era solo.

«Dov'è Arianna?»

«È rimasta ai giochi. La vedi?» le disse, indicandola.

«Eravate bellissimi insieme. Mi è sembrato di rivedermi bambina con mio padre. Per un momento mi si è quasi fermato il cuore.»

Lui non replicò. Le circondò la schiena con il braccio e la condusse alla ringhiera sul belvedere per ammirare insieme il paesaggio di fronte a loro.

«È incantevole qui, mi ricorda Taormina. Quando volevo far felice mia madre la portavo lì.»

Irene lo ascoltò in silenzio immaginandolo ragazzino, attento e pieno di attenzioni nei confronti di sua madre, esattamente come faceva adesso con lei. Timidamente, gli prese la mano, gliela strinse. Era calda, palpitante.

All'improvviso, una voce dietro di loro.

«Bastardi, pensavate di fregarmi. Vi siete sbagliati di grosso.»

Irene e Salvatore si girarono all'unisono. Gianluigi stava puntando una pistola contro di loro. Sembrava un altro: dimagrito, la barba lunga. Ma lo sguardo torvo e minaccioso era rimasto lo stesso.

«Come hai fatto a trovarci?» riuscì appena a balbettare Irene.

«Hai mai sentito parlare di applicazioni che permettono di geolocalizzare i cellulari con estrema precisione? Il tuo poliziotto del cazzo non ci ha pensato, vero?»

Salvatore non esitò a intervenire.

«Avanti, posa quell'arma» disse in tono calmo. «Non vorrai aggravare ulteriormente la tua posizione!»

«Non ci penso nemmeno. Nei giorni in cui ero in carcere non avevo altro pensiero che quello di farvela pagare cara. Potevo assoldare qualcuno che avrebbe fatto il lavoro sporco, ma sapete che vi dico? Avevo troppa voglia di farlo io.»

Gianluigi era esagitato. La mano gli tremava, gli occhi erano spiritati, vistose gocce di sudore gli stavano scendendo dalla fronte.

Salvatore si mosse verso di lui con la mano tesa.

«Consegnami la pistola e tutto terminerà qui. Vuoi rendere orfana tua figlia di entrambi i genitori? Perché, se ci ucciderai, non la passerai liscia. Andrai in carcere e Arianna finirà chissà dove.»

«Stai fermo lì, non ti muovere! Chi vi dice che vi voglia sparare? Ho un'idea più interessante: scavalcate quella recinzione. Quante volte succede una disgrazia per una tragica fatalità?» disse Gianluigi beffardo e si avvicinò a loro, brandendo la pistola.

«Non lo faremo mai. Ci dovrai sparare, così tutti sapranno che ci hai ammazzato e non la passerai liscia» esclamò Irene.

L'uomo li guardò minaccioso, non riuscendo a trattenere un moto di disappunto. Si avvicinò ancora di più.

«Avanti, scavalcate! Muovetevi!» gridò esasperato.

Irene, terrorizzata, guardò oltre suo marito, cercando con lo sguardo Arianna. Era molto lontana, giocava di spalle e non si era accorta di niente. Chiuse gli occhi per un istante, sperò che Gianluigi non volesse fare del male anche a sua figlia. Lui si avvicinò sempre di più, sovrastandoli con la sua mole statuaria, continuando a minacciarli, il dito pronto a tirare il grilletto.

Era ormai davanti a loro, a pochi centimetri. Salvatore, come obbedendo a una strategia elaborata in pochi, decisivi secondi, afferrò il braccio di Irene e la trascinò a terra con sé. Approfittando della reazione di sorpresa che aveva provocato nell'uomo, gli afferrò le gambe dal basso facendolo cadere con un tonfo sordo, strappandogli di mano la pistola che rotolò fino al bordo, oltre la recinzione, e poi cadde nel baratro.

I due uomini diventarono un corpo solo, impegnati in una colluttazione furiosa, in cui era quasi impossibile distinguerli l'uno dall'altro. Irene li vide rotolare sull'erba, picchiarsi selvaggiamente, continuare la lotta fino al momento in cui suo marito, barcollando, si alzò in piedi, sollevò di peso Salvatore e lo trascinò fino al pericoloso confine della balaustra di ferro. L'uomo stava per avere la meglio sul poliziotto, subissandolo di pugni e calci, ponendolo pericolosamente in bilico tra la recinzione e il baratro, quando Irene afferrò un grosso sasso e lo scaraventò con tutte le sue forze sul capo del marito. Lo vide barcollare, mollare la presa sull'avversario, accasciarsi e sbilanciarsi oltre la palizzata. Cadendo, nell'estremo tentativo di salvarsi, riuscì miracolosamente ad afferrare con una mano il bordo estremo della recinzione, dondolando sul precipizio come una marionetta appesa ai fili. Aveva il viso stravolto dal terrore: la presa si allentava sempre di più, le forze lo stavano abbandonando. Non riusciva più a vedere, gli occhi accecati dai copiosi rivoli di sangue che scendevano dalla ferita al capo.

«Aiutatemi, vi prego» chiese con voce flebile, appena udibile, sospeso sopra un salto di almeno cento metri.

Salvatore fece per affacciarsi e tendergli la mano, ma Irene fu più veloce di lui. Con il piede andò a schiacciare le quattro dita aggrappate al metallo della ringhiera. Fu questione di una frazione di secondi: l'uomo non riuscì più a mantenere la mano salda sul bordo della recinzione e cadde.

Un urlo sordo echeggiò lugubre per tutta la valle, seguito immediatamente da un tonfo che sembrò rimbombare nell'aria.

Subito dopo, un altro grido sovrastò ogni altro suono. Arianna, richiamata dalla voce di suo padre, bianca come una morta, aveva assistito impotente alla sua caduta. Si affacciò alla balaustra, gli occhi fuori dalle orbite, la bocca spalancata in urla agghiaccianti.

Irene corse da lei per stringerla e cercare di lenire il suo dolore, la sua angoscia. Prima che riuscisse a raggiungerla, Arianna svenne, sbatté la testa e rimase per terra, gli occhi aperti, le gambe spalancate.

Pareva senza vita.

Mentre Salvatore chiamava l'ambulanza, Irene cercò invano di rianimarla.

Quando gli infermieri caricarono la barella sull'autolettiga, lei avvertì la netta sensazione che la sua vita fosse finita.

Trentadue

Le stava tenendo la mano, lo sguardo puntato ai monitor che ogni tanto suonavano allarmandola oltremisura, quando si accorse di un impercettibile movimento delle palpebre. Osservò meglio: no, non si era sbagliata, Arianna aveva mosso le palpebre. Sollevò le lenzuola, tesa a cercare altri segni vitali sul tronco e sulle gambe. Quando notò le dita dei piedi muoversi, si alzò di botto e si precipitò fuori della stanza chiamando a gran voce.

Accorsero immediatamente un'infermiera e un medico che stavano passando nel corridoio.

«Finalmente si sta risvegliando, signora. Come le avevamo detto, il trauma cranico non è grave. Si riprenderà presto. Certo, sarà necessario un supporto psicologico per aiutarla a superare i numerosi shock cui è stata esposta recentemente, *in primis* la drammatica morte del padre.»

Irene ascoltò in silenzio le parole del medico, l'attenzione concentrata sulla figlia: stava muovendo le mani.

Poche ore più tardi, la bambina si svegliò del tutto.

Quando finalmente aprì gli occhi, Irene si chinò su di lei, incredula.

«Quanta paura mi hai fatto.»

«Perché sono qui?» chiese la ragazzina, allarmata.

«Ti sei spaventata e svenendo hai sbattuto la testa. Sei stata in coma per qualche giorno, ma per fortuna ti sei risvegliata.»

Arianna rimase in silenzio, come se non avesse compreso appieno le parole della madre. Poi, dall'espressione triste che dilagò sul suo viso, Irene capì che si stava ricordando di quello che era successo.

«Papà non c'è più.»

Lo sguardo fisso, perso in una terra di ghiacci.

«Amore, mi spiace molto per ciò che è accaduto. Tuo padre era totalmente fuori controllo, stava per uccidere me e Salvatore e forse avrebbe ammazzato anche te.»

«Sì, ma quando stava per cadere potevate salvarlo. Tu invece gli hai schiacciato le dita e l'hai fatto precipitare.»

Irene, stupefatta, osservò sua figlia. Nonostante si fosse appena ripresa dal coma in cui era sprofondata, ricordava ogni dettaglio di ciò che era successo in quella maledetta gita.

Prima di risponderle fece un lungo respiro. Poi allungò la mano per stringere la sua.

«Era molto difficile recuperarlo dalla posizione in cui si trovava. Forse sì, potevamo tentare, Salvatore ci stava provando. Non so cosa sia scattato in me. In quel momento ho obbedito a una rabbia cieca che mi ha fatto agire d'impulso. Ho sbagliato, lo ammetto, ma non ne potevo più delle sue persecuzioni, di vivere costantemente nel terrore.»

Arianna voltò il capo dall'altra parte. Allontanò la mano da quella di sua madre.

«Fammi riposare ora. Sono stanca.»

«Certo. Tra poco verranno i medici a visitarti. Te la senti di mangiare qualcosa?»

Sua figlia si girò lentamente e le rivolse uno sguardo assente, del tutto distaccato.

«Non voglio niente» sussurrò.

Irene non se la sentì di insistere. Lasciò la stanza e chiamò i medici per discutere delle sue condizioni di salute. Mentre parlava col primario del reparto, vide Salvatore uscire dall'ascensore e dirigersi verso di lei.

«Arianna si è svegliata» gli disse da lontano. Voleva urlare da quanto era felice, ma si trattenne.

Il poliziotto corse subito da lei, aspettando pazientemente che finisse di ascoltare quello che il medico aveva da comunicarle.

«Quando è successo?» chiese non appena il primario se ne fu andato.

«Qualche ora fa. I medici non erano preoccupati, ma io vedendola in quello stato non mi sentivo per niente tranquilla. L'unica cosa...»

«Che c'è?»

Irene aggrottò le sopracciglia. «Quando si è risvegliata, era fredda, aggressiva nei miei confronti. Mi ritiene responsabile della morte di suo padre. Dice che avrei potuto salvarlo.»

«Non te la prendere, è logico che dica così. Era pur sempre suo padre, nel bene e nel male. Non credo che avrei potuto evitargli di precipitare nel vuoto, considerando la posizione in cui si trovava. Certo, è singolare il fatto che tu abbia preso una decisione così estrema come quella di accelerare la sua caduta schiacciandogli le dita. Non me lo sarei mai aspettato da te. Forse in quel momento tu hai visto nella sua morte la salvezza. Seguendo questa logica hai preso la tua decisione. Arianna capirà e prenderà coscienza di tutta la sofferenza che lui vi ha causato. Lascia passare un po' di tempo, vedrai che ritornerà la bambina solare di sempre.»

«Lo spero davvero» mormorò Irene con un filo di voce.

«I medici ti hanno detto quando la dimetteranno?»

«Parlavano di tenerla in osservazione ancora qualche giorno e farla tornare a casa per il fine settimana. Forse stiamo uscendo dall'incubo.»

Irene non riusciva ancora a crederci: adesso che finalmente avrebbe potuto portare a casa Arianna, stava finalmente ponendo la parola fine a un dramma durato anni. Non avrebbe più temuto le percosse, non sarebbe più stata ostaggio della paura.

Salvatore le toccò il braccio, come per dare forza a quello che stava per dire.

«Stai per iniziare una nuova vita, quella che hai sempre desiderato. Insieme a persone che ti vogliono davvero bene e desiderano solo che tu sia felice. Nient'altro.»

Irene lo guardò: aveva gli occhi lucenti, pieni di promesse. Gli occhi di un uomo innamorato.

Ma questo non l'avrebbe detto a Alice.

Trentatré

Quella mattina si era alzata di buon umore. Non appena era scesa al piano inferiore, il suo sguardo si era posato sul prato antistante la cucina. Salvatore aveva seminato l'erba qualche giorno prima. Esili steli stavano già cominciando a tappezzare di verde brillante le zolle di terra scura. Lui le aveva promesso di aiutarla a rinfrescare le pareti del soggiorno e della cucina: la casa avrebbe cominciato ad assumere un sapore più accogliente, pieno di calore.

La rinascita.

Quella che Alice le aveva sempre prospettato.

C'era solo una nota stonata in quella nuova, ritrovata serenità: l'ostilità di Arianna. Erano passati dieci giorni dal suo ritorno a casa e la figlia ancora comunicava con lei solo a monosillabi. Gli psicologi che l'avevano seguita nel reparto in cui era stata ricoverata l'avevano avvertita. Ci sarebbero voluti molto tempo e diverse sedute di terapia per farle superare, poco per volta, i terribili traumi a cui era stata esposta.

Salì le scale e aprì piano la porta della sua camera. Stava ancora dormendo, la faccia affondata nel cuscino, le coperte raggomitolate ai suoi piedi. Entrò in silenzio e gliele rimboccò, attenta a non svegliarla. Era domenica, Arianna avrebbe di sicuro dormito fino all'ora di pranzo, non dovendo andare a scuola.

Scese di nuovo in cucina e controllò la cottura del ragù. Ancora mezz'ora e sarebbe stato pronto. La tavola era già apparecchiata. Aveva invitato Salvatore a pranzo e voleva che tutto fosse perfetto. I disegni per un nuovo libro di fiabe, sparsi sul tavolo, dovevano essere ancora completati, ma decise di rimandare il lavoro nel pomeriggio e prendersela con calma. Ne aveva bisogno: incubi ricorrenti la tenevano ancora sveglia per buona parte della notte.

Chissà quanto tempo ci vorrà per ritrovare un minimo di serenità...

Prese il cellulare dalla borsa, aveva voglia di chiamare Alice per rilassarsi e chiacchierare un po'. Non aveva ancora avuto il coraggio di parlarle di Salvatore, ma prima o poi avrebbe dovuto farlo. Loro due non avevano mai avuto segreti l'una per l'altra. Riflettendoci, si sentì in colpa per non averle ancora raccontato di un rapporto che, seppur ancora in stato embrionale, stava diventando sempre più intenso e importante.

Aspettando che lei rispondesse, pensò di parlargliene, ma cambiò subito idea: non si sentiva ancora pronta.

Alice rispose dopo due soli squilli.

«Come stai?»

«Spero di non averti disturbato, magari stavi ancora dormendo.»

«No, voglio andare a fare una corsa al parco, qui è una giornata magnifica.»

Irene se la immaginò allenarsi, strizzata in uno dei suoi inappuntabili completi da jogging.

«Fai bene, Alice. Adesso che sono finalmente più serena, dovrei cominciare anch'io a fare un po' di attività fisica.»

«Come va? Arianna sta cominciando a rasserenarsi?»

«È sempre molto scostante e dura con me. Credo sia molto arrabbiata per la morte di suo padre, come ti dicevo. Spero che se ne faccia presto una ragione.»

Un fruscio alle sue spalle la fece trasalire. Si voltò.

Sua figlia era arrivata piano, a piedi scalzi, e adesso era dietro di lei. Pallida, due aloni pesti sotto agli occhi, lo sguardo duro, tagliente. Per un istante le sembrò di ritrovarsi davanti Gianluigi.

«Non me ne farò mai una ragione, mamma.»

Arianna strappò il cellulare dalla mano di sua madre e urlò all'apparecchio: «Avanti, Alice, fammi sentire la tua voce, parlami, una volta per tutte!».

Rimase in attesa qualche secondo.

Nessuno le rispose.

Guardò il display del telefono: non era in corso nessuna chiamata. Cercò tra gli ultimi numeri presenti nell'elenco. Risultavano solo telefonate in entrata da parte di Salvatore.

La bambina guardò torva sua madre. Le labbra le tremavano, il pallore era diventato ancora più accentuato.

«Non c'è mai stata nessuna Alice, mamma.»

«Cosa dici? Sarà caduta la linea. Adesso la richiamiamo insieme. Anche lei è preoccupata per te.»

«Non dire cazzate!»

Arianna scagliò il telefono contro il muro, rompendolo in mille pezzi. Irene corse a raccoglierlo, cercando affannosamente di riassemblarlo in qualche modo, senza riuscirci.

Guardò in direzione della figlia, disperata.

«Perché mi hai fatto questo?» urlò, in lacrime.

«Lucia mi ha raccontato che spesso ti vedeva uscire in auto a notte fonda, quando io dormivo» disse Arianna, sempre più livida. «Era preoccupata per te, rimaneva sveglia per controllare quando tornavi. Stavi fuori ore e ore e lei non riusciva a riposare finché non eri di nuovo a casa.»

Irene sbarrò gli occhi, muovendo le braccia come se fosse spaventata nel dover affrontare un pericolo improvviso.

«Non è vero, era una bugiarda! Non mi sono mai mossa da casa di notte» gridò.

Lo sguardo di Arianna era carico d'odio. Tremava come per una febbre bruciante.

«Tu mi hai raccontato solo bugie» le rinfacciò. «Mi avevi detto che tu e Alice eravate state rapite insieme a un'altra bambina. Lucia non mi ha raccontato la stessa storia, in realtà eravate solo in due: tu e l'altra tua compagna di scuola. Non hai mai avuto un'amica di nome Alice. Il giorno del rapimento, diverse persone avevano visto te e Elena uscire insieme dalla scuola e dirigervi verso il bosco. Per molte ore siete scomparse. Elena è stata ritrovata con la testa fracassata e i rapitori non sono mai stati arrestati. Cosa è successo davvero, mamma? Perché i nonni hanno deciso improvvisamente di andare via di qui? Tuo padre aveva confidato ai genitori di Lucia che era preoccupato per te. Eri diventata strana, diceva che era meglio farti cambiare ambiente.»

Irene era rimasta impietrita. Tremava ancora di più della figlia.

«Perché Lucia ha detto delle cattiverie simili? Perché ce l'aveva così tanto con me?» urlò fra le lacrime.

«Non ce l'aveva con te, ha sempre cercato di aiutarti. Ti aveva anche consigliato di andare a parlare con un dottore, vi ho sentite, ma tu non l'hai mai ascoltata. Temeva che fossi tu la causa di tutto quello che è successo, finalmente l'ho capito. Aveva paura per te, però io non volevo crederle. Ma adesso sono sicura che aveva ragione.»

Irene si bloccò, come folgorata. Non piangeva più. Il suo sguardo era diventato vuoto, assente. Le labbra piegate in un ghigno amaro.

«Nessuno si deve permettere di parlare male di Alice, lei mi è stata sempre vicino. Mi ha aiutato a risolvere ogni situazione, esattamente come è successo con Elena che mi prendeva sempre in giro: diceva che ero brutta, vestita male e che non valevo niente. Ha fatto bene a darle una lezione, Elena non avrebbe mai smesso. Anche con tuo papà è successa la stessa cosa. Alice non voleva che morisse, desiderava solo renderlo inoffensivo.»

Arianna aveva gli occhi sbarrati, sembrava le stessero uscendo dalle orbite. Si avvicinò alla madre, cercando di scuoterla.

«Mamma, mi fai paura. Che stai dicendo? Non esiste nessuna Alice... Alice sei tu! Allora sei tu che hai ucciso Minou, hai distrutto la casa sull'albero, hai ammazzato le altre persone, compresa Lucia. Perché l'hai fatto? Perché?»

Irene, imperterrita, come in trance, continuò a parlare.

«Alice voleva solo che papà andasse in carcere per sempre, così non ci avrebbe più fatto del male. Le spiaceva farti soffrire, ma era necessario per raggiungere la serenità che ci meritavamo da sempre.»

Arianna staccò le mani dal corpo di sua madre. Anche scuotendola, non era riuscita a farla risvegliare dallo stato catatonico in cui era sprofondata. Si piantò davanti a lei, la fissò negli occhi, lo sguardo supplichevole. Piangeva, i singhiozzi talmente violenti da impedirle quasi di parlare.

«Mamma... ancora non capisci? Alice non esiste, sei stata tu! Adesso chiamiamo Salvatore, gli raccontiamo tutto. I medici ti cureranno e dopo starai meglio.»

A quelle parole, Irene sembrò risvegliarsi bruscamente. Il suo sguardo diventò più vivo, più presente. Pareva fosse improvvisamente tornata in sé. Abbracciò la figlia, ma Arianna si ritrasse e si allontanò subito.

«Non farlo, ti prego» disse alla figlia con le mani giunte, lo sguardo dimesso, la voce bassa, quasi inavvertibile. «Mi rinchiuderanno da qualche parte per chissà quanto tempo e tu finirai in non so quali mani. Alice è troppo impegnata col suo lavoro, non può occuparsi di te. Soffriremo tutti. Lasciamo ogni cosa così com'è, cerchiamo di dimenticare e di iniziare una nuova vita. Ti prometto che sarai felice.»

Le tese la mano, nella spasmodica ricerca di un'approvazione, di una risposta positiva.

Arianna le voltò le spalle. A piccoli, stentati passi raggiunse la scala. Un gradino per volta, aggrappandosi al corrimano, arrivò al primo piano.

Sua madre, come se non fosse successo niente, stava tentando di riparare il cellulare andato in frantumi.

Dal soggiorno, le parlò in tono soave.

«Preparati, amore. Si va a tavola all'una in punto.»

Epilogo

Stava stendendo le ultime pennellate. Guardò il risultato di quel disegno che l'aveva impegnata più del solito. Rappresentava un neonato che sorrideva su una stella dorata, circondato da nuvole bianche e azzurre. Quel che vide le piacque. Le sembrò un acquerello un po' sdolcinato, ma adatto al tono della cameretta che aveva appena allestito. Si accarezzò la pancia. Aveva sentito una specie di battito d'ali, qualcosa di delicato, quasi impercettibile.

Di sicuro è il primo calcetto.

Sorrise tra sé. Aveva saputo, dopo l'ecografia, che il bambino che aspettava sarebbe stato un maschio. Quando gliel'avevano comunicato, aveva proposto subito a Salvatore di chiamarlo Arduino, come suo padre. Lui aveva obiettato che era un nome piuttosto inconsueto, ma aveva accettato perché sapeva che per Irene quella scelta era importante.

Un leggero trillo la avvertì che era arrivata una notifica sul telefono. Appoggiò sul tavolo i pennelli e diede un'occhiata al messaggio che aveva appena ricevuto. Era Salvatore, la avvertiva che avrebbe ritardato a cena per un'emergenza al commissariato, le avrebbe raccontato più tardi.

Irene si chiese di cosa si trattasse, forse un incidente particolarmente serio o qualcosa di simile.

Arianna, al suo fianco, stava ultimando i compiti. Era diventata bravissima a scuola, persino in matematica, e sembrava aver ritrovato una certa serenità. Le passò una mano tra i capelli osservandola risolvere un'equazione piuttosto impegnativa.

«Ha tutta l'aria di essere un vero rompicapo» commentò.

«Sembra più difficile di quello che è. È così pure nella vita, tante volte crediamo che una cosa sia impossibile e rinunciamo» replicò Arianna con convinzione.

«Brava, hai ragione. Sei diventata così matura...»

«Invece dobbiamo credere in noi stessi. Sei d'accordo con me, mamma?»

«Certo, amore mio.»

Irene le prese il viso tra le mani e si chinò a baciarla. Da pochi mesi, Arianna era ritornata a essere quella di sempre, con una consapevolezza, una saggezza che prima non aveva mai ravvisato in lei. Sua figlia stava diventando grande.

Alice aveva ragione. Alla fine tutto è andato per il verso giusto.

Da qualche mese non la sentiva. Quando le aveva raccontato di Salvatore e del bambino in arrivo, l'amica aveva diradato le telefonate e poi non aveva più risposto. Ma Irene era fiduciosa, era andata così altre volte.

Alla fine si erano sempre ritrovate.

Accese il televisore per ascoltare il telegiornale. Le prime notizie, sempre quelle: politici che litigano fra di loro in teatrini che si rinnovano e cambiano forma e ideologia, del tutto ignari dei problemi reali che la gente comune si ritrova ad affrontare ogni giorno.

Stava per spegnere, annoiata, quando una notizia attirò la sua attenzione.

> Un bambino di dieci anni, Matteo Braghieri, è stato ritrovato senza vita sul fondo di una scarpata, non lontano dalla strada statale SS394. Matteo era scomparso già da ieri pomeriggio, a nulla erano valse le ricerche effettuate durante la notte da volontari e Forze dell'Ordine. Nella tarda serata di oggi il macabro ritrovamento, grazie alla segnalazione di un escursionista che ha intravisto il corpo sul fondo del burrone e ha dato l'allarme...

Sullo schermo del televisore campeggiavano le foto di un bambino sorridente, il viso pieno, gli occhi arguti.

Irene osservò quelle immagini con attenzione.

Il respiro le si fermò in gola.

«Arianna, mi sembra di aver già visto quel bambino...»

Sua figlia alzò lo sguardo dal quaderno, voltò lentamente la testa verso di lei, per niente turbata dalla notizia appena annunciata al telegiornale.

«Sì, mamma, è Matteo. Ricordi? Quel compagno di scuola che mi prendeva sempre in giro.»

Le sorrise, stringendo gli occhi come faceva sin da piccola. Non stava più risolvendo l'equazione.

Col suo tratteggio sicuro, senza la minima sbavatura, stava colorando un gigantesco, inquietante sole nero.

Indice

Mondadori Libri S.p.A.

Questo volume è stato stampato
presso ELCOGRAF S.p.A.
Stabilimento - Cles (TN)

Stampato in Italia - Printed in Italy